Frank-Martin Stahlberg

Lila 5

Tödliche Königin

Fantasyroman

Mit Illustrationen des Verfassers

Weitere Bände der Fantasyreihe 'Lila':

Lila 1, Teuflische Experimente
Lila 2, Das Duell
Lila 3, Die Rache
Lila 4, Verloren

© - copyright 2016 by Frank-Martin Stahlberg

Frank-Martin Stahlberg
Lila 5
Tödliche Königin
2.Auflage

Umschlaggestaltung, Titelbild und Illustrationen:
Frank-M. Stahlberg

Herstellung und Verlag:
BoD – Books on Demand, Norderstedt
ISBN 978-3-8423-3888-3

Bibliografische Information der Deutschen Nationalbibliothek
Die Deutsche Nationalbibliothek verzeichnet diese Publikation in der
Deutschen Nationalbibliografie; detaillierte bibliografische Daten sind
im Internet über http://dnb.d-nb.de abrufbar

"He, Lil, sieh mal, wer da kommt!" rief Camilla, als sie ihren ersten Schrecken überwunden hatte, den ihr der Anblick des heranjagenden Falken beschert hatte. Lila drehte sich in der Luft und blickte in die von ihrer Cousine gewiesene Richtung.

"Gnumba!" freute sich die zwölfjährige Elfe, "das wurde auch mal wieder Zeit!"

Schon wurde der Falke bei ihnen abgebremst und verhielt auf der Stelle rüttelnd in der Luft. Auf seinem Rücken saß das vierzehnjährige Gumbenmädchen, das mit rund sechzehn Zentimetern in etwa Lilas Größe hatte.

"Hallo, Lil, hallo, öh, Milla!"

"Hi, öh, Gnumba!" ahmte Lila die Gumbin lachend nach, die daraufhin auch sofort verlegen errötete. Camilla, die mit ihren sechzehn Jahren über etwas mehr Feingefühl verfügte, sah Lila strafend an: "Du bist echt fies, Lil!"

"Halb so wild", wehrte Gnumba ab, "das macht mir nichts aus! Aber wollen wir nicht lieber, öh, landen, als hier eine Luftkonferenz abzuhalten?"

"Du hast Recht, Gnummi, dann schick dein Reittier mal fort!" Camilla gab Lila einen Wink, und schon hatten die zwei Elfen das Gumbenmädchen unter den Achseln gefaßt und aus dem Sattel gehoben. Gnumba kreischte im ersten Moment vor Schreck und fing auch noch an zu zappeln, weil sie extrem kitzelig war.

"Hey, Gnumba, halt still, oder wir lassen dich fallen!" drohte Lila.

"Wenn ihr aufhört, mich zu, öh, kitzeln, schaffe ich das auch!" keuchte die Angesprochene, "außerdem zieht ihr mich aus!" Sie bemühte sich, das hochgerutschte Hemd wieder herunterzuziehen.

"Stell dich nicht so an", grinste Lila, die allerdings gut reden hatte, da Elfen bis zum Alter von sechzehn Jahren keine Kleidung tragen und Nacktheit deshalb gewöhnt waren. "Mich an deiner Stelle würde mehr stören", setzte sie mit einem Zwinkern hinzu, welches jedoch nur Camilla sehen konnte, "daß dir Bregard gerade genau unter den Rock schaut!"

"Was?!" kreischte Gnumba, kniff die Beine zusammen und schaute nach unten. Dort war aber im Gegensatz zu Lilas Behauptung weder Bregard (ein Exfreund von Camilla) noch sonst irgendjemand zu sehen.

"Ooh, Lila! Wieso falle ich auf deine Scherze bloß immer wieder herein?" regte sich die Gefoppte auf, die jetzt von den beiden Elfen auf dem Boden abgesetzt wurde. Mit einem schrillen Pfiff rief sie ihren Falken herbei, der unschlüssig in der Luft kreiste.

"Bevor ich ihn, öh, wegschicke, müßte ich erstmal von euch wissen, wie lange ich bleiben kann, damit ich ihm deutlich machen kann, wann er, öh, wiederkommen soll."

"Da brauchst du uns doch nicht extra zu fragen, Gnumba", sagte Camilla, "du kannst natürlich so lange bleiben, wie du Lust hast!"

"Super!" freute sich das Mädchen, "dann bleibe ich eine Woche, o.k.?" Sie flüsterte ihrem Vogel etwas zu, dabei seinen Hals tätschelnd. Das Tier hob den Kopf, ließ einen Schrei ertönen, der wie eine Antwort klang, und flog dann pfeilschnell davon. Anschließend schlenderten die drei Freundinnen an dem kristallklaren Karbach entlang zum Biberteich, an dessen Ufer sich das Elfendorf befand. Die Häuser waren allesamt in den Kronen der Bäume erbaut worden, damit die Bewohner nicht unnötig von am Boden lebendem Getier belästigt oder bedroht wurden.

"Wie sieht es denn bei euch so aus?" wollte Lila von Gnumba wissen, "ist mittlerweile alles so einigermaßen nachgewachsen, nach dem großen Waldbrand?"

"Größtenteils schon. Zumindest unsere Wohnhöhlen sind soweit zugewachsen, daß sie wieder gut verborgen sind. Bis der Wald sich komplett erholt hat, werden aber wohl noch, öh, Jahre vergehen."

"Und, gibt es immer noch mutierte Tiere aus Urkalans Zeiten da oben?" interessierte es Camilla, "wir hatten hier ja kürzlich erst ein neues Nest mit Reißzahnteufeln entdeckt. Zum Glück hat Bernhard es vernichtet, indem er es mit irgendwelchen von ihm entwickelten Mitteln geschafft hat, ihre Fortpflanzungsfähigkeit zu zerstören."

"Nö, bei uns, wie auch bei und in der toten Stadt in der Umbnugödnis, haben wir seit einiger Zeit keine dieser, öh, Wesen mehr gesehen, obwohl wir, und soweit ich weiß auch niemand anderes, etwas gegen sie unternommen haben. Eigenartigerweise scheinen in der Stadt praktisch überhaupt keine Tiere mehr zu leben. Gezzo stöbert ja öfter in den Ruinen, wie auch in den unterirdischen Teilen herum und hat berichtet, daß dort nicht einmal mehr, öh, Ratten oder Mäuse anzutreffen sind."

"Das ist seltsam", meinte Lila, "als wir damals da eingesperrt waren, lebten dort ja noch ganze Heerscharen von allen möglichen Viechern."

"Stimmt", bestätigte Gnumba, "und es ist nicht nur das: Auch die Pflanzen, die dort wuchsen, sind zum größten Teil, öh, eingegangen oder haben sich seltsam verändert, sind so graubraun und krüppelig geworden."

"Ts, ts, ein Segen, daß ihr und wir da nicht wohnen müssen. Zumindest ist es gut, daß wir alle anscheinend keine Angst mehr vor den Mutationen haben müssen."

Die drei hatten sich eine gemütliche, weich bemooste Uferstelle am Teich gesucht und ließen ihre Beine in das kühle Wasser baumeln.

"Wißt ihr, wozu ich Lust hätte?" sagte Lila.

"Nee, woher sollten wir wohl!" gab Camilla zurück.

"Ich hätte Lust, nochmal in die unterirdischen Teile der toten Stadt zu gehen. Jetzt, wo Gnumba sagt, daß dort keine gefährlichen Tiere mehr sind, kann man das doch wagen!"

"Hm, also ich fände das auch interessant", gab Camilla zu, "wir haben ja damals, zu Urkalans Zeiten, wie auch später, als Eotan dort herrschte, längst nicht alles gesehen. Würdest du auch mitkommen, Gnumba?"

"Öh, ja, ich komme mit. Aber wir sollten dann lieber auch noch, öh, Gezzo mitnehmen, der kennt sich da unten bei weitem am besten aus."

"Klar, warum nicht? Gezzo ist schon in Ordnung!"

"Wann wollen wir los?" fragte Lila, begierig, möglichst bald ihre Idee in die Tat umzusetzen.

"In einer Woche?" schlug Gnumba vor. "Leider habe ich nun ja meinen Falken fortgeschickt, und vor Ablauf der vereinbarten Zeit wird er nicht, öh, wiederkehren", bedauerte sie, "und zu Fuß würde es viel zu lange dauern!"

"Iieeh! Was ist das denn?" rief Camilla, gleichzeitig ihre Füße aus dem Wasser reißend und zeigte auf ein schleimiges undefinierbares Etwas, das träge in der schwachen Strömung des Teiches vorbeitrieb. Als sie es ebenfalls erblickten, zogen auch Lila und Gnumba hastig die Beine hoch.

"Scheint mal ein, öh, Tier gewesen zu sein", stellte Gnumba angeekelt fest.

Lila nickte: "Ein Frosch war es, aber der hat so komische fadenförmige Auswüchse an den Beinen und ist irgendwie verschimmelt!"

"Äh, bäh! Da halte ich meine Füße erstmal nicht mehr 'rein!" schüttelte sich Camilla, "kommt, wir geh'n zu uns, ich hab Hunger!"

"Iii! Ausgerechnet jetzt mußt du von essen reden! Ich sehe die ganze Zeit dies Ekelding vor mir. Wenn ich jetzt essen sollte, müßte ich bestimmt kotzen!" war Lila überzeugt, "aber wir können ja trotzdem hingehen und schon mal unsere Mütter fragen, ob wir in ein paar Tagen mit zu dir dürfen, Gnummi."

Gemächlich trödelten sie in ihr Dorf, wobei sich Lila, entgegen dem, was sie eben noch gesagt hatte, im Vorbeigehen ein paar Blaubeeren pflückte und diese mit offensichtlichem Genuß verspeiste. Als sie die mächtige Buche erreicht hatten, in welcher sich ihr Heim auf einem dicken, das Wasser überragenden Ast befand, griffen Lila und Camilla ihre Freundin erneut an den Händen und flogen mit ihr zu dem in schwindel-erregender Höhe befindlichen Eingang hinauf.

"Sieh mal einer an, da haben wir ja seltenen Besuch. Hallo, Gnumba, schön, dich mal wieder hier bei uns zu sehen!" wurde das Gumbenmädchen von Killy, Camillas

Mutter, begrüßt, "ihr kommt gerade recht, das Essen ist in einer Minute fertig!"
Die Mädchen sahen sich an. "Also, ich kann schon wieder", meinte Camilla, "und Lila kaut ja sowieso die ganze Zeit. Wie steht's mit dir, Gnumba?"
"Doch, ich glaube, das geht", erklärte diese, wenngleich mit leicht zweifelndem Tonfall.
"Was gibt es denn da zu überlegen?" wollte die gerade hinzugetretene Mutter von Lila, Sara, wissen, "ihr habt doch sonst nie Probleme, den ganzen lieben langen Tag Essen in euch hineinzuschlingen!"
"Da war eben so'n ekliges, vergammeltes, totes Tier, das uns zwischen die Füße getrieben ist", erklärte Lila, "und das hatte uns vorübergehend den Appetit verdorben."
"Denkt einfach an etwas anderes", riet Sara, "denn jetzt gibt es Blaubeerpfannkuchen und Preiselbeeren."
"Mmmh!" riefen Lila und Camilla wie aus einem Munde, und auch Gnumbas Augen strahlten in Vorfreude auf eines ihrer Lieblingsgerichte, das kein anderer so zuzubereiten wußte wie Sara. Als sie nun zusammen am Tisch saßen, war die Erinnerung an den unappetitlichen Zwischenfall vorhin wie weggeblasen, und alle drei machten sich derart heißhungrig über die Köstlichkeiten her, daß Sara mit dem Backen kaum hinterherkam.
"Du, Mama, wenn Gnumba nach Hause zurückfliegt, so in einer Woche, können Milla und ich dann mit, sie besuchen?"
"Lila! Du sollst doch nicht immer mit vollem Mund reden!" tadelte Sara, "also, ja, von mir aus dürft ihr."
"Ich habe auch nichts dagegen", pflichtete Killy bei.
"Klasse!" freute sich Gnumba, "dann haben wir ja jetzt eine ganz schön, öh, lange Zeit zusammen vor uns!"
Von ihrem Vorhaben, die unterirdische Stadt aufzusuchen, erzählten sie ihren Müttern wohlweislich nichts, denn in dem Fall könnte die Besuchserlaubnis schnell wieder zurückgezogen werden, da Erwachsene immer so übermäßig besorgt waren, und Gnumbas Versicherung, daß dort keine gefährlichen Tiere mehr

herumstreiften, ihnen vermutlich nicht ausreichen würde. Als sie später in ihrem Zimmer in den Betten lagen - Sara hatte Gnumba eines neben dem von Lila zurechtgemacht - planten sie eifrig weiter an ihrem Vorhaben.

"Du, Gnumba, wie ist das eigentlich mit Licht da unten? Brennen noch die Lampen aus Urkalans und Eotans Zeiten? Bernhard hatte sie ja angelassen, als wir damals die Anlagen verlassen hatten."

"Nein, die sind vor ungefähr einem halben Jahr so nach und nach, öh, erloschen, als die Energievorräte aufgebraucht waren."

"Schade, mit den kleinen Lampen, wie wir sie tragen können, sieht man ja nicht so viel", bedauerte Lila.

"Is' doch, öh, egal, das wird auch so toll und spannend!"

"Vielleicht finden wir ja sogar noch Splitter von diesem wunderbaren Rubin, über den Urkalan die Tiere gesteuert hat", sinnierte Lila.

Camilla schüttelte den Kopf: "Das glaube ich kaum; Bernhard hatte doch die letzten Stücke nach Eotans Tod zu feinem Staub zermalmt. Außerdem wurde dieser unseelige Stein nur für derart üble Zwecke eingesetzt, daß wir, auch wenn wir noch Teile finden, diese liegenlassen oder sogar zerstören sollten!"

"Das finde ich auch! Ich würde jedenfalls nichts davon, öh, anfassen! Aber da unten gibt es bestimmt genug andere schöne Dinge, auch Schmuck und Edelsteine, von denen wir etwas, öh, mitnehmen können."

Nach der Nacht, in der alle drei Mädchen - oh Wunder - von kostbaren Schätzen träumten, begannen sie am folgenden Morgen bereits damit, die ersten Utensilien für die Reise bereitzulegen. Die zwei Elfen konnten zwar während des Fluges kaum etwas tragen, aber Gnumbas Falke war kräftig genug, daß sie ihm einiges zumuten konnten. Im Augenblick befanden sie sich am Ende des Biberteiches, wo Camilla sich nach einem geeigneten Zweig umsah, aus welchem sie sich einen Bogen bauen konnte. Schließlich hatte sie einen gefunden und begann diesen von der Rinde zu befreien.

Gnumba, die bereits einen Bogen besaß, half ihr dabei, während Lila sich damit beschäftigte, Pfeile aus Holz mit Steinspitzen und Federn zu versehen. Von der anderen Teichseite kam ein Elfenjunge über den Biberdamm auf sie zu geklettert, mit der rechten Hand etwas im Wasser hinter sich herziehend, was zu tragen offenbar zu schwer war.

"He, Lil, sieh mal, was ich gefunden habe!" rief der Junge dem ihm am nächsten sitzenden Mädchen zu.

Lila schaute auf. "Was ist es denn, Dorgo?"

Der siebenjährige Elf mühte sich, das Etwas in seiner Hand auf den Damm aus Geäst zu ziehen.

"Igitt, Dorgo, wirf ihn wieder zurück, der ist doch schon total verwest!" rief Lila, angewidert auf den Kadaver des Frosches starrend, den sie schon tags zuvor gesehen hatten. Enttäuscht, daß Lila seine Freude über den Fund nicht teilte, ließ Dorgo das tote Tier treiben, das kurz darauf zwischen den Ästen des Dammes verschwunden war.

"Dorgo, wo bleibst du denn? Du solltest doch schon längst zu Hause sein!" Die Stimme gehörte Dorgos Mutter, Lavia, die sich über das Geländer eines nicht weit entfernten Baumhauses beugte. Erschrocken zuckte der Junge zusammen, wischte schnell die Hände an seinen Beinen ab und flog hastig hinüber.

"Bäh, wie kann man so etwas nur freiwillig, öh, anfassen!"

"Typisch Jungs!" war Camillas Kommentar, damit war das Thema für sie auch abgehakt, und sie widmeten sich wieder dem Waffenbau. Den Nachmittag und auch den folgenden Tag beschäftigten sich die drei Freundinnen damit, ihre eher zweifelhaften Schießkünste zu verbessern. Camillas Laune verschlechterte sich im Verlaufe dieser Übungen immer mehr, denn obwohl auch sie Fortschritte machte, waren ihr Lila und Gnumba doch eindeutig überlegen. Gnumba konnte dank des kräftigeren Körperbaues der Gumben mit Abstand am weitesten schießen, während Lila am zielsichersten war. "Wieso habe ich denn bloß kein

Glück dabei?" ärgerte sich Camilla und warf den neuen Bogen frustriert ins Gras.

"Glück?" echote Lila, "das hat doch nichts mit Glück zu tun, sondern mit Können! Vielleicht brauchst du ja eine Brille, wie die Menschen sie tragen, zum Beispiel die alte Lisbeth! Würde dir bestimmt gut stehen!" Sie grinste breit, und auch Gnumba fing bei der Vorstellung einer Brille in Camillas Gesicht an zu kichern.

"Tolle Freundinnen seid ihr!" erboste sich diese, "ihr könnt mich alle mal!"

"Milla, komm, nun sei doch nicht gleich eingeschnappt, das war doch nur ein Scherz! Außerdem übst du ja auch erst seit gestern, das kann doch morgen oder übermorgen schon ganz anders aussehen!" versuchte Lila die Wogen zu glätten.

"Ja, toller Trost! Du übst aber doch auch noch nicht länger. Ich glaub', ich habe einfach zwei linke Hände für so etwas." Lila wollte noch etwas sagen, kam aber nicht mehr dazu, denn gerade in diesem Moment flog Lavia vorbei. "He, habt ihr Lavias Gesicht gesehen?" fragte Lila, als die Elfe außer Hörweite war, "die sah ja schlimm aus!"

"Stimmt, als ob sie geheult hätte", fand auch Camilla, ihren Frust von eben vergessend, "was die wohl hat?"

Nur wenige Minuten später kam Lavia wieder an ihnen vorbei, diesmal in Begleitung von Boron, dem Arzt der Elfen. "Oh weia, hoffentlich ist da nichts, öh, Schlimmes passiert!" sagte Gnumba, hinter den beiden herstarrend.

"Ich hab' keinen Bock mehr auf Bogenschießen", meinte Lila, "wollen wir nicht hinterherfliegen und in Erfahrung bringen, was da geschehen ist?"

"Von mir aus", stimmte Camilla zu, "nach meinen grandiosen Erfolgen ist mir eh die Lust vergangen!"

Die Mädchen folgten den Erwachsenen in respektvollem Abstand und versuchten anschließend, einen Blick durch die Fenster des Hauses zu erhaschen, das sich in der Krone einer dicken Birke befand.

"Habt ihr 'was gesehen?" wollte Gnumba anschließend wissen, als Lila und Camilla wieder neben ihr landeten.

"Nicht so genau", erklärte Lila, "aber es scheint so, als sei Dorgo krank. Er liegt im Bett, und sein Vater sitzt mit ziemlich besorgtem Gesicht bei ihm, während Boron ihn untersucht."

"Was hat er denn nur?" wollte im gleichen Moment oben im Haus Dorgos Mutter von Boron wissen. So etwas hat er doch noch nie gehabt!"

"Ich kann auch noch nichts Genaues sagen", bedauerte der Arzt, "diese eigenartigen Stellen an den Fingern, Händen und Oberschenkeln sind auch mir völlig schleierhaft. Ich kenne keine Pflanzen- Tier- oder Mineralienart hier in der Gegend, die derartige - ich vermute mal allergische - Reaktionen auslösen könnte."

"Es tut auch furchtbar weh!" klagte Dorgo, "und es geht immer weiter die Arme hoch!"

"Tja", grübelte Boron, "ich werde ihm ein Anti-allergikum geben und eine Gewebeprobe nehmen, die ich zu Hause untersuchen werde. Aber ich glaube, ihr braucht euch keine unnötigen Sorgen zu machen: Wahrscheinlich hat er irgendeine giftige Pflanze angefaßt; das wird sich schon bald geben!" Behutsam löste er ein winziges Stückchen Haut von einem Finger und gab es in ein Reagenzglas. "Na, mein Junge, war das sehr schlimm?"

"Nein, gar nicht", antwortete Dorgo, "ich habe überhaupt nichts gespürt. Eigentlich merke ich an den Stellen, wo diese Flecken sind, sowieso nichts. Nur immer da, wo sie dann kurze Zeit später auftauchen, tut es weh."

Der Arzt schüttelte den Kopf. "Das sind wirklich höchst merkwürdige Symptome! Derartiges habe ich noch nie gesehen oder gehört. Ich komme morgen früh wieder und schau mir an, ob es besser geworden ist. Dann werde ich auch die Gewebeproben untersucht haben und kann näheres dazu sagen." Als er ging, nahm er Dorgos Eltern noch kurz beiseite. "Sollte sich sein Zustand verschlechtern oder neue Symptome auftreten, sagt mir sofort Bescheid, egal zu welcher Tages- oder Nachtzeit!"

Dorgos Vater und Mutter nickten. "Danke, daß du sofort gekommen bist und extra dein Essen unterbrochen hast", sagte Lavia, "können wir dir noch etwas anbieten?"

"Nein, nein!" wehrte Boron ab, "erstens kann ich mir das Essen jederzeit wieder aufwärmen, und zweitens will ich keine Zeit verlieren, die Hautprobe zu untersuchen. Sollte ich in dieser Geschichte nicht weiterkommen, kann ich dann ja noch Grond, den Arzt der Gumben oder auch Bernhard von den Menschen zu Rate ziehen. Wir werden schon etwas finden, Dorgo gesund zu kriegen. Bis morgen!" Damit startete er und flog zu seinem Haus zurück, welches ihm gleichzeitig als Praxis diente.

Unten, in der Nähe von Dorgos Zuhause, grübelten die drei Mädchen, was Dorgo wohl für eine Krankheit haben könnte. Lila und Camilla hatten sich nicht so nah herangetraut, daß sie etwas Genaueres hätten erkennen können. Doch wollte ihnen nichts Schlüssiges einfallen. Eigentlich wurden Elfen sehr selten krank. Und daß eine so schwer erkrankte, daß man es für nötig hielt, den Arzt zu holen, geschah nur alle Jubeljahre einmal. "Vielleicht ist er ja gar nicht krank", vermutete Lila schließlich, "er kann sich ja auch einfach verletzt haben. Zum Beispiel einen Arm gebrochen oder so." Damit gaben sie sich zufrieden und bummelten in Richtung von Lilas und Camillas Haus. Plötzlich hielt Gnumba die beiden Elfen am Arm zurück und starrte gen Himmel. Dann nahm sie zwei Finger in den Mund und ließ einen grellen Pfiff ertönen. Lila und Camilla hielten sich die Ohren zu. "Konntest du uns nicht vorwarnen!" schimpfte Lila empört, "mir wären beinahe die Trommelfelle geplatzt!"

"Ich mußte halt schnell, öh, reagieren, da oben habe ich nämlich gerade meinen Falken gesehen. Wenn er mich gehört hat, brauchen wir nicht noch drei oder vier Tage zu warten, sondern können schon, öh, morgen los."

"Das wäre ja super!" fand Camilla und blickte erwartungsvoll in den blauen Himmel, konnte aber nichts entdecken. "Ich glaube, der hat dich nicht gehört. Schade!"

Doch just in diesem Moment rauschte es hinter ihnen, und der elegante Flieger landete bei Gnumba, diese mit schräggelegtem Kopf erwartungsvoll ansehend. Gumba zog eine kleine Kugel aus einer ihrer Taschen und stopfte sie dem Falken in den Schnabel, gleichzeitig Unverständliches auf ihn einredend.

"So, das ist gebont", erklärte sie den anderen, "er wird morgen früh hier sein, dann können wir los!"

Am nächsten Tag machten sie sich dann schon in aller Herrgottsfrühe mit Saras und Killys Einverständnis auf den Weg zu den Gumben. Lila und Camilla bestimmten das Tempo, da sie natürlich mit der Geschwindigkeit eines Falken bei weitem nicht hätten mithalten können. Schon bald waren sie den Blicken ihrer Mütter entschwunden.

2

Boron klopfte leise. Sofort wurde die Tür geöffnet, und Lavia ließ den Arzt herein.

"Wie geht es unserem kleinen Patienten?" wollte er gleich als erstes wissen.

"im Augenblick schläft er gerade", antwortete Lavia, "und ich hoffe, auch noch etwas länger, denn in der Nacht hat er vor Schmerzen kaum ein Auge zugetan! Hast du denn schon etwas herausgefunden, Boron?" setzte sie noch ängstlich hinzu. Auch Forn, Dorgos Vater, trat hinzu und sah den Arzt erwartungsvoll an.

"Nun ja, es scheint sich um eine Art Pilz zu handeln", erläuterte Boron, "als ich die Probe unter dem Mikroskop untersuchte, fand ich etliche Fäden eines pilzähnlichen Gewächses. Die meisten waren bereits abgestorben. Andere, die ich auf ein Stück frisches Fleisch gab, wucherten binnen kurzem derart aggressiv, daß das Fleisch heute früh bereits als solches kaum noch zu erkennen war."

"Oh Gott!" entsetzte sich Lavia, "aber bei Dorgo sieht es doch nicht so schlimm aus?!"

"Ich nehme an, es liegt daran, daß Dorgos Körper sich gegen den Eindringling wehrt, während das Fleisch, das ich zu Testzwecken nutzte, tot war. Ich habe über Nacht etliche Mittel an diesem Pilz erprobt, muß aber eingestehen, daß keines durchschlagenden Erfolg zeigte. Allerdings war es, wie gesagt, totes Fleisch. Die Mittel mögen bei Dorgo womöglich mehr erreichen."

"Das klingt ja alles furchtbar; hoffentlich hilft es Dorgo dennoch!" sagte Forn gepreßt.

"Das hoffe ich auch", murmelte Boron, "ich möchte mal einen Blick auf den Jungen werfen. Ich werde auch versuchen, ihn nicht zu wecken."

Leise betraten sie gemeinsam das Krankenzimmer. Dorgo lag auf dem Rücken, die Flügel nach beiden Seiten abgespreizt und schien in einem unruhigen Dämmerzustand. Boron setzte sich auf die Bettkante und nahm einen Arm des Kindes hoch, um ihn zu untersuchen.

"Es scheint sich kaum weiter ausgebreitet zu haben", flüsterte er, "seht ihr, die Flecken sind nur auf Händen und Unterarmen zu sehen. Ich meine, wir sollten ihn schlafen lassen, dann wird er sich am besten erholen. Wenn er aufwacht, gebt ihm zwei Löffel voll von diesem Mittel und cremt die Hautpartien, die diese Flecken zeigen, sowie die Umgebung derselben großzügig mit dieser antimyotischen Salbe ein!"
"Das machen wir. Wann kommst du wieder?"
"Sagt mir doch einfach Bescheid, wenn etwas ist. Ansonsten komme ich morgen so gegen Mittag vorbei, o.k.?"
"Alles klar, bis dann."
Im Laufe des Tages wachte Dorgo nur sporadisch und jeweils sehr kurz auf, so daß gerade genug Zeit blieb, ihm die Medikamente zu verabreichen. In der Nacht war von ihm nichts zu hören, so daß seine Eltern ungestört schlafen konnten. Kurz vor dem Frühstück ging Lavia dann in sein Zimmer, um zu fragen, was er zu essen wünschte. Dorgo lag still in seinem Bett. Lavia zog die Vorhänge zurück; das helle Sonnenlicht fiel herein und beschien das bleiche Gesicht des Jungen. Lavia krampfte sich das Herz angstvoll zusammen. Mit zwei schnellen Schritten war sie am Bett und sah in die starren leblosen Augen ihres Kindes. Entsetzt faßte sie sein Handgelenk um den Puls zu fühlen, doch der Arm war bereits kalt. Verzweifelt schrie sie ihren Kummer heraus, den Kopf Dorgos in den Händen haltend. Alarmiert durch ihr Weinen, stürzte Forn herein und blieb bei dem sich ihm bietenden Anblick geschockt stehen. Mit zitternden Knien wankte er an das Bett.
"Nein, nein, das kann einfach nicht sein!" flüsterte er und wollte Dorgos Leichnam auf die Arme nehmen. Doch irgendetwas hielt ihn am Bett fest. Forn griff etwas fester zu und hob ihn kräftiger an. Es gab ein häßliches reißendes Geräusch, als unzählige weißliche Fäden rissen, die entlang des Rückgrates und Hinterkopfes aus dem Körper des toten Kindes in das Laken und die Matratze des Bettes gewachsen waren. Entsetzt ließ Forn Dorgo los, während Lavia ohnmächtig

in sich zusammensank. Um Hilfe rufend stürzte Forn aus der Wohnung und jagte zu der Praxis von Boron. Überall öffneten sich Türen und erschrockene, wie fragende Gesichter blickten heraus. Doch Forn reagierte auf keine Frage, auf keinen Zuruf. Als er das Haus Borons erreicht hatte, war dieser, von dem Lärm alarmiert, bereits herausgekommen. Die kaum verständlichen Worte, die Forn hervorstammelte, waren nicht nötig, Boron hatte nur einen Blick auf das Gesicht seines Gegenübers geworfen, da war seine schlimmste Befürchtung bestätigt. Er folgte dem gebrochenen Elf in dessen Behausung. Traurig und bestürzt stand er vor dem toten Kind und dessen immer noch ohnmächtiger Mutter. Boron machte sich schwerste Vorwürfe; wie hatte er diesen Pilz, oder was auch immer es sein mochte, nur derart unterschätzen können. Wortlos und mit steinernem Blick hob nun Forn seinen Sohn soweit an, daß Boron sehen konnte, was das Gewächs ange-richtet hatte. Bei dem Anblick der tausenden weißer, sich in die Matratzen krallender Fäden, fuhr Boron geschockt zurück. Das hätte er sich selbst in seinen schlimmsten Träumen nicht ausgemalt. Ungläubig trat er hinzu, um das grausige Werk der Pflanze zu untersuchen. Immer wieder schüttelte er seinen Kopf. Dann drehte er sich mit bleichem Gesicht zu Forn um.
"Bitte, Forn, vergib mir! Das habe ich nicht geahnt! Als ich Dorgo gestern Abend untersuchte, war ich guter Hoffnung, daß sich diese 'Krankheit' nicht weiter ausbreiten würde. Und daß es jetzt über Nacht so rasend schnell ging, war nun wirklich nicht abzusehen."
"Da gibt es nichts zu verzeihen!" sagte Forn mit tonloser Stimme, "du hättest ja vermutlich so oder so nichts dagegen tun können."
Boron nickte. "Forn, es tut mir leid, jetzt so kurz nach dem Tod eures Kindes darüber reden zu müssen, aber dieses Wesen, egal ob Pflanze, Tier oder was auch immer, ist offenbar so gefährlich, daß wir sofort Maßnahmen ergreifen müssen. Das heißt, Dorgo muß so schnell wie möglich in einen luftdichten Sarg, der von diesen 'Wurzeln' nicht durchdrungen werden kann.

Dann müssen die Bettwäsche und die Matratze verbrannt werden, und schließlich und endlich werden wir drei, die wir Körperkontakt zu Dorgo hatten, in Quarantäne bleiben müssen, bis wir wissen, ob auch wir befallen sind. Zudem muß Histran, als unser Oberster, informiert werden, damit er entscheiden kann, was weiterhin zu unternehmen ist."
"Ich verstehe", gab Forn einigermaßen gefaßt zurück, "ich werde jemanden herbeirufen, der Histran holen soll. Es ist besser, keiner von uns geht unnötig hinaus, damit wir niemandem versehentlich dieses Etwas übertragen."
Während Forn einen der vielen Elfen, die neugierig in der Nähe des Hauses warteten, zu sich rief, kümmerte sich Boron um Lavia. Er hielt ihr ein Fläschchen mit Riechsalz unter die Nase, das sie fast augenblicklich wieder zu sich brachte. Tröstend nahm er ihre Hand, gleichzeitig diese unauffällig nach Anzeichen einer erfolgten Ansteckung untersuchend. Zu seiner vorläufigen Beruhigung konnte er weder bei Lavia noch bei sich selbst Anzeichen davon ausmachen. Als er aber den zurückkehrenden Forn bat, seine Hände inspizieren zu dürfen, stellte er mit Schrecken die ersten Flecken daran fest.
"Ich habe es selbst auch schon bemerkt", erklärte Forn, "vorhin, als du gesagt hast, daß wir in Quarantäne müssen."
"Ich werde die Salbe darauftun, auch wenn sie anscheinend nicht allzuviel hilft; immer noch besser als gar nichts. Jedenfalls solltest du es vermeiden, andere unnötig zu berühren!" mahnte Boron noch.
Dessen ungeachtet nahm Lavia ihren Mann in die Arme. "Mir ist das völlig egal. Wenn du daran stirbst, will ich es auch. Erst Dorgo und dann womöglich dich verlieren und allein zurückzubleiben, das könnte ich nicht ertragen!"
Mittlerweile war der Oberste der Elfen, Histran, hereingekommen. Er war ein besonders großer, kräftiger Elf, mit einem ernsten, intelligenten Gesicht. In seiner Begleitung waren auch noch der Goldschmied

Jondras und der Korbflechter Meanmar. Ausführlich setzte Boron die drei Elfen des Dorfrates in Kenntnis, was sich ereignet hatte und welche Befürchtungen er hegte. "Das ist wirklich eine ernste Geschichte!" urteilte Histran, "und ich fürchte, daß die Maßnahmen, die du zur Vorbeugung weiterer Fälle treffen willst, nicht ausreichen werden, denn auch Dorgo muß sich ja diesen Pilz irgendwo geholt haben, so daß wir davon ausgehen können, daß es in unserer näheren Umgebung eine gefährliche Quelle dieses Übels geben muß. Ich werde gleich alle Bewohner zusammenrufen und warnen, irgendetwas zu berühren, was sie nicht zweifelsfrei als sicher erkennen können."
"Ja", stimmte Jondras zu, "und alle Eltern, besonders die kleinerer Kinder, müssen ihren Nachwuchs unter ständiger Aufsicht halten."
"Und wir werden dafür Sorge tragen, daß es euch an nichts mangelt, während ihr euch in eurer selbstauferlegten Isolation befindet", versicherte Meanmar mit seiner typisch quäkigen Stimme.
"Hat Dorgo vor seinem Tod denn noch irgendetwas gesagt, wo er sich diesen Pilz geholt haben könnte?" wollte Histran wissen.
"Nein", antwortete Boron, "zuerst wußte ich gar nicht, was er überhaupt hatte, und am nächsten Tag, als ich es als Pilz identifiziert hatte, schlief er. Außerdem muß ich zugeben, daß ich zu dem Zeitpunkt auch einfach nicht daran gedacht habe. Hat er vielleicht euch gegenüber etwas erwähnt?" wandte sich der Arzt an die trauernden Eltern.
"Nein, zu uns hat er nichts gesagt", versicherten beide.
"Nun", resümierte Histran, "dann werden wir wohl oder übel nach etwas völlig Unbekanntem suchen müssen."
Boron nickte betrübt: "Das läßt sich leider nicht mehr ändern. Sagt bitte allen, daß sie an sich und anderen auf die Symptome achten sollen; also rötliche Flecken, die sich bei Fortschreiten der Infektion in der Mitte weißlich-grau verfärben. Jeder der betroffen ist, soll hierher gebracht werden und muß unsere Quarantäne teilen."

Histran und seine beiden Begleiter verließen die Wohnung und flogen zum Rathaus hinüber. Dort läutete Meanmar die große Glocke, die ganz oben in der Eiche angebracht worden war, während Histran und Jonras auf dem Balkon, der den Dorfplatz überragte, auf das Eintreffen der Bewohner warteten. Diese strömten auch sehr schnell zusammen, denn einerseits waren viele schon von Forns Schreien aufgeschreckt worden, und andererseits verhieß das Läuten der Glocke auch nichts Gutes, denn sie wurde nur in dringenden Notfällen benutzt, damit nicht unnötig die Aufmerksamkeit anderer Lebewesen geweckt wurde. Histran unterrichtete nun die Elfen von dem traurigen Ereignis und den Konsequenzen, die es nach sich zog. Mit Schrecken und Angst lauschten die Elfen seinem Bericht. Nach der Ansprache bat Histran einige Elfen, die Umgebung gründlich abzusuchen, um den Ursprung dieser Bedrohung zu finden. Der Tischler Byrd brachte mit seinem Gehilfen einen besonders dichten und stabilen Sarg zum Haus von Lavia und Forn. Hier hinein wurde der Leichnam des Jungen gebettet, dann der Sarg luftdicht verschlossen. Anschließend verbrannten Boron und Forn alle Teile, die in Verdacht standen, mit dem Pilz in Berührung gekommen zu sein. Ab jetzt konnten sie nur noch abwarten, ob und wie sich Forns Infektion ausbreitete und ob auch Lavia und Boron sich angesteckt hatten.
Derweil saßen Sara und Killy in großer Besorgnis beisammen. Was war mit ihren Kindern? Waren auch sie eventuell in Gefahr? Schließlich hatten sie nichts von dieser schrecklichen Krankheit mitbekommen und waren deshalb nicht gewarnt. Wo waren sie jetzt?

3

Wie jedesmal, wenn sie die düstere Schlucht, die zur Umbnugödnis hinaufführte, durchflogen, hatte Camilla ein beklemmendes Gefühl. Die Erinnerung, wie sie hier damals von den Geschöpfen des Magiers Urkalan überfallen worden waren, kam ihr erneut in den Sinn. Andererseits hatten die Felsen am oberen Ende sie später vor dem sicheren Tod bewahrt, als sie dort vor dem von Urkalan entfachten Tornado Schutz fanden. Trotzdem war sie froh, als sie die Enge hinter sich gelassen hatten und nun über die kahle Weite der windigen Hochebene den Wäldern, in denen die Gumben wohnten, entgegenflogen.
"He, das ist ja alles schon wieder richtig grün!" staunte Lila, als sie den Waldrand erreicht hatten. Tatsächlich war schon viel Unterholz seit dem verheerenden Waldbrand nachgewachsen, und auch der ein oder andere große Baum hatte überlebt. Doch waren auch die Schäden nicht zu übersehen, ragten doch überall die schwarzen Reste verkohlter Bäume in den Himmel.
"Stimmt, ich hätte nicht gedacht, daß das so schnell geht", meinte Camilla, "hier sieht es jedenfalls frischer aus als in der Schlucht."
"Wie meinst du das, öh, Milla?"
"Habt ihr das nicht gesehen? Da gab es einige Stellen, wo die Büsche und auch die Krüppelkiefern so richtig grau und faulig aussahen."
"Nee, das habe ich nicht, bemerkt. Ich hab' nur darauf geachtet, meinen Falken zu zügeln, damit ich euch nicht, öh, wegfliege."
"Aber ich habe auch ein oder zwei solche Stellen gesehen", sagte Lila, "ich habe mir nur nichts dabei gedacht. Meinst du, Milla, daß das etwas Besonderes ist?"
"Das weiß ich nicht, aber zumindest kann ich mich nicht erinnern, sie sonst schon mal gesehen zu haben, wenn wir da durchgeflogen sind."
"Vielleicht ist das ja das gleiche, wie in der, öh, toten Stadt", vermutete Gnumba, "ich hatte euch doch

erzählt, daß Gezzo dort die meisten Pflanzen tot oder krank vorgefunden hat."

"Oh je!" warf Lila ein, "hoffentlich breitet sich so etwas nicht überall aus, denn das sieht ja alles andere als gut aus!"

Ungeduldig flogen sie weiter, denn nach der mittlerweile schon zurückgelegten langen Strecke hatten sie alle großen Appetit. Besonders natürlich die zwei Elfen, da sie sich ja wesentlich mehr anstrengen mußten als die auf dem Falken reitende Gumbin. Endlich hatten sie die Lichtung inmitten des Waldes erreicht, unter deren weichem, hohem Gras sich die Wohnhöhlen der Gumben verbargen. Gerade wollte Lila landen, da sprang etwas Braunes, mit entsetzlichen Zähnen bewehrtes Etwas aus dem Gras empor und schlug mit Stummelflügeln.

"Aaahh!" kreischte Lila, "zurück, hier sind welche von den Reißzahnteufeln!"

Auch Camilla war erschrocken zusammengefahren und drehte sich zur Flucht, als ein unterdrücktes Prusten sie innehalten ließ. Sie sah zu dem Wesen zurück und erkannte nun bei genauerem Hinsehen, daß es sich um einen der Gumben handelte, der sich mit den Zähnen eines der vormals getöteten Raubwesen so furchterregend ausstaffiert hatte. Auch die 'Flügel' waren nur Stoffstücke.

"Gezzo, du Nichtsnutz!" rief jetzt Gnumba, den Übeltäter erkennend, der vor Freude über seinen Schabernack in lautes Gelächter ausbrach.

"Ha, ha, ha, voll reingelegt! Dass war doch 'ne sschöne Überrasschung, oder!"

"Du bist ein echt blöder Sack!" schimpfte Lila mit rotem Kopf, ärgerlich, auf den Gumbenjungen hereingefallen zu sein. Gnumba indessen lächelte still vor sich hin, zufrieden, daß diesmal Lila das Opfer war. Sie hatte Lilas Scherz von vor ein paar Tagen noch nicht vergessen. Sie landete den Vogel und sprang von seinem Rücken herab.

"Du hast aber auch nur, öh, Blödsinn im Kopf!" tadelte Gnumba. Allerdings klang ihre Stimme nicht unbedingt

so, als meine sie auch, was sie da sagte. Doch Lila wäre
nicht Lila, wenn sie so etwas länger nachtrüge. Auch sie
lachte nun und landete mit Camilla neben Gezzo.
"Mann, du hast mich vielleicht erschreckt!" gestand sie,
"das sah im ersten Augenblick so echt aus ... !"
Gezzo legte freundschaftlich seinen Arm um ihre
Schultern: "Bisst du auch nicht mehr ssauer, Lil? Es war
doch nur'n Sspaßs!"
"Nee, Quatsch, ich bin dir nicht böse, schließlich mache
ich manchmal auch so etwas!"
"Manchmal?" echote Camilla und erntete dafür einen
bösen Blick ihrer Cousine.
"Na, und wass treibt euch hierher? Wollt ihr vielleicht
mal wieder ein bißschen zsündeln?"
"Ey, Gezzo, jetzt wirst du aber ungerecht!" protestierte
Gnumba, "das war doch nicht Lilas, Camillas oder
meine Idee, sondern die von Beate! Wir haben ihr ja
nur, öh, geholfen! Außerdem war es notwendig, sonst
würdest du auch deine Trophäen jetzt nicht hier in der
Gegend herumtragen, sondern die Reißzahnteufel
würden umgekehrt höchstens mit deinen, öh, Zähnen
und Knochen herumspielen."
"Meine Güte, Gnummi, nun reg dich doch nicht
künsstlich auf, ich habe ess doch nicht ernsst gemeint!"
"Wir wollten uns gerne noch 'mal die unterirdische
Stadt genauer ansehen und erkunden", erklärte Lila
nun, "und dich wollten wir fragen, ob du mitkommst
und uns die Wege zeigst, weil du doch der Experte für
die Anlage bist; schließlich warst du am häufigsten da
und kennst dich bei weitem am besten aus."
"Da hasst du wohl recht, Lil", sagte Gezzo
geschmeichelt, "ich zseige euch gerne alless, wass ich
kenne!"
Camilla konnte nur mit Mühe ein Grinsen unterdrücken;
Lila hatte das ja voll drauf! Ihn einfach so bei seiner
Eitelkeit zu packen! Sie selbst hatte es sich weit
schwerer vorgestellt, Gezzo zu überzeugen, mit drei
Mädchen auf Tour zu gehen.
Gemeinsam schlenderten sie zu Gnumbas Wohnhöhle,
wo sie überrascht und erfreut von deren Eltern, Grapp

und Gnessa, begrüßt wurden. Beide hatten nichts dagegen, daß Lila und Camilla einige Zeit bei Gnumba bleiben wollten; ganz im Gegenteil, sie freuten sich sogar sehr über den unverhofften Besuch.

"Wie geht's denn so bei euch?" wollte Gnessa wissen, "gibt es irgendetwas Neues?"

Lila und Camilla sahen sich an, dann schüttelten sie die Köpfe.

"Nö, eigentlich nicht", meinte Lila, "zumindest fällt mir im Augenblick nichts Besonderes ein, außer, daß wir euch natürlich von meiner und Millas Mutter grüßen sollen. Und bei euch?"

"Allzuviel gibt es hier auch nicht. Daß es alles wieder ganz gut zugewachsen ist, habt ihr ja selbst schon gesehen. Ach ja, seit vorgestern ist die alte Gwinda verschwunden. Aber wahrscheinlich hat sie sich in ihrer geistigen Verwirrung neuerlich verlaufen. Wir müssen sie halt nur wiederfinden, bevor sie verhungert, schließlich kann sie nicht mehr so recht für sich selbst sorgen. Gnubbel, unser Häuptling, hat auch schon ein paar Leute losgeschickt, sie zu suchen."

"Aber, wenn sie so verwirrt ist", warf Lila ein, "ist sie dann nicht in großer Gefahr, einem Tier zum Opfer zu fallen?"

"Ach, das glaube ich eigentlich weniger", antwortete Grapp, "seit dem Brand habe ich kaum noch Tiere beobachtet, die uns gefährlich werden können. Ich denke, wir werden sie schon unversehrt wiederfinden."

"Wenn wir morgen zur toten Stadt gehen, können wir auf dem Weg dahin ja auch nach, öh, Gwinda Ausschau halten."

"Aha, ihr wollt also in die Stadt! Und bei so einer Unternehmung hältst du es mittlerweile nicht einmal mehr für nötig, uns vorher um Erlaubnis zu fragen?!" stellte Gnessa, die Hände in die Hüften gestemmt, verärgert fest.

"Aber, Mama! Es ist dort doch gar nicht mehr, öh, gefährlich!" verteidigte sich Gnumba, "außerdem kommt, öh, Gezzo mit, und der kennt sich schließlich dort aus!"

"Gnessa, ich verstehe zwar deine Sorgen, aber ich glaube auch, daß eine derartige Tour nicht mit außergewöhnlich hohen Risiken verbunden ist", unterstützte Grapp die Mädchen, "zumal sie ja zu viert sind."
"Na gut. Aber abends kommt ihr zurück, es wird dort nicht übernachtet! Klar?"
"Na klar, Mama, das hatten wir auch gar nicht vor!"
"Wie ist denn das mit euren Müttern, Lila, Camilla? Haben die euch denn die Erlaubnis gegeben?"
"Ja, natürlich!" versicherte Lila schnell, ehe Camilla etwas anderes sagen konnte, 'zumindest für den Flug hierher', setzte sie für sich im Stillen hinzu, so daß es in ihren Augen keine Lüge mehr war. Damit war das Thema für Gnumbas Eltern auch abgehakt. Während Grapp sich nun nach draußen begab, um noch ein bißchen nach Gwinda Ausschau zu halten, bereitete Gnessa das Abendessen für die drei Mädchen. Gezzo war unterdessen mit der Versicherung nach Hause gegangen, am nächsten Morgen pünktlich bei Sonnenaufgang da zu sein. Sie hatten sich auf die frühe Zeit geeinigt, damit sie auch wirklich genügend Stunden zur Erkundung der Stadt zur Verfügung hatten.
Lila fühlte sich alles andere als ausgeschlafen, als Gezzo sie am nächsten Morgen durch heftiges Klopfen auf die Scheibe des Lichtschachtes weckte. Unwillig rieb sie sich die Augen und richtete sich träge auf. Die beiden anderen schliefen so fest, daß sie nichts mitbekommen hatten. Lila dehnte und streckte sich, stand dann auf, lief unter den Lichtschacht und machte Gezzo Zeichen nach oben, daß sie ihn bemerkt hatten und gleich kommen würden. Danach schlich sie zuerst zu Gnumbas, dann zu Camillas Bett, um beiden nacheinander mit einem Ruck die Decken wegzuziehen. Während Gnumba erschreckt hochfuhr und wild um sich blickte, bestand Camillas einzige Reaktion darin, sich auf die Seite zu drehen, die Beine anzuziehen und weiterzuschlafen. Lila schüttelte zu Gnumba gewandt den Kopf. "Wie kann man nur so fest pennen?"

wunderte sie sich. Gnumba war mittlerweile hellwach. Rasch stand sie auf, lief zum Waschbecken und füllte ihre Hände mit kaltem Wasser.

"Hey, gute Idee, Gnummi!" lachte Lila und schloß sich dem Beispiel ihrer Freundin an. Dann stellten sie sich beidseitig von Camillas Bett auf.

Auf Gnumbas Kopfnicken hin leerte Lila ihre Hände über Camillas Gesicht, während Gnumba das kühle Naß über Camillas Bauch und Po laufen ließ. Der Erfolg war überwältigend: Die so unsanft aus dem Reich der Träume Gerissene schreckte hoch, sprang auf und stieß gleichzeitig einen markerschütternden Schrei aus.

"Pssst!" zischte Lila, "willst du etwa Gnumbas Eltern wecken?!"

Camilla japste nach Luft, denn das eisige Wasser hatte ihr einen derben Schock versetzt. "Ihr widerlichen Arschlöcher, ihr ... !" Sie brach erschrocken ab und errötete heftig, als sie bemerkte, daß ausgerechnet in diesem Moment Grapp und Gnessa das Zimmer betreten hatten.

"Was ist denn hier los?" wollte Gnessa mit schlaftrunkener Stimme und erschreckter Miene wissen.

"Ach, nichts, Mammi!" beeilte sich Gnumba zu sagen, "Milla ist nur vielleicht ein bißchen plötzlich aufgewacht." Sie mußte sich gewaltsam zwingen, nicht laut herauszuplatzen, und Lila mußte sich gar wegdrehen, damit man ihr Grinsen nicht sah. Camilla stand völlig konsterniert auf dem Bett: "Ich bin ... ? Das ist doch ... ! Aber ... !"

"Nun mal ruhig, Camilla", beschwichtigte Gnessa, "jeder kann mal einen Alptraum haben! Wenn denn weiter nichts ist, legen wir uns wieder hin. Das Frühstück könnt ihr euch ja wohl selber machen. Aber bitte seid etwas leiser dabei!"

"Klar, wir passen jetzt besser auf Camilla auf!" gluckste Lila, als Grapp und Gnessa den Raum verließen.

"Echt toll! Klasse! Ihr seid wirklich meine liebsten Freundinnen!" empörte sich Camilla mit beißender Stimme, "das werde ich euch so schnell nicht vergessen, mich erst so zu erschrecken und dann die

Unschuldslämmer zu spielen! Was sollen denn deine Eltern jetzt von mir denken?!"
"Och, die werden sich nicht viel dabei, öh, denken", gab Gnumba zurück und mühte sich, ihre Gesichtszüge unter Kontrolle zu behalten, "höchstens halten sie dich für etwas hysterisch!"
Die beiden Jüngeren prusteten vor Lachen.
"Sowas soll ja bei jungen 'Damen' häufiger vorkommen!" setzte Lila noch eins drauf. Das war nun aber des Guten doch etwas zuviel. Wütend packte Camilla ihre Cousine an den Haaren und zerrte sie zum Waschbecken, um dort ihren Kopf hineinzudrücken und das kalte Wasser voll aufzudrehen. Lila schnappte nach Luft und versuchte sich keuchend aus Camillas Griff zu befreien. "Gnummi, nun hilf mir doch!"
"Untersteh dich!" befahl Camilla, "sonst bist du auch gleich dran!" Endlich ließ sie Lila los, die sich mit gut gekühltem Kopf und klitschnassen Haaren aufrichtete.
"Puh, daß du immer gleich so brutal werden mußt!" beschwerte sie sich.
"Irgendwie mußt du es mal lernen, anders kapierst du es ja nicht!" belehrte Camilla kühl.
"Kommt, öh, vertragen wir uns wieder, o.k.?"
"Von mir aus", stimmte Camilla zu.
Auch Lila war einverstanden, konnte es sich aber nicht verkneifen, Gnumba für ihre unterlassene Hilfeleistung noch eins auszuwischen, indem sie ihren Kopf heftig schüttelte, als sie an ihr vorbeiging, so daß nun auch Gnumba ihren Teil abbekam. Zum Frühstück ließen sie auch Gezzo hereinkommen, der sich neugierig berichten ließ, was denn eben Schreckliches passiert war, das solches Geschrei hervorrief.
"Mädchen!" war sein einziger Kommentar.
"Vorsicht Gezzo!" warnte Gnumba, "wir sind immerhin deutlich in der, öh, Überzahl!"
Gezzo hielt sich mit übertrieben ängstlicher Miene die Hände vor den Mund: "Jetzst fürchte ich mich aber ssehr! Hoffentlich nicht sso ssehr, daßs ich auss Angsst in der unterirdisschen Anlage vor euch fliehe und euch alleinlassse!"

"He, Gezzo, willst du uns etwa erpressen?!" erkundigte sich Lila.

"Ach Quatssch! Aber ich finde, wir ssollten allmählich loss, und nicht die ganzse Zseit mit Reden verplempern!"

Die vier packten die am Vorabend bereitgelegten Sachen zusammen - hauptsächlich Lebensmittel, Lampen und Seile - und machten sich auf den Weg.

Es war noch empfindlich kühl und das Gras taunaß, was den Anfang der Tour für Gnumba und Gezzo nicht gerade besonders angenehm machte. Lila und Camilla hatten es da wesentlich besser, da sie ja fliegen konnten. Gnumba hätte zwar auch ihren Falken rufen können, aber einerseits lohnte sich das in Anbetracht des nicht allzu weiten Weges kaum, und andererseits hätte dann Gezzo allein zu Fuß gehen müssen, da er weder einen Falken besaß, noch überhaupt imstande war, ein solches Tier zu reiten. Auch so wurde es schnell angenehmer, da die steigende Sonne die Pflanzen trocknete, und sie auch bereits nach etwa einer Stunde den Rand der öden Hochebene erreichten, auf der sowieso so gut wie nichts wuchs. Gerade wollten sie auf die freie Fläche hinaus, als Camilla eine Bewegung im hohen Gras, unweit ihrer Position bemerkte.

"Gnummi, Gezzo, paßt auf, da kommt irgend ein Tier auf euch zu!" rief sie hinunter.

Die beiden Gumben reagierten sofort; sie sprangen auf den nächsten Baum zu, und hangelten sich mit für Gumben typischer Leichtigkeit und Schnelligkeit hinauf. Gnumba griff ihren Bogen, den sie ebenfalls mitgenommen hatte, und legte einen Pfeil ein. Dann ließ sie ihn aber wieder sinken, denn jetzt kam das Tier zwischen den dichten Halmen hervor. Es war ein graues Kaninchen, welches müde und scheinbar orientierungslos mehr vor sich hinstolperte, als hoppelte. Es zog etwas, das aussah wie Spinnweben, hinter sich her und schien große Schmerzen zu haben.

"Soll ich es nicht lieber erschießen?" flüsterte Gnumba, "ich kann nicht mitansehen, wie es leidet!"

"Trausst du dir dass denn mit einem Sschußs zsu? Sonsst mußs ess womöglich noch mehr Sschmerzsen ertragen!"

Gnumba legte zweifelnd den Kopf zur Seite und schätzte die Entfernung. "Ich bin mir nicht ganz, öh, sicher", gab sie zu, "aber was sollen wir denn sonst machen? Wir können es ja nicht einfach sich selbst überlassen!"

Sie kamen jedoch nicht mehr dazu, weiter darüber nachzudenken, denn das Kaninchen, das sich eben auf die freie Fläche hinausgeschleppt hatte, brach nun zusammen. Sein Körper zuckte noch ein paarmal krampfartig, dann erschlaffte es und lag still.

"Das war ja schrecklich!" rief Lila, "das Arme! Was es wohl hatte?"

"Wir können ja mal nachsschauen", sagte Gezzo, "aber lieber nicht anfaßsen! Wer weißs, wass für eine Krankheit dass isst?"

Die beiden Gumben kletterten von ihrem Zufluchtsort herab und folgten den voranfliegenden Elfen zu dem mit aufgerissenen milchigstarren Augen tot daliegendem Tier. Erschrocken und verwundert beobachteten die vier Freunde, wie fadenförmiges Geflecht, welches entlang des Rückgrates und aus dem Kopf des Kaninchens sproß, sich sichtbar bewegte und offenbar bemüht war, in den Boden einzudringen, was hier allerdings nicht gelang, da das Tier auf kahlem Felsen lag.

"Igitt, was ist das bloß?" fragte Lila und stieß mit einem Halm nach dem weißen Gespinst. Dieses reagierte sofort, und wickelte sich blitzschnell um die Spitze des Grashalmes, gleichzeitig mit einigen der Fäden in diesen eindringend. Lila ließ den Halm fallen und wich erblassend ein paar Schritte zurück.

"Mein Gott, ist das schnell! Habt ihr das gesehen?"

Die drei anderen waren ebenso geschockt und vergrößerten hastig den Abstand zu dem unheimlichen Etwas.

"Das sieht so ähnlich aus wie bei dem toten, öh, Frosch, neulich bei euch am Biberteich", fand Gnumba.

"Stimmt", bestätigte Lila, "nur, daß sich da diese Fäden nicht bewegt haben."

"Laßt uns weiter", bat Camilla, "ich mag das nicht länger sehen!"

Hastig entfernten sie sich von dem Kadaver und strebten der verfallenen Stadt entgegen. So bekamen sie das folgende Drama auch nicht mehr mit, welches sich am Todesort des Kaninchens abspielte. Dort hatte nämlich ein junger Bussard das noch warme Tier erspäht und landete auf dem Leichnam, um die unverhofft leichte Beute zu verspeisen. Doch kaum hatten seine Krallen das Tier gepackt, als sich auch schon die Fäden um seine Füße wickelten. Erschreckt hackte er mit dem Schnabel nach den Fesseln. Als er merkte, daß er sie nicht nachhaltig losbekam, und außerdem die Fäden begannen, schmerzhaft in die Muskeln seiner Beine einzudringen, wollte er wegfliegen. Normalerweise wäre ihm dies auch mit dem zusätzlichen Gewicht an den Füßen möglich gewesen, doch es hatten unterdessen etliche der Fäden einen seiner Flügel erreicht und mit dem Kadaver verbunden, so daß der Startversuch gehörig mißlang und der Vogel auf die Seite stürzte. Wild schlug er mit dem freien Flügel und krächzte seine Todesangst hinaus, bis die vordringenden Pilzfäden sein zentrales Nervensystem erreicht hatten, entlang des Rückenmarks vordrangen und letztendlich sein Gehirn durchsetzten. Wenige Augenblicke später war der Bussard qualvoll verendet.

4

"Ich halte es nicht mehr aus!" stellte Boron fest, "hier kann ich gar nichts tun. Aber ich muß unbedingt herausbekommen, was wir gegen diesen Pilz machen können. Ich muß zu meinem Haus zurück und die Versuche fortsetzen. Kommt ihr beide hier allein klar, oder wollt ihr mich begleiten?"

"Ich möchte lieber hierbleiben, bei Dorgo!" sagte Lavia, mit Tränen in den Augen auf den versiegelten Sarg blickend.

"Ich bleibe natürlich bei dir", schloß sich Forn an und legte den Arm um seine trauernde Frau. "Wenn du eine Möglichkeit findest, etwas gegen diese Krankheit zu unternehmen ... ."

"Wenn ich etwas finde, wird mein erster Weg selbstverständlich zu euch führen", versicherte Boron. "Meanmar?!"

Der Gerufene öffnete die Tür, vor der er Wache gehalten hatte und sah fragend herein.

"Kannst du bitte dafür Sorge tragen, daß der Weg zu meinem Haus frei ist? Ich muß dringend hinüber, und meine Forschungen betreffs dieses Pilzes fortsetzen!"

"Natürlich, Boron, einen Augenblick, ich sage dir Bescheid, wenn du hinauskannst!"

Kurz darauf war Boron wieder in seinem Labor und stürzte sich in die bislang wenig aussichtsreiche Arbeit. Am folgenden Morgen rief er Histran zu sich.

"Ich habe die letzten vierundzwanzig Stunden ununterbrochene Tests gemacht", begann er mit ernstem Gesicht, als Histran und Jondras bei ihm saßen, "die Lage ist, befürchte ich, noch wesentlich ernster, als wir angenommen haben!"

"Was kann denn noch schlimmer sein, als das, was du uns bereits berichtet hattest?" wollte Jondras wissen.

"Nun", entgegnete Boron, "ich habe, entgegen meiner ethischen Überzeugung, Versuche mit lebenden Tieren - Mäusen - angestellt und dabei eine erschreckende Entdeckung gemacht. Und zwar ist es nicht einfach so, daß der Pilz in das Opfer eindringt und es zu seiner

Ernährung tötet, nein, er versucht die Kontrolle über dessen Gehirn zu bekommen und es seinem Willen und seinen Zielen zu unterwerfen."
"Du redest von dem Pilz, als sei er ein intelligentes Wesen", warf Histran erstaunt ein, "wie kommst du auf derlei Gedanken?"
"Ich habe die infizierten Tiere beobachtet", setzte Boron seinen Bericht fort, "anfangs drang der Pilz immer so rücksichtslos und brutal in das Nervensystem des Opfers vor, daß es über kurz oder lang starb. Aber mit jedem Versuch lebten die Tiere länger, wenn ich Pilzfäden nahm, die zuvor schon in einem anderen Wirtskörper waren. Die letzten Mäuse schließlich überlebten, zeigten aber völlig veränderte Verhaltensmuster. Sie waren extrem aggressiv gegenüber nichtinfizierten Tieren und versuchten entweder den Pilz an diese weiterzugeben oder, wenn dies nicht gelang, ihre Artgenossen, auch wenn es die eigenen Nachkommen waren, zu töten. Diejenigen der Mäuse, die nun in einer Symbiose mit diesem Pilzes in ihrem Gehirn und Nervensystems leben, zeigen auch eine signifikant höhere Intelligenzleistung. Es drängt sich insgesamt der Eindruck auf, als stünde ein hochkomplexes, intelligent denkendes Wesen hinter diesem Tun."
"Aber was für einen Sinn sollte es für einen Pilz machen, sich der Gehirne anderer Lebewesen zu bemächtigen?"
"Das kann ich auch noch nicht erklären. Wie gesagt, ist es bisher auch nur eine Vermutung meinerseits, die sich auf die bislang ausgeführten spärlichen Versuche stützt. Da sie aber eine derart ungeahnte Dimension zu beinhalten scheinen, wollte ich nicht warten, euch meine Hypothese vorzutragen."
Histran zeigte ein bestürztes Gesicht: "Was ist denn in diesem Fall mit Forn? Glaubst du, der Pilz hat auch ihn schon 'übernommen'?"
"Das kann ich nicht sagen, ich muß ihn nachher erst untersuchen. Gestern auf jeden Fall noch nicht. Und es schien beinahe, als breitete sich der Pilz bei ihm auch

nicht weiter aus. Aber das hatte ich bei Dorgo zwischenzeitlich auch einmal gedacht. Andererseits glaube ich, daß Lavia sich gemeldet haben würde, ginge es Forn schlechter oder hätte sein Verhalten sich gravierend verändert."

"Das sind ja heitere Aussichten!" stöhnte Jondras, "besonders, weil wir den Ursprung dieser, ich sage mal Seuche, noch immer nicht ausfindig machen konnten."

"Und du weißt auch noch kein Mittel, mit dem man das Gehirn der Betroffenen wieder von diesem Befall befreien könnte?"

"Nein, Histran, leider nicht! Ich habe noch keine Idee, wie ich dagegen vorgehen kann, ohne gleichzeitig dem Opfer ähnlichen Schaden zuzufügen wie dem Pilz. Und ich habe noch eine weitere entsetzliche Ahnung!"

"Nun erzähl schon, viel schlimmer kann es ja gar nicht mehr kommen!"

"Sag das nicht! Bisher sind die Infektionen, mit Ausnahme von Dorgo, bei dem wir es nicht wissen, durch direkten Kontakt, und wie ich bei den Mäusen beobachten konnte, eindringen der Fäden in den Körper des Opfers zustande gekommen. Dagegen kann man in bestimmtem Umfang Vorsichtsmaßnahmen ergreifen. Was aber, wenn der Pilz Fruchtkörper ausbildet, diese reifen und anschließend ihre Sporen von sich geben? Dann können wir uns alle allein durch das Atmen infizieren! Wie wir uns dann noch schützen sollen, weiß ich absolut nicht!"

Geschockt von dieser apokalyptischen Vorstellung saßen die drei Elfen eine Zeitlang schweigend beieinander. Nach einer Weile raffte sich Histran auf.

"Hoffen wir, daß dieser schlimmste Fall niemals eintreten wird! Erstmal geht das Leben weiter. Wir dürfen uns nicht von der Angst lähmen lassen, sonst haben wir schon jetzt verloren! Ich meine, Boron, du solltest vorsichtshalber Forn noch einmal untersuchen, ob der Pilz bei ihm ähnlich Schlimmes zeigt wie bei deinen Mäusen!"

"Du hast Recht, ich werde gleich hinüberfliegen."

Als Boron bei dem Baumhaus Forns ankam und klopfte, erfolgte keine Reaktion. Boron versuchte es erneut, diesmal noch lauter, aber mit demselben negativen Ergebnis.

"Was ist, ist etwas nicht in Ordnung?" fragte der eben vorbeikommende junge Elf Welard.

"Lavia und Forn öffnen nicht", erwiderte Boron, "ich wollte Forn auf den Verlauf der Krankheit hin untersuchen, aber sie reagieren nicht. Vielleicht schlafen sie ja nur."

Welard machte ein bedenkliches Gesicht. "Wenn da mal nichts passiert ist! Laß uns lieber die Tür öffnen und nachsehen!"

Mit vereinten Kräften gelang es ihnen, die Tür aufzubrechen und in die Wohnung zu gelangen. Im Wohnzimmer fanden sie Lavia, die gerade stöhnend versuchte, sich aufzurichten. Über ihrer rechten Schläfe prangte eine dicke Beule samt Bluterguß. Mit drei schnellen Schritten war Boron bei ihr und stützte sie. Auch Welard hastete hinzu und wollte helfen, aber Boron hielt ihn zurück.

"Warte, Welard, du hattest bislang keinen Kontakt mit Infizierten, und bei Lavia können wir nicht sicher sein. Darum solltest du kein unnötiges Risiko eingehen! Sieh lieber nach, ob sich Forn noch irgendwo in der Wohnung aufhält, aber berühre auch ihn nicht!"

Als Welard seine Anweisung befolgte und damit begann, die Wohnung abzusuchen, wandte sich Boron Lavia zu, die sich mit der einen Hand den Kopf hielt und Boron mit verschwommenem Blick ansah.

"Was ist passiert, Lavia, bist du gestürzt?"

Die junge Elfenfrau mühte sich sichtlich, einen klaren Kopf zu bekommen. "Nein, Boron, ich bin nicht gestürzt. Es war Forn. Als ich heute früh aufwachte, benahm er sich schon so komisch; ganz anders als sonst. Ich kann das nicht so richtig beschreiben, das merkte man auch nur, wenn man seine Gewohnheiten genau kennt. Alles in allem waren es nur Kleinigkeiten, die ich zuerst auf Dorgos Tod und Forns Unsicherheit betreffs seiner Krankheit zurückführte, besonders, weil es ihm heute Nacht ziemlich schlecht zu gehen schien: Er stöhnte dauernd und hatte offensichtlich große Schmerzen, wollte aber nicht mit mir darüber reden. Dann, nach dem Frühstück, hockte er sich in die Ecke und starrte mit glasigen Augen vor sich hin. Ich wollte gerade los, dich zu holen, da stand er auf und kam auf mich zu. Dabei sah er mich so merkwürdig an, als ob er in mich hinein oder durch mich hindurchsehen würde. Irgendwie wirkten seine Augen voller Haß!" Lavia brach in Tränen aus, "dabei haben wir uns doch immer geliebt!" schluchzte sie verzweifelt. "Ich fragte ihn, was er habe, ob ich ihm helfen könne, aber er antwortete nicht. Als er vor mir stand, holte er plötzlich ein Beil hinter seinem Rücken hervor und schlug es mir mit der stumpfen Seite gegen den Kopf. Ab da weiß ich nichts mehr."

Boron lauschte ihren Worten mit tiefer Bestürzung. Also war seine Hoffnung betreffs Forn vergebens gewesen. Der Pilz hatte ihn offenbar in seine Gewalt gebracht. Ab sofort stellte Forn dadurch eine unkalkulierbare Gefahr für alle anderen dar.

"Welard?!!"

Der junge Elf kam in den Wohnraum.

"Was gibt es, Boron? Ich habe Forn übrigens nirgendwo im Haus finden können!"

"Ja, das kann ich mir denken. Bitte hol sofort Histran und die anderen vom Dorfrat herbei! Es ist eine kritische Situation eingetreten. Ach ja, und sag schon jedem, den du triffst, daß alle sich von Forn fernhalten, ihm frühzeitig ausweichen und mir oder Histran Bescheid sagen sollen, wenn sie ihn sehen!"

Ohne weitere Worte zu verlieren, flog Welard los, Borons Auftrag zu erledigen. Bis die Mitglieder des Dorfrates eintrafen, versorgte Boron die Verletzung Lavias und gab ihr ein Mittel gegen die heftigen Kopfschmerzen, die der Schlag nach sich gezogen hatte. Anschließend untersuchte er sie noch akribisch auf Anzeichen einer Ansteckung mit dem Pilz. Nach und nach kamen die gerufenen Elfen. Neben Histran waren es Welard, Jondras, Meanmar, Killy, Sara und der

Lehrer Toldar. Nachdem Boron die anderen, die am Morgen nicht bei ihm gewesen waren, ebenfalls über die Ergebnisse seiner Tests informiert hatte, kam er zum wesentlichen Punkt, dessenwegen er sie hatte rufen lassen.

"Wir müssen davon ausgehen, daß Forn sich in der Gewalt dieses Pilzwesens befindet. Nach den Versuchen mit den Mäusen müssen wir befürchten, daß er versuchen wird, andere Elfen zu infizieren oder sie im Fall des Mißlingens eventuell gar umzubringen."

Diese Aussage Borons führte dazu, daß Lavia einen hysterischen Anfall erlitt. Sie schrie und weinte abwechselnd und riß sich mit den Händen an den Haaren. Sara und Killy hatten alle Mühe sie wieder zu beruhigen. Killy sah Boron vorwurfsvoll an und schüttelte tadelnd den Kopf. Hatte er sich das denn nicht denken können, nach allem, was die arme Frau in den letzten Tagen hatte durchmachen müssen? Boron guckte aber auch bereits geknickt und entschuldigend in die Runde. Er hatte bei der Dringlichkeit, die er den Informationen beimaß, Lavias persönliche schwierige Situation aus den Augen verloren.

"Bitte, Lavia, es tut mir leid!" stammelte er, um Verzeihung bittend ihre Hand ergreifend, "ich wollte dir ganz bestimmt nicht wehtun!"

Die Elfe blickte ihn gequält an. "Es ist schon gut, Boron", brachte sie hervor, "irgendwann hätte ich es ja sowieso erfahren müssen." Sie zögerte einen Moment, offenbar im Widerstreit mit sich und ihrer Angst, ob sie die nächste Frage stellen sollte. Dann flüsterte sie, mit vor Furcht geweiteten Augen: "Habe ich es auch? Werde ich mich auch so verändern?!"

"Ich habe bei dir bisher keinerlei Anzeichen für eine Ansteckung finden können", beruhigte Boron, "darum denke ich, wirst du verschont bleiben."

"Boron, du sagtest uns doch, daß die Mäuse, die infiziert waren, alles taten, um ihre Artgenossen anzustecken", stellte Histran fest.

"Das ist richtig", bestätigte der Arzt, "wieso?"

"Nun, du hast auch gesagt, daß Forn dies wohl mit anderen Elfen versuchen wird; aber warum hat er dann den Pilz nicht an Lavia weitergegeben? Das wäre doch das Leichteste gewesen!"

"Dafür habe ich auch keine schlüssige Erklärung", grübelte Boron, "vielleicht gab es in seinem Unterbewußtsein irgendwo noch Hemmungen, der Elfe, die er am meisten geliebt hat, zu schaden; ich weiß es nicht."

"Auf jeden Fall müssen wir Forn schnell finden und einsperren, damit er keinen irreparablen Schaden anrichtet. Wer von uns kann denn schon ahnen, was für Pläne ein pflanzliches, denkendes Wesen haben mag? Sie werden sich zumindest mit Sicherheit nicht mit unseren Vorstellungen vom Sinn des Lebens decken", stellte Histran klar.

"Genau", stimmte Killy zu, "diese Lebensform ist unserer so fremd, daß es uns auch schwerlich gelingen dürfte, uns in ihre Denkweise hineinzuversetzen. Das macht das Ganze auch so kompliziert!"

"Nun denn, laßt uns mit der Suche beginnen!" ordnete Histran an, "Welard, wählst du dir bitte vier oder fünf weitere Männer und führst die Gruppe auf die Suche nach Forn?! Ihr müßt Seile mitnehmen, denn ihr dürft ihn bei der Gefangennahme möglichst nicht berühren!"

"Alles klar, wird gemacht, ich bin schon weg!" damit verschwand der junge Elfenmann aus Lavias und Forns Haus und flog los, seine Freunde zusammenzuholen.

"Jondras, du übernimmst eine zweite Gruppe! Den Rest brauchen wir hier zum Schutz. Ich werde die Einsätze vom Rathaus aus koordinieren. Sara, Killy? Würdet ihr mir bitte als Verbindungsleute zur Verfügung stehen?!"

Die beiden nickten und folgten Histran, der sich auf den Weg zum Rathaus machte. Zum Schluß blieb nur noch Boron mit Lavia zurück.

"Könntest du mit mir kommen, Lavia?" bat der Arzt, "erstens könnte ich dringend Hilfe gebrauchen, und zweitens würdest du hier in Gefahr sein, wenn Forn

überraschend zurückkommt. Außerdem könnte es dich vom dauernden Grübeln abhalten."
"Du hast recht, Boron, ich kann Ablenkung jetzt wirklich gut gebrauchen! Ich komme mit!"
Boron sammelte seine Sachen zusammen und verließ das Haus. Lavia trat noch einmal zu dem hölzernen Sarg und strich sanft mit der Hand über das harte, polierte Holz. Dann wischte sie sich die neu hervorquellenden Tränen energisch fort und folgte Boron.

5

Garmin und Kathrin waren bester Laune; Frühmorgens waren sie aufgebrochen, zum ersten Mal seit Fionas und Jürgens Hochzeit die Elfen wiederzusehen. Besonders natürlich Lila, mit der zusammen sie schließlich in ihrem Auslandsurlaub vergangenes Jahr - und auch danach - soviel erlebt hatten. Lila hatte ihnen damals den Weg genau beschrieben, und der Forscher Bernhard, der am Rande des Naturschutzgebietes lebte, hatte ihnen sogar eine von ihm selbst erstellte detaillierte Karte mitgegeben, so daß sie guter Dinge waren, das Elfendorf nicht zu verfehlen. Im Augenblick lagen sie eng aneinandergekuschelt in ihrem kleinen Zelt und lauschten den ungewohnten Geräuschen der nächtlichen Wildnis. Anfangs erschien Kathrin das Zirpen der Grillen unangenehm laut, und auch das Rauschen des Windes, in das sich zuweilen der unheimliche Ruf eines Käuzchens mischte, ließ bei dem fünfzehnjährigen Mädchen beklemmende Gefühle aufkommen. Sie drückte sich enger an ihren ein Jahr älteren Freund und legte ihren Kopf auf seine Brust. Sie hörte sein Herz gleichmäßig und ruhig schlagen und entspannte sich, als er nun eine Hand unter ihr T-Shirt schob und sanft ihren Rücken kraulte. Sie liebte seine vorsichtige, zärtliche Art, mit der er sie verwöhnte. Es war wunderbar, daß sie nun in den Ferien endlich einmal mehr Zeit füreinander hatten und auch kein Elternteil in der Nähe war, das störte oder an irgendwelchen Verhaltensweisen Anstoß nahm. Sonst ergaben sich Treffen mit Garmin eher selten, da er doch recht weit entfernt wohnte. Diese Tatsache beeinträchtigte aber nicht ihre Gefühle füreinander; ganz im Gegenteil verstärkte es nur immer wieder ihre Sehnsucht nach dem anderen. Garmin seinerseits konnte sich nicht vorstellen, Kathrin irgendwann einmal nicht mehr zu lieben. Er brauchte nur in ihr süßes Gesicht zu schauen und ihr unvergleichliches bezauberndes Lächeln zu sehen, dann verblaßten alle anderen Frauen neben ihr und nahmen sich nur noch wie gesichtslose Schatten gegen sie aus. Er faßte Kathrin unter die Achseln zog sie sachte hoch, so daß sich ihre Lippen fanden und küßte sie voller Inbrunst. Kathrin ließ sich in ihren Gefühlen treiben und gab sich ihm ganz hin. Es war jedesmal anders, jedesmal neu, so, als wäre es immer wieder das erste Mal.

Am nächsten Morgen wachten sie in noch der gleichen innigen Umarmung auf, in der sie nahezu gleichzeitig schließlich eingeschlafen waren. Kathrin seufzte, als sie sich aufrichtete; ihr rechter Arm war eingeschlafen und kribbelte unangenehm. Auch Garmin schlug nun die Augen auf und verzog das Gesicht.

"Was ist?" wollte Kathrin wissen, und strich ihm die wirren Haare aus der Stirn.

"Oohh!" stöhnte Garmin und wälzte sich zur Seite, "ich glaub' ich hab auf etwas Spitzem geschlafen!" Er setzte sich auf, zog die Isomatte ein Stück zur Seite und tastete mit der Hand über den Boden. "Da ist der Übeltäter", rief und deutete auf eine kantige Erhöhung unter dem Zeltboden, "wieso habe ich das gestern Abend denn bloß nicht schon bemerkt?!"

Kathrin legte die Arme um seinen Nacken und küßte ihn auf den Mund. "Du wirst es schon überleben", lächelte sie, "komm, laß uns nachsehen, wie das Wetter heute ist. Der Wind zumindest scheint eingeschlafen zu sein."

Sie zog den Reißverschluß hoch und steckte ihren Kopf hinaus. Die Morgensonne tauchte die vor ihr liegende Wiese in ein unwirklich anmutendes Licht und ließ die unzähligen Tautropfen funkeln. Die Luft war noch etwas kühl und roch wunderbar frisch. Kathrin atmete tief ein. Dann warf sie den Schlafsack zur Seite und kroch aus dem Zelt.

"Komm, Garmin, es ist unglaublich schön, und die Sonne steht schon ziemlich hoch!"

"Sonne? das hätte man doch im Zelt schon merken müssen!" antwortete Garmin leicht ungläubig, steckte aber nun auch seinen Kopf zum Eingang hinaus.

"Wow, du hast recht! Das ist ja traumhaft!" Der Grund, warum sie im Zelt die Sonne nicht bemerkt hatten, war auch schnell ausgemacht: Ein dicht belaubter Baum warf seinen noch ziemlich langen Schatten über ihren Standort.

"Gib mir mal Handtuch und Seife", bat Kathrin, "ich geh mich eben da am Bach waschen!" Nackt, wie sie war, lief sie zu dem klaren, schnell fließenden Gewässer hinüber. Einen Augenblick zögerte sie, dann stieg sie hinein und tauchte kurzerhand ganz unter.

"Brrrr, ist das kalt!" rief sie Garmin entgegen, "das zieht einem glatt die Kopfhaut zusammen!" Trotzdem wusch sie auch ihre Haare mit dem kalten Wasser, während Garmin sich mit einer kurzen Katzenwäsche und Zähneputzen begnügte.

"He, wasserscheu?" lachte Kathrin, während sie Garmin gleichzeitig von oben bis unten naßspritzte.

"Ey, Kathy, bist du blöd?!" protestierte er, "jetzt sind meine Sachen klitschnaß!"

"Die werden schon wieder trocken, bei der Sonne!" Kathrin stieg aus dem Wasser und ließ sich von Garmin abtrocknen.

"Du bist 'ne richtige Gans!" stellte er fest.

"Waas? Bloß weil ich dich naß ... ?"

"Nee, aber guck dich doch an!" Tatsächlich hatte Kathrin von dem eisigen Wasser eine ordentliche Gänsehaut bekommen, die sich erst jetzt beim Abtrocknen allmählich glättete.

"Ach so, ich wollt' schon gerade sagen ... ! Was glaubst du, Garmin?" fragte Kathrin, während sie sich anzog und anschließend ihre widerstrebenden dunklen, schulterlangen Haare durchbürstete, "schaffen wir das heute noch bis zu dem Elfendorf?"

"Hm, das könnte knapp werden. Ich denke, wir sollten uns nicht unnötig verausgaben und ruhig noch einmal mehr übernachten. Ich fand's jedenfalls schön letzte Nacht!"

"Ich auch!" sagte sie und sah ihm voll zärtlicher Erinnerung in die Augen, "von mir aus könnten wir hier ewig unterwegs sein!"

Also ließen sie sich Zeit und brachen erst nach einem geruhsamen ausgiebigen Frühstück wieder auf. Sie

benutzten den Bach als Wegweiser und folgten ohne Hast seinem kurvigen Verlauf.

"Was ist das denn da Ekliges?" deutete Kathrin wenig später auf eine Stelle am Ufer, wo die großen Blätter eines Bärlapps grau und schleimig herunterhingen.

"Bäh, das sieht ja widerlich aus!" fand auch Garmin, "und da hängt auch alles voller Spinnweben. Der Dicke nach muß das Vieh ganz schön riesig sein!"

Kathrin zuckte automatisch zurück. Es gab kaum etwas, das sie mehr haßte als Spinnen!

"Ja, die muß wirklich mächtig groß sein!" wiederholte Garmin, "sieh doch nur, sie hat scheinbar sogar einen Frosch gefangen und eingesponnen!"

"Ich will es nicht sehen!" sträubte sich Kathrin, "ich will nur schnell weg hier!"

"Na gut, obwohl es mich schon interessiert hätte, was das für ein Monstrum ist!"

Doch bald hatten sie den unangenehmen Anblick vergessen; zuviel Schönes und Interessantes gab es auf ihrem Weg zu entdecken. Bis zum Abend hatten sie den Anfang des Kartales erreicht.

"Ich glaube, hier ist ein geeigneter Ort zum Übernachten", stellte Garmin mit einem Rundumblick fest, "die Wiese hier ist schön eben, und die Büsche geben einen guten Windschutz ab. Sauberes Wasser ist auch da", deutete er auf den munter dahinplätschernden Bach.

"Gut, ich gehe auch lieber weiter, wenn es wieder hell ist", stimmte Kathrin zu, "dann verpassen wir nicht so viele schöne Stellen, von denen bis zu dem Elfendorf bestimmt noch etliche kommen werden."

Innerhalb weniger Minuten stand das kleine Zelt, und kurz darauf hatte Garmin in einer Sandmulde ein kleines Feuer entzündet, über welchem sie anschließend ihr Essen zubereiteten. Es gab Nudeln mit Soße; zu viel mehr reichten weder Kathrins noch Garmins Kochkünste. Zudem hatten sie ja auch nur eine Flamme zur Verfügung, was ein aufwendigeres Menü von vornherein ausschloß.

Nachdem sie ihr Eßgeschirr abgewaschen hatten, saßen sie, einen Schlafsack um die Schultern, den anderen unter sich, vor den ersterbenden Flammen und genossen aneinandergelehnt den stillen Abend.

"Irgendwie finde ich es hier viel, viel schöner als in einem Dorf oder einer Stadt", sagte Kathrin leise, um den Zauber der sternenklaren Nacht nicht zu stören, "wenn ich mir später mal ein Haus leisten kann, möchte ich es am liebsten mitten in der Natur. Es muß ja nicht ewig weit weg von einer Stadt sein, aber wenigstens so weit, daß man davon weder etwas hört, noch riecht oder sieht."

"Das wäre schon was!" teilte Garmin Kathrins Vorstellung, "am besten einen kleinen Hof, auf dem nur wir beide leben."

"Und ein paar Tiere!"

"Und viele Kinder!"

"Na ja, Kinder will ich auch, aber viele? Erst mal sehen, wie es so mit zwei oder drei Kindern läuft", schränkte Kathrin ein, "wer weiß denn schon, ob die so toll und lieb sind wie wir?" setzte sie noch grinsend hinzu.

Auch Garmin mußte lachen: "Du hast recht, so von uns beiden, das könnte 'ne ganz schön anstrengende Rasselbande werden!"

"Auf jeden Fall hat das noch einige Jahre Zeit", stellte Kathrin fest, "ich weiß ja auch noch gar nicht, ob ich dich überhaupt noch mag, wenn ich mich alt genug für Kinder fühle!"

"He, du garstiges Weib!" rief Garmin gespielt wütend und stieß Kathrin von sich fort, "geh mir aus den Augen, ich such mir eine andere!"

"Na, denn mal los," lachte Kathrin und wies auf die Wildnis um sie herum, "viel Glück!"

"Was meinst du, Kathy, wollen wir ins Bett hüpfen? Wir möchten doch morgen fit sein, und außerdem wollen wir ja auch bestimmt noch nicht sofort einschlafen, oder?!"

"Ich weiß nicht", überlegte Kathrin und sah Garmin skeptisch an, "wo du mich doch gerade verstoßen hast ... ."

"Schon gut, ich nehme dich gnädig wieder bei mir auf!"
verkündete Garmin mit künstlich gönnerhafter Stimme.
"Na dann ... ", Kathrin lachte, "aber vorher muß ich
nochmal kurz in die Büsche!"
"Verlauf dich nicht, da könnten böse Geister lauern!"
"Blödmann!"
Kathrin stand auf und verließ den Lichtkreis des fast
heruntergebrannten Feuers. Ein kleiner Sandfleck, der
ein Stück weiter vor ihr matt durch die Büsche
schimmerte, erschien ihr ein geeigneter Platz zu sein.
Sie zwängte sich durch die herabhängenden Zweige
und hockte sich hin. Das Knistern des Feuers klang ihr
auch hier noch beruhigend in den Ohren. Halt, nein,
das konnte es nicht sein, das Feuer war doch schon
kaum noch zu sehen! Jetzt kam ihr das leise Knistern
auch gar nicht mehr gemütlich vor! Es war, als käme
ein ganzes Insektenheer durch die Blätter der sie
umgebenden Büsche gekrabbelt. Kathrin schauderte
und stellte sich eine Schar riesiger Spinnen vor, die
gleich über sie herfallen würden. Hastig beendete sie
ihr Geschäft und wollte zurück, doch irgendetwas hielt
ihren Fuß fest. Verängstigt schrie sie auf und strengte
sich verzweifelt an fortzugelangen. Doch das, was sie
da am Fuß gepackt hatte, schien immer härter
zuzugreifen. In Panik tastete Kathrin nach den
Schnürsenkeln. Bevor sie diese zu fassen bekam,
berührten ihre Finger etwas Feuchtes, Watteähnliches.
Kathrin schüttelte sich vor Ekel. Endlich gelang es ihr,
die Schleife aufzuziehen. Sie riß den Fuß aus dem
Schuh und rannte weinend durch das dichte Geäst,
nicht beachtend, daß ihr die Zweige Arme und Gesicht
zerkratzten. Völlig aufgelöst stürzte sie in das Zelt und
warf sich in die Arme Garmins, diesen fest
umklammernd.
"He, nicht so stürmisch!" protestierte Garmin, "du
kannst es wohl gar nicht abwarten!"
"Garmin, ..., ich, ... , ich, ... , da draußen ..., mein
Schuh ist weg .... und es wollte mich ... !" stammelte
Kathrin schluchzend.

"Was? Was ist los? Wer hat was?!" fuhr Garmin alarmiert hoch. Aber Kathrin war noch zu geschockt, um geordnet von dem berichten zu können, was ihr wiederfahren war. Garmin brauchte eine ganze Weile, bis er seine Freundin soweit beruhigt hatte, daß sie ihm verständlich machen konnte, was sie derart in Panik versetzt hatte. Mit einem mulmigen Gefühl im Magen streifte sich Garmin seine Hose über und zog seine Schuhe an.
"Gib mir mal die Taschenlampe 'rüber!" bat er das zitternde Mädchen, "ich schau nach, was da in den Büschen ist."
"Nein, nicht, Garmin!" flehte Kathrin tränenerstickt, "hinterher kriegt es dich noch!"
"Ich werde schon aufpassen!" versprach Garmin, "aber wir müssen doch wissen, was da lauert, sonst überrascht es uns noch im Schlaf!"
Kathrin schluckte, sah aber ein, daß Garmin Recht hatte. Sie gab ihm die Taschenlampe, und folgte ihm aus dem Zelt. "Ich will nicht alleine bleiben", sagte sie und faßte seine Hand, "wenn sich in fiesen Filmen irgendwelche Gruppen trennen, erwischt es immer die einzelnen Mitglieder", erklärte sie noch ihre Befürchtungen. Vorsichtig näherten sie sich den Büschen in der von Kathrin angegebenen Richtung. Garmin leuchtete jede Handbreit genau ab, bevor sie einen Fuß daraufsetzten.
"Da, da war es!" flüsterte Kathrin aufgeregt und deutete auf die helle Sandfläche zwischen dem Gezweig. Ein fahles bläulichgrünes Leuchten glomm über der fraglichen Stelle.
"Was ist das denn bloß?!" staunte Garmin, sich aufmerksam an die Minilichtung heranarbeitend.
"Halt, Garmin, geh lieber nicht weiter!" bat Kathrin, "sieh doch nur, hier ist alles voll von so komischem grauen Gespinst. Und das da in der Mitte des Sandes war einmal mein Schuh!" wisperte sie und wies angeekelt auf einen gräulichgrünlichen Klumpen, von dem sich unzählige Fäden in die umliegenden Büsche erstreckten. Garmin zog hörbar die Luft durch die Nase.

"Es riecht verfault", stellte er fest, "ich glaube .... , zurück Kathrin!" schrie er plötzlich und zog sie am Arm zurück. Im Lichtkegel der Taschenlampe erkannte Kathrin, daß einige der faserigen Auswüchse vom nächstgelegenen Busch aus nach ihr angelten. Erschreckt liefen die beiden Jugendlichen aus dem Gestrüpp und rannten zum Zelt zurück.
"Also, hier verbringe ich die Nacht auf keinen Fall!" rief Kathrin mit bleichem Gesicht.
"Ich auch ganz bestimmt nicht!" stimmte Garmin zu, "komm, wir bauen schnell ab und dann los!"
Innerhalb weniger Minuten hatten sie ihre bescheidene Habe zusammengepackt.
"Mist!" fluchte Kathrin, "ich finde meine Sandalen nicht! Hast du sie vielleicht eingepackt?"
"Nee, ganz sicher nicht!"
Verärgert schüttete Kathrin den gerade gepackten Rucksack wieder aus.
"Da sind sie doch! Wieso habe ich sie denn eben nicht bemerkt!" Eilig streifte sie die Sandalen über und warf den einzelnen Schuh in die Büsche. "Soll das Ekelzeugs den anderen auch haben", murmelte sie, "ist ja eh zu nichts mehr nütze!"
"Guck mal, Kathy, das sieht beinahe aus, als folge es unseren Spuren", wies Garmin auf das aus den Büschen vordringende Fadengewirr, welches sich tatsächlich an ihren Spuren zu orientieren schien.
"Das ist ja entsetzlich", schüttelte Kathrin den Kopf, "und auch sehr, sehr merkwürdig: Seit wann können denn Pflanzen - eine solche ist das doch wohl - sehen oder riechen?!"
"Stimmt, daß ist mir gar nicht aufgefallen. Du Kathy", setzte er nach kurzem Überlegen hinzu, "was glaubst du, ob sich das komische Zeugs hier schon weiter ausgebreitet hat? Dann könnten die Elfen in größter Gefahr sein!"
"Oh Gott, ja!" rief Kathrin aus, "das könnte schon sein! Denk doch mal an gestern: Diese faulige Pflanze da am Bach, wo du gedacht hast, da wäre eine Riesenspinne am Werk gewesen ... ."

"Mann oh Mann, wir sollten uns beeilen und sie warnen!"
So schnell es die Dunkelheit und das Gelände zuließen, arbeiteten sich die zwei jungen Menschen durch die laue Nacht, um ihre kleinen Freunde von der drohenden Gefahr zu unterrichten.

6

"Wie ssieht es auss?" wollte Gezzo wissen, "wollen wir durch die Wassserrohre oder durch einen der großsen Eingänge hineingehen?"

"Ich bin für den Haupteingang", plädierte Camilla, "ich finde diese engen Rohre unangenehm, zumal wenn ich daran denke, was dir, Gezzo, damals darin widerfahren ist."

"Wiesso, wass meinsst du?"

"Na, als du mit Welard, Bregard und so darinnen warst, plötzlich das Unwetter kam und die Röhren überschwemmt hatte."

"Ach sso, dass meinsst du! Dass wäre aber egal, denn ess isst heute ganzs gewiß kein Regen zu erwarten."

"Trotzdem!" beharrte Camilla, "ich ... "

"Ich will dir doch gar nicht widerssprechen! Wir können gerne durch den großen Eingang. Ich wollte ja nur erklären, warum ess nicht gefährlich wäre."

Die vier Freunde hatten sich der Ruinenstadt bis auf wenige hundert Meter genähert und passierten soeben die Stelle, an welcher man - wenn man so klein wie eine Elfe oder ein Gumb war - über die ehemaligen Trinkwasserleitungen in die unterirdischen Bereiche der Stadt, die mittlerweile seit fast vier Jahrhunderten unbewohnt war, gelangen konnte. Trotz dieser langen Zeit war noch vieles, was die Erbauer unter Tage angelegt hatten, nahezu unversehrt erhalten. Nicht zuletzt, weil erst der Magier Urkalan mit den ihm dienenden Geschöpfen, und dann sein selbsternannter Nachfolger, der abtrünnige Elf Eotan, einiges an Erhaltungs- und Wiederaufbaumaßnahmen unternommen hatten. Ehedem hatten die damaligen Herrscher riesige Anlagen unter der Erde angelegt, um sich vor drohenden Angriffen ihrer Feinde in Sicherheit bringen zu können. Da sie auch in diesem Fall nicht auf den gewohnten Luxus verzichten mochten, war die 'Stadt unter der Stadt' in weiten Teilen dementsprechend pompös entworfen worden. Diese schönen und reichlich mit Kunstschätzen ausstaffierten Bereiche waren nun das Ziel der zwei Elfen und zwei Gumben.

Nach kurzer Zeit kamen sie an den ersten Gebäuderesten vorbei und suchten sich fortan ihren Weg zwischen den gigantischen Trümmerbergen.

"Guckt mal!" rief Lila aus und deutete auf ein Skelett von etwa Schäferhundgröße, "das war wohl mal eine von diesen widerlichen Riesenratten von Urkalan."

"Ganzs klar", bestätigte Gezzo, "kann man ja auch an den sschrecklich langen Nagezsähnen erkennen."

"Ich glaube, sie ist an der gleichen Ursache gestorben wie das arme Kaninchen vorhin", vermutete Camilla, "hier und hier", sie wies nacheinander auf mehrere Knochenpartien, "kann man noch die vertrockneten Reste von jenen eigenartigen Fäden erkennen!"

"Das dürfte wohl sstimmen. Ich war ja in der Vergangenheit häufig hier, und da habe ich einige der Tierkadaver - es lagen eine ganzse Menge von den versschiedenssten Arten umher - in frisscherem Zsusstand gessehen. Da konnte man diessess sspinnwebenartige Geflecht noch gut erkennen."

"Laßt uns bloß, öh, aufpassen, daß es uns nicht erwischt!" warnte Gnumba, "der Tod durch dieses, öh, Zeugs scheint entsetzlich zu sein!"

"Das glaube ich auch", meinte Lila, "aber durch diese vertrockneten Reste wird vermutlich kaum noch eine Gefahr ausgehen, oder was meint ihr?"

"Dass denke ich auch nicht, aber wir ssollten kein unnötigess Rissiko eingehen und ess trotzsdem nicht berühren!"

Während ihres Weges zu dem Haupteingang der unterirdischen Teile entdeckten sie noch etliche durch den Pilz getötete Wesen, derer viele zu den Mutationen gehörten, die der Magier und Wissenschaftler Urkalan einst geschaffen hatte. Zuweilen sahen sie auch Pflanzen, die noch vor einigen Monaten dem Auge mit ihrem Grün Erholung zwischen den ganzen grauen Trümmern geboten hatten. Nun aber waren auch sie grau und tot. Anscheinend war alles Lebende ein Raub dieser neuen Spezies geworden.

"Ich weiß nicht", sagte das Gumbenmädchen leise, "wollen wir nicht lieber, öh, umkehren? Ich fühle mich gar nicht wohl! Es ist so unheimlich still, und alles ist tot; ich mag das, öh, überhaupt nicht!"
"Och nö!" widersprach Lila, "jetzt, wo wir schon mal hier sind, will ich auch 'rein und 'was sehen!"
"Komm Gnummi!" drängte auch Camilla, "wenn wir gut aufpassen, was soll schon groß passieren?"
"Alsso ich glaube auch nicht, daßs wir in Gefahr ssind, schließslich war ich doch sschon öfter hier, sseit es diessen ... Pilzs? gibt, und ess isst mir doch auch nie etwass passsiert!"
"Na gut, ich komme mit, aber Angst habe ich, öh, trotzdem", erklärte Gnumba mit ein wenig kläglich klingender Stimme.
"Irgendwie kommt es mir hier gar nicht mehr bekannt vor", gestand Camilla, "ich glaube ich würde den Eingang alleine nicht wiederfinden. Alles sieht so gleich aus!"
"Ich schätze, der Eingang müßte gleich da hinten, von hier aus hinter der zweiten Ruine liegen", erinnerte sich Lila, "aber es ist wirklich schwieriger geworden, seit der Turm durch die von Corinna ausgelöste Explosion eingestürzt ist. An dem konnte man sich so gut orientieren."
"Du hasst aber recht", bestätigte Gezzo Lilas Vermutung, "der Eingang isst genau dort, wo du ess gessagt hasst."
"Seht ihr", sagte Lila mit stolzgeschwellter Brust, "ich habe einen sehr guten Orientierungssinn!"
"Boh, hier staubt's aber! Ganz schön, öh, eingebildet!" stellte Gnumba fest, und Camilla nickte zustimmend.
Lila wurde rot. "Ihr seid ja nur neidisch!" rief sie aus und flog voran, während die anderen ihr lachend und etwas langsamer folgten. An dem Haus, in dessen Innerem der Weg hinabführte, wartete Lila.
"Da kommt ein ganz komischer Geruch heraus", erzählte sie den anderen, "so süßlich, faulig!"
"Echt? Dass war noch nicht, als ich dass letzte Mal hier war. Laßs mal riechen!" Gezzo entzündete schon einmal

die Lampen, von denen jeder eine nahm und näherte sich dann der großen Öffnung, hinter welcher die lange Treppenflucht nach unten begann.

"Das sstinkt ja wirklich widerlich, alss ob dort ganzse Berge von Aass verwessen!"

"Egal, so'n bißchen Gestank hat noch keinen umgebracht", rief Lila ungeduldig und flog, eine der Lampen in der Hand haltend, voran in die Dunkelheit.

"Daß Lila immer so, öh, unvorsichtig sein muß!" klagte Gnumba, die am liebsten umgekehrt wäre, "sie hätte doch wenigstens warten können, ob wir überhaupt noch dort hinunter wollen!"

Aber nun konnten und wollten sie ihre Freundin natürlich nicht alleinlassen und folgten Lila mit gemischten Gefühlen in die stickige Luft der Unterwelt.

"Zurück nehmen wir aber nicht wieder, öh, diesen Weg!" stöhnte Gnumba schon nach wenigen Metern.

Das war kein Wunder, denn die Treppen waren von und für Menschen und nicht für fünfzehn bis zwanzig Zentimeter große Gumben gebaut.

"Ich glaube, daßs würden wir auch gar nicht sschaffen", stimmte Gezzo zu, "wir müßsten ja bei jeder Sstufe hochsspringen und unss dann auch noch hinaufzsiehen. Da würden wir wohl nicht allzsu weit kommen!"

"Vielleicht könnten Lila und ich zusammen euch nacheinander hinauftragen", bot Camilla an, "denn soweit ich mich erinnern kann, ist bei dem anderen Weg, den ich noch kenne, ebenfalls eine steile Treppe."

"Dass isst ein nettess Angebot, Milla, aber ich glaube nicht, daßs ihr dass könntet. Mit Gnummi vielleicht, die isst ja ein Fliegengewicht, aber mich kriegt ihr da nie hoch. Ich kenne jedoch noch einen anderen Weg, der allerdingss durch die dir verhaßsten Wassserrohre führt."

"Egal, wenn es anders nun mal nicht geht!"

Während ihres Gespräches kletterten sie geschwind die Stufen hinunter. Je weiter sie kamen, desto unerträglicher wurde der Verwesungsgeruch. Immer häufiger sahen sie Schimmelflecken, die schließlich, als sie die erste Ebene unter der Erde erreichten, bereits fast die ganzen Wände bedeckten. Dabei gaben sie ein derart starkes fluoreszierendes Leuchten von sich, daß sich die vier Gefährten - Lila hatte unterdessen auf die anderen gewartet - entschlossen, die Energie ihrer Lampen zu sparen und diese ausbliesen.

"Ist euch auch aufgefallen, daß es hier anscheinend kein einziges Tier gibt?" wollte Lila wissen, "ich habe die letzten zig Meter mal genau darauf geachtet; es gibt nicht einmal Asseln, Silberfische oder Spinnen!"

"Dass isst wirklich merkwürdig. Ich habe zswar auch sschon die letzsten Male bemerkt, daß keine von Urkalanss oder Eotanss Gesschöpfen mehr zu ssehen waren, aber auch nicht einmal Sspinnen ... ?"

"Vielleicht sind ja alle von diesen Pilzfäden getötet worden", überlegte Lila, "wer weiß, möglicherweise gehört sogar der Schimmel an den Wänden ebenfalls zu diesem furchtbaren Ding."

"Du meinst, das hängt alles zusammen, Lil? Ein einziger riesiger Pilz, der sich über alles ausbreitet?" erschrak Gnumba.

"Das weiß ich natürlich nicht! Aber man kann es auch nicht ausschließen. Es können auch viele Pilze ein und derselben Art sein."

"Glücklicherweisse hat er ssich noch nicht über den Boden aussgebreitet", stellte Gezzo fest, "ich hätte keine Lusst, über sso etwass Aggresssivess mit meinen bloßsen Füßsen zsu laufen!"

"Ich auch nicht!" schüttelte sich Gnumba, "wollen wir nicht umkehren?"

"Willsst du die ganzse Treppe wieder hochklettern? Na dann viel Spaßs!"

"Ach ja, daran habe ich gar nicht mehr, öh, gedacht", murmelte Gnumba kleinlaut.

"Ey, ist doch alles halb so wild!" fand Lila, "laßt uns weitergehen, vielleicht finden wir ja bald Gänge, wo dies Zeugs nicht wuchert."

Langsam, damit die beiden Gumben mitkamen, flogen Lila und Camilla den alten Gang entlang, dem die damals nur notdürftig beseitigten Explosionsschäden noch deutlich anzusehen waren. Gnumba und Gezzo hielten sich genau an die Gangmitte, um ja dem unheimlichen Bewuchs der Wände nicht zu nahe zu kommen. Jetzt landete auch Lila und forderte ihre Cousine auf, das gleiche zu tun.

"Was ist den los, Lil", wollte Camilla wissen, die keine große Lust verspürte, zu Fuß zu gehen.

"Sieh doch, da vorne, da hängen überall solche Fäden von der Decke! Wenn wir da flögen, wären wir kaum in der Lage, eine Berührung zu vermeiden, weil wir wesentlich mehr Platz brauchen, als wenn wir zu Fuß sind und die Flügel anlegen. Außerdem würden die Fäden sicher vom Luftzug unserer Flügel durcheinandergewirbelt, und wir könnten gar nicht mehr voraussehen, wann und wo sie uns dann in die Quere kommen."

Ein prüfender Blick Camillas voraus bestätigte Lilas Einschätzung. Die Fäden hingen zwar nicht sehr dicht und reichten auch nur in den seltensten Fällen bis zum Boden, doch fliegend, mußte sich auch Camilla eingestehen, war es unmöglich, ohne einen Kontakt hindurch- oder darunterherzukommen.

"Wenn diese verdammte, öh, Treppe nicht wäre, würde ich spätestens jetzt umkehren!" preßte Gnumba zwischen ihren vor Furcht zitternden Lippen hervor, "was machen wir denn, wenn dies Gewucher immer dichter werden oder auch auf dem, öh, Boden wachsen sollte?"

Darauf wußte auch keiner der anderen eine befriedigende Antwort, und so schwiegen sie. Ängstlich den Kontakt mit den Pilzfäden meidend, suchten sie sich ihren Weg zu einer der in die tiefer gelegenen Ebenen führenden Treppen. Nicht selten hatten sie dabei das Gefühl, als versuchten die Fäden, sich ihnen zu nähern. Einmal konnte Gezzo eine Berührung eines besonders aufdringlichen Exemplares mit Lilas Kopf nur dadurch verhindern, daß er das Elfenmädchen abrupt und brutal nach hinten zurückriß.

"Aua! Was soll das?!" schrie Lila erbost.

"Ess hätte dich fasst gehabt!" sagte Gezzo und zeigte auf den dicken, aus vielen Einzelfäden zusammen-

gesetzten Strang, der sich Lila gerade wiederum zu nähern begann. Lila wich mit bleichem Gesicht zurück und klammerte sich krampfhaft an Gezzos Arm.
"Kommt, laßt uns schnell vorbei!" trieb Camilla die anderen an, "ehe es uns einschließt!"
Ein Blick genügte, um den anderen die Dringlichkeit Camillas Worte deutlich werden zu lassen: Immer mehr der Gewächse wandten sich in ihre Richtung und tasteten in dem grünlichen Dämmerlicht nach Beute. Hastig liefen die vier an der gefährlichen Stelle vorbei.
"Wie nehmen die uns bloßs wahr?" keuchte Gezzo, "ob die irgendwie riechen oder unsere Wärme wahrnehmen können?"
Tatsächlich wirkten die drängenden Versuche, ihrer habhaft zu werden, eher wie bei einem Tier als bei einer Pflanze. Während der nächsten Meter schien der Bewuchs immer dichter zu werden, bis sie an einem großen Riß in der Wand vorbeikamen, der vermutlich ebenfalls eine Folge der zerstörerischen Wucht der Explosion vor zwei Jahren war. Aus diesem Riß wucherten die Fäden in nie gesehener Menge. Gleichzeitig war auch ihre Aktivität hier am höchsten. Die Gefährten schafften es nur mit viel Geschick und noch mehr Glück, diese Stelle unbeschadet zu passieren. Im weiteren Verlauf des Ganges wurden die 'Tentakel' spärlicher und dünner. Als die vier endlich die nächste Treppe erreicht hatten, beschränkte sich der Pilz auf einige fleckige Wucherungen an den Wänden. Hier war sein Glimmen bereits so dürftig, daß sie gezwungen waren, die Lampen wieder anzuzünden. Doch das taten sie nur zu gerne, wenn dafür wenigstens die unheimliche Bedrohung nachließ. Allen vieren stand noch die Angst ins Gesicht geschrieben, als sie nun die Treppe hinunterkletterten, beziehungsweise wieder flogen.
"Hoffentlich kommen solche, öh, Stellen nicht noch mehr!" rief Gnumba, "ich hab die Schnauze endgültig voll von so etwas!"
Auch Lila, die am meisten dafür gewesen war, weiterzugehen, bereute es mittlerweile, die anderen zu

einer derart riskanten Tour überredet zu haben. Andererseits - so entschuldigte sie es vor sich selbst - wie hätte sie auch ahnen können, daß es so schlimm kommen würde? Unterdessen waren sie auf jener Ebene angelangt, auf welcher Bernhard, Martha und ein Großteil der Elfen seinerzeit von dem Magier Urkalan gefangengehalten worden waren. Mit Schaudern betrachtete Camilla noch einmal die alten verrosteten Käfige, in denen sie damals auf den Tod in Urkalans Labors warteten. Diese unangenehme Erfahrung war Gezzo und Gnumba erspart geblieben; Gnumba kannte die Gänge nur von dem Überfall auf den abtrünnigen Elf Eotan, während Gezzo noch einiges von seinen einsamen Erkundungstouren her in Erinnerung hatte. Sie hielten sich bei dem Verließ nicht lange auf, da es dort nicht viel Interessantes zu entdecken gab, sondern setzten ihren Weg zu jenen Räumen fort, von denen sie annahmen, daß dort vor Jahrhunderten die damaligen Herrscher der Stadt gewohnt hatten. Jetzt näherten sie sich ihrem Ziel, wie unschwer an der Ausstattung des Ganges zu erkennen war. Waren bisher Fußboden und Wände aus Sandsteinblöcken gefügt, zierten ab hier edle Marmorplatten mit Goldintarsien die geräumigen Flure. Immer öfter konnten sie nun auch kunstvolle Gemälde in teuren Rahmen bestaunen, die Portraits der Herrschenden oder Szenen aus deren Leben zeigten.
"Sehr glücklich sehen die aber alle nicht aus", stellte Lila fest, als sie an dem Abbild eines besonders grimmig dreinschauenden Herren vorbeikamen.
"Ich schätze, ich könnte auch nicht glücklich sein, wenn ich unter der Erde leben müßte", meinte Camilla, "ich glaube, ich würde sogar sterben, wenn ich nicht wenigstens ab und zu nach draußen käme!"
"Aber unermeßlich reich müssen sie gewesen sein", stellte Gnumba fest, die das nächste Bild betrachtete, "seht nur, was für unglaublich schönen und vielen Schmuck die, öh, Frau trägt!"
"Und das Kleid dürfte noch einmal genausoviel wert gewesen sein!" staunte Camilla, "was gäbe ich darum, das einmal im Original sehen zu können!"

"Ich denke ihr legt gar keinen Wert auf Kleider", sagte Gezzo mit hochgezogener Augenbraue die unbekleideten Elfen ansehend.
"Na ja, wir tragen vielleicht keine Kleidung, bis wir mindestens sechzehn sind", gab Camilla zu, "aber das heißt ja nicht, daß wir Kleider nicht schön finden könnten."
"Und erwachsene Elfen ziehen sich eigentlich fast immer etwas an", setzte Lila hinzu.
Beeindruckt durch die Pracht der Darstellungen, wie gleichzeitig etwas bedrückt durch die Melancholie der Bilder, erkundeten die vier kleinen Personen die ihrem Lebensstil so fremde, längst vergangene Welt der Menschen, die hier Ablenkung und Schutz vor der feindlichen Umwelt gesucht hatten. In den Zimmern und Sälen, bei denen es ihnen gelang, die schweren Türen zu öffnen, gab es noch weit mehr zu bestaunen als in den Gängen. Die Ausstattungen offenbarten derart unglaublichen Reichtum und überladenen Schmuck, dass sie sich von den auf sie einstürzenden Eindrücken bald wie erschlagen fühlten.
"Also mir könnte selbst dieser ganze, öh, Luxus und all die schönen Dinge ein Leben hier unten nicht, öh, schmackhaft machen", erklärte Gnumba, während sie und die anderen den Inhalt einer goldverzierten Schmuckschatulle in einem überwältigend ausgestatteten Badezimmer inspizierten.
"Ich finde es erstaunlich", gab Lila ihrer Verwunderung Ausdruck, "daß Urkalan damals diesen ganzen Schmuck, das Gold und sonstigen Reichtum nicht verkauft oder sonstwie verwendet hat."
"Vielleicht hat er ja vieles genommen, aber es war einfach zuviel", vermutete Camilla, "wenn man sich die Räume so ansieht, hat er anscheinend auch längst nicht alle benutzt oder überhaupt durchsucht, denn in einigen, die wir gerade angesehen haben, lag noch unberührt der Staub von vielen Jahrzehnten."
Während Camilla sprach, hatte Lila einen relativ kleinen Ring aus dem Kästchen genommen. "Der gefällt mir, den nehme ich mit!" erklärte sie und ließ die anderen

einen Blick darauf werfen, bevor sie einen Faden aufnahm, das Schmuckstück daran befestigte und sich um den Hals hängte. Der Ring war ein unglaubliches Meisterwerk der Kunst: Er zeigte eine Mutter mit zwei Kindern, wobei die sichtbaren Hautpartien jeweils aus Kupfer, die Haare aus Gold und die Kleidung aus Silber gefertigt waren. Dabei war alles so fein gearbeitet, daß jede auch noch so kleine Einzelheit zu sehen war; ja, sogar der fröhliche Gesichtsausdruck der Kinder, sowie der ernste der Mutter ließen sich ohne Mühe erkennen. Und doch war das gesamte Kunstwerk auf der Oberseite des Ringes nicht größer als der Fingernagel des kleinen Fingers einer Kinderhand!
"Phantastisch!" rief Camilla, die sich gar nicht sattsehen konnte, "was muß der Mensch für ein Talent gehabt haben! So fein könnten es selbst die Goldschmiede der Elfen kaum hinkriegen!"
"Ich möchte auch etwas so Schönes, öh, mitnehmen", seufzte Gumba, neidisch auf den wunderbaren Ring blickend. Camilla hätte am liebsten eine fast ebenso fein gearbeitete Uhr mitgenommen, deren Zeiger einen dicken kurzen Mann mit erhobenem Arm für die Stunden und eine tanzende schlanke Frau, die beide Arme über den Kopf gestreckt hatte, für die Minuten darstellten. Statt der sonst üblichen Zahlen waren verschiedene Pflanzen aus Silber in das achatene Ziffernblatt eingearbeitet. Doch leider war die Uhr eindeutig zu schwer, als daß Camilla sie längere Zeit hätte tragen können. Und fliegen wäre damit ganz unmöglich gewesen. Also legte Camilla sie bedauernd wieder zurück. Die übrigen Schmuckstücke (mit Ausnahme des Ringes, den Lila an sich genommen hatte) fielen in ihren Augen dagegen so stark ab, daß sie sich nicht dazu entschließen konnte, eines davon mitzunehmen. Auch Gezzo nahm nichts, weil er sich für Schmuck nicht interessierte. Gnumba hingegen wand sich, bevor sie weitergingen, ein eigentlich als Kette für das Handgelenk einer reichen Frau gedachtes Teil um ihre Taille, welches aus winzigen goldenen Rosenblättern bestand und durch eine rubinverzierte

Schließe gehalten wurde. Da sie so klein und zart gebaut war, mußte sie sich die Kette gleich zweifach umwickeln, damit sie nicht herunterrutschte.

"Da werden die anderen aber, öh, Augen machen!" sagte sie, stolz an sich herabblickend.

"Ganzs ssicher!" stimmte Gezzo zu, "du ssiehst jetzt auss wie eine Königin!"

"Findest du wirklich?" wollte Gnumba wissen und errötete zufrieden, als Gezzo bestätigend nickte.

"Aber wenn wir noch mehr ssehen wollen, sollten wir allmählich weitergehen, sschließslich müsssen wir abends wieder zu Hausse sein!" gab der junge Gumb zu bedenken. Damit waren die drei Mädchen einverstanden, doch bevor sie das Bad verließen, versteckte Camilla noch die heißbegehrte Uhr.

"Wieso machst du das?" wollte ihre Cousine wissen, "du wirst sie auch ein anderes Mal nicht tragen können. Außerdem, wer sollte hier außer uns schon hinkommen?"

"Wer weiß", antwortete Camilla, "wahrscheinlich hast du recht, aber ganz vielleicht kann ich ja irgendwann einmal einen unserer Freunde unter den Menschen überreden, mit hierherzukommen und die Uhr für mich herauszubringen. Ich könnte mir vorstellen, daß zum Beispiel Corinna, Beate oder Meike durchaus Interesse hätten, denn sie könnten sich ja auch von dem tollen Schmuck etwas mitnehmen."

"Schon möglich", räumte Lila ein, "zumal Geld, Schmuck und dergleichen mehr den Menschen viel mehr zu bedeuten scheint, als uns."

Die Freunde sahen sich noch eine ganze Reihe von Räumen unterschiedlichster Bestimmung an, bis Lila nach einer Gangbiegung anhielt und hörbar schniefte.

"Ich glaube, hier wird dieser faulige Gestank wieder stärker, und wenn mich vorhin nicht alles getäuscht hat, ging der von diesem Pilz aus!"

"Dann wollen wir lieber umkehren!" rief Gnumba erschrocken.

"Dass geht nicht", widersprach Gezzo, "hasst du vergesssen, daßs wir die Treppen nicht hinaufkönnen? Außserdem möchte ich nicht nocheinmal an diesem Riß in der Wand vorbei, wo diesse vielen Fäden nach unss geangelt haben!"
Gnumba schüttelte sich: "Iih, das hatte ich, öh, vergessen. Nein, da will ich auch auf keinen Fall wieder hin! Aber wie sollen wir denn dann herauskommen?"
"Wir müsssen noch ein Sstück weiter, an dem alten Labor vorbei, dort können wir durch einen ehemaligen Wassservorratssbehälter in das Rohrssysstem und nach draußsen kommen."
Gezzo ging voran und führte die Mädchen in einen abzweigenden Gang, der zu Urkalans ehemaligem Versuchslabor führte. Schon nach wenigen Metern in diesem Gang, der übrigens wieder zu der schmuckloseren Sorte zählte, tauchten die ersten Schimmelflecken an den Wänden auf, und das bekannte grünliche Glimmen begann durch die Düsternis zu schimmern. Im Gegensatz zum ersten Mal, als sie diese Lichtquelle erblickt hatten, waren sie jetzt jedoch alles andere als erfreut, und jeder von ihnen hoffte nur, daß es nicht stärker werden mochte. Leider trog diese Hoffnung; je näher sie dem Zugang zu dem Labor kamen, desto stärker wurde das Leuchten, und bald erblickten sie auch die ersten der verhaßten Fäden. Als sie um die letzte Ecke des Ganges vor dem Labor bogen, stoppten sie alle wie auf Kommando. Dort, wo sie den Eingang in Erinnerung hatten, war der Gang so mit den fransigen Wucherungen bewachsen, daß ein Durchkommen unmöglich schien. Aus der Stelle, wo die Tür sein müßte, quoll eine grünliche, glibberige Substanz, aus deren Innerem es so stark leuchtete, daß das sonst grüne Glimmen schon fast weiß wirkte. Die ganze schleimige Masse mit ihren unzähligen Fäden war in unablässiger Bewegung, und das Licht darin schien zu pulsieren wie der Schlag eines Herzens.
"Soviel zu deinem Weg nach draußen!" flüsterte Lila tonlos, während Gnumba vor Angst die Tränen in die

Augen schossen. Tröstend legte Gezzo einen Arm um ihre Schultern: "Kein Grund zsu weinen, Gnummi", sagte er tröstend, "wir werden sschon einen geeigneten Weg hinauss finden!" Einen kurzen Moment lang schien es Lila, als wolle Gezzo Gnumba einen Kuß geben, aber dann traute er sich offenbar doch nicht und sah ein wenig verlegen zur Seite. Gnumba, die gleiches wie Lila gedacht haben mochte, legte sich derlei Zurückhaltung nicht auf, schlang ihre Arme um den sonst so lockeren nun aber unsicher und steif dastehenden Gezzo und drückte ihm einen tränenfeuchten Kuß auf den Mund. Lila sah Gezzos Augen strahlen wie die Morgensonne, und ein leichter Ellenbogenstoß Camillas verriet ihr, daß dies auch ihrer Cousine nicht verborgen geblieben war. Gezzo hatte das Lächeln der beiden Elfen bemerkt und wurde knallrot, schloß dann aber einfach kurzerhand die Augen und erwiderte Gnumbas Kuß.

"Wenn ihr dann fertig seid, können wir ja weiter nach einem Ausweg suchen", sagte Lila mit nur ganz leicht spöttischem Unterton in ihrer Stimme, als die zwei Gumben ihre Umarmung schließlich lösten. Wieder wurde Gezzo rot.

"Hey, Gezzo, du läßt dich doch wohl nicht von Lila in, öh, Verlegenheit bringen oder?!"

"M, m!" machte Gezzo wenig überzeugend, wirkte aber dennoch wesentlich mehr glücklich als unsicher.

"Leute", unterbrach Camilla, "ich denke, wir sollten uns nicht mehr länger als nötig hier aufhalten, anscheinend hat es uns nämlich bemerkt!"

Die anderen drehten sich um und mußten zu ihrem Schrecken sehen, daß sich etliche Ausläufer des Pilzes ihnen mit erstaunlicher Geschwindigkeit näherten. Hastig zogen sich die Bedrohten zurück, bis sie sich wieder auf dem pilzfreien luxuriösen Gang befanden.

"Wohin nun?" fragte Camilla.

"Hm", machte Gezzo, "mir fällt kein leichter Weg ein. Entweder wir suchen die Räume ab, ob wir irgendwo noch einen weiteren Zugang zu den Wasserrohren finden, oder wir müsssen unss doch die Treppen hochquälen."

→

"Aber wir können doch an diesem, öh, Riß nicht noch
einmal vorbei!" entsetzte sich Gnumba.
"Nein, nein, das will ich auch nicht! Ich meine den Weg,
den Anna, Meliolantha und Camilla einsst durch Zsufall
entdeckten."
"Stimmt, da könnten wir hingelangen", bestätigte
Camilla, "wir waren vorhin schon einmal bei dem
Gefängnisraum, in den der Weg mündet, und zwischen
da und hier waren nirgends Anzeichen des Pilzes zu
sehen."
"HALT, BLEIBT!"
"Wieso?"
"Wass, wiesso? Ich hab' nichtss gessagt, Lil."
"Hast du nicht gerade gesagt wir sollen noch bleiben?"
"Nein, ich habe gar nichtss gessagt!"
Lila zuckte mit den Achseln und sie setzten sich erneut
in Bewegung.
"HALT!"
Die Gefährten sahen sich an.
"Habt ihr es diesmal auch gehört?" fragte Lila.
"Ja, es schien aus dem Inneren meines Kopfes zu
kommen", wisperte Camilla verstört.
"Wer mag das gewesen sein?" sagte Gnumba mit
zitternder Stimme, und das Blut wich ihr aus dem
Gesicht.
"Hört nicht darauf!" warnte Lila, "laufen wir weg, so
schnell wir können!"
Doch das war leichter gesagt als getan: Als sie
loszufliegen versuchte, verspürte sie einen stechenden
Schmerz im Kopf, und es wurde ihr schwindelig. Ein
Blick zu den Freunden verriet ihr, daß es ihnen ähnlich
erging.
"Wir müssen es überwinden!" schrie Lila gepeinigt
gegen den tosenden Lärm und Schmerz in ihrem Kopf
an, der es ihr immer schwerer machte, sich zu
orientieren.
"Ich glaube es ist dieses Pilzwesen, es will uns nicht
fortlassen! Anscheinend ist das Zentrum in dem Labor.
Wir müssen schnell Abstand gewinnen!"

Sie faßten sich an den Händen und quälten sich von der vermuteten Quelle des Übels fort. Lilas Vermutung schien tatsächlich richtig, denn je weiter sie sich von dem Gang entfernten, der zu dem Labor führte, desto schwächer wurden die Schwindelanfälle und Sehstörungen.
"HALT!"
Doch diesmal hatte die körperlose Stimme kaum noch erkennbare Kontur und keinerlei Überzeugungskraft. Wenige Minuten später fühlten sich die vier Jugendlichen wieder frei von fremden Gedanken.
"Das war ja schrecklich!" stieß Lila hervor, "und es konnte sich uns verständlich machen! Und doch scheint es nur eine Pflanze zu sein!"
"Ja, entweder kann es aus irgendeinem Grund unsere Sprache, oder unser Gehirn setzt den unausgesprochenen Willen dieses Wesens automatisch in für uns verständliche Worte um. Versteht ihr, was ich meine?"
"Ich glaube ich weißs, wass du meinsst, Milla. Dass Ding gibt unss den Befehl alss Gefühl; wir wisssen, wass gemeint isst und denken unss dass ganzse in unss versständlichen Worten."
"Genau!"
"Zum Glück kann es offensichtlich nur sehr begrenzt um sein, öh, Zentrum herum derartiges bewirken!" stöhnte Gnumba und rieb sich den brummenden Kopf.
"Wenn ess jetzst aber immer weiter wächsst", überlegte Gezzo, "wie weit wird ess dann sseine Fähigkeiten aussweiten können?"
"Machen wir, daß wir hinauskommen, ehe es doch noch einen Weg findet, uns zu stoppen!" riet Lila.
Eilig liefen sie den Gang zurück, bis sie den Raum mit den verrosteten Käfigen erreicht hatten. Ab hier übernahm Camilla die Führung, weil sie sich noch am besten von ihnen an diesen Weg erinnern konnte. Zielstrebig lief sie zu der rückwärtigen Wand und zog dort einen dünnen Vorhang beiseite, hinter welchem sich eine provisorische Bretterwand verbarg. In dieser fehlten zwei Bretter, so daß sie keinerlei Mühe hatten,

in den dahinterliegenden Gang zu gelangen. Bevor sie die steile, nach oben führende Treppe erreichten, mußten sie noch durch eine Engstelle, wo vor langer Zeit der Tunnel eingestürzt war. Dieser Weg war vermutlich schon zu Zeiten der damals lebenden Menschen nicht für den täglichen Gebrauch durch die Edlen gedacht gewesen, denn er war ziemlich grob aus gewöhnlichen Ziegeln gemauert. Als die Gumben begannen, die ersten Stufen der Treppe zu erklettern, ergriff ein ungutes Gefühl von Lila Besitz. Zuerst konnte sie sich nicht erklären, woher es kam, dann aber wurde ihr der Grund klar: Es roch schon wieder nach diesem vermaledeiten Pilz! Sollte sie den anderen davon erzählen? Lieber erstmal nicht, sagte sich Lila, warum die anderen unnötig beunruhigen, zumal bisher weder Schimmelflecken, noch Fäden oder der grüne Schimmer zu sehen waren. Immer, wenn eine Stufe besonders schlechte Griffmöglichkeiten bot, halfen Lila und Camilla den beiden Gumben, die sich sonst auch selbst Hilfestellung gaben, hoch, indem meistens Gezzo mit seinen Händen Gnumba eine 'Räuberleiter' bildete. Trotz all dieser Hilfestellungen war es ein kräfte- und zeitraubendes Unterfangen für die nur gut eine Spanne großen Gumben und Elfen. Sie brauchten mehrere Stunden für die lange Treppe, und es war schon jetzt klar, daß sie ihr Versprechen, vor der Dunkelheit zu Hause zu sein, nicht würden halten können. Als sie endlich am oberen Absatz der Treppe angelangt waren, war Gnumba mit ihren Kräften am Ende.
"Boh, bin ich, öh, fertig", keuchte das Gumbenmädchen, "müssen wir denn noch weit?"
"Es geht", gab Camilla Auskunft, "ein Stück Gang noch, dann eine riesige ehemalige Küche, ein kleinerer Raum und noch ein mittellanger Gang. Der allerdings hat nochmal eine kurze Treppe."
"Oh nein, nicht, öh, noch eine!"
"Mach dir keine Gedanken, Gnummi", beruhigte Lila, "die kriegen wir dich bestimmt noch hinaufgetragen! Oder, Milla?"

"Doch, klar, das schaffen wir! Wie sieht es denn mit dir aus, Gezzo? Hast du noch Kraft genug?"

"Ja, ich kann noch eine ganze Weile durchhalten", versicherte der Gumb, "komm, Gnumba, wir wollen weiter, leg den Arm um meine Schultern, dann kann ich ess dir leichter machen. Ach nein, warte, ich werde dich Huckepack nehmen, dann kannsst du dich erholen."

"Das ist doch nicht nötig, Gezzo!" wehrte Gnumba ab. Aber Gezzo bestand darauf, so daß Gnumba schließlich - und letztendlich innerlich dankbar - einwilligte. Bald hatten sie das Stück Weges bis zu der alten Großküche bewältigt und betraten das gewaltige Gewölbe. Leider erwartete sie hier eine böse Überraschung: Die Türflügel des jenseitigen Ausganges waren geschlossen, und ein Öffnen, im Normalfall schon fast ein Ding der Unmöglichkeit für so winzige Wesen, verbot sich hier allein deshalb, weil die gesamte Tür und auch deren Umgebung dicht mit den tödlichen Pilzfäden zugewachsen war. Deprimiert stoppten die Vier, und Gezzo ließ Gnumba herunter. Die Vierzehnjährige ließ sich auf den Boden sinken und brach in Tränen aus.

"Was sollen wir denn jetzt bloß machen?" schluchzte sie verzweifelt und sah hilfesuchend zu den anderen auf. Doch die beiden Elfen und Gezzo standen mit hoffnungslosen, versteinerten Mienen da, und Gezzo hatte sogar noch eine weitere Hiobsbotschaft: "Ähem", räusperte er sich, "ich meine, wir ssolten alle Lampen bis auf eine lösschen. Ich habe nicht damit gerechnet, daß wir sso lange hier unten bleiben, und nun isst dass Öl sschon fasst alle."

Erbleichend pusteten die Mädchen ihre Lichter aus. Das waren ja heitere Aussichten: Kein Ausweg, bedroht von dem Pilz und dann womöglich auch noch im Stockdunkeln! Niedergeschlagen hockten sie sich zusammen und aßen ein klein wenig von ihren mitgebrachten Lebensmitteln. Auch diese waren so gut wie aufgezehrt, und so bot sich ihnen eine grausige Alternative: Entweder von dem Pilz gefaßt und vertilgt zu werden oder zu verhungern. Traurig starrten sie in die Flamme der einzigen noch brennenden Laterne und dachten sehnsüchtig an die warme helle Welt, die unerreichbar hoch über ihnen lag.

7

Welard hatte sich den Bereich südlich des Dorfes zum ersten Ziel seiner Suche nach Forn auserkoren. Er und die ihn begleitenden fünf Elfenmänner hielten soviel Abstand voneinander, daß sie sich gerade noch sehen konnten. Jeder hatte ein Seil mit Fangschlinge wurfbereit in der Hand. Sie flogen langsam, damit ihnen ja nichts entging. Allerdings würde die Suche auf diese Weise sehr lange dauern, so daß Welard schon bald den Befehl gab, sich weiter voneinander zu entfernen, und zwar auf fast die doppelte Distanz. So würden sie die Zwischenräume zwischen sich auch noch im Blick haben, sich halt nur gegenseitig nicht mehr sehen. Das bedeutete, daß sie in der gleichen Zeit ein nahezu doppelt so großes Gebiet absuchen konnten. Welard hoffte, daß ihnen trotz der großen Abstände nichts entgehen würde und daß alle Elfen seiner Gruppe die Richtung und das Tempo exakt beibehielten, damit die Abstände zwischen ihnen nicht unabsichtlich noch größer wurden. Er hatte mit den übrigen seiner Suchgruppe einen Zielort ausgemacht, an dem sie sich zu einem vorher vereinbarten Zeitpunkt wieder zusammenfinden wollten. Welard war persönlich ziemlich sicher, daß die Suche erfolglos bleiben würde, hatte aber Histrans Auftrag nicht widersprechen mögen. Trotzdem hielt er die Augen aufmerksam offen. Er hatte den ersten Waldgürtel durchquert und überblickte flüchtig die darauf folgende freie Fläche. Doch wo sollte sich hier schon jemand verbergen. Dann schon eher in den dichten Buschgruppen, die jenseits des Baches folgten. Hier ließ er deutlich mehr Sorgfalt bei der Suche walten und durchkämmte systematisch jedes Gestrüpp. Gerade war er an einem unverdächtig erscheinenden Wachholderbusch vorbeigeflogen, als er sich unerwartet von hinten gepackt fühlte. Welard war jung und kräftig, doch der Griff seines Gegners war eisenhart. Derart behindert, gelang es ihm nicht, sich in der Luft zu halten, und gemeinsam mit seinem Gegner stürzte er in das am Boden wachsende Heidekraut. Bei

dem Absturz hatte sich der Griff des Angreifers etwas gelockert, und Welard war schon fast sicher, sich befreien zu können, als er plötzlich einen stechenden Schmerz im Rücken, in der Nähe des Halsansatzes spürte. Seinen Schmerzenslaut unterdrückte sein Peiniger, von dem Welard annahm, daß es Forn sein müsse, indem er ihm die Hand auf den Mund drückte. Welards Gegenwehr erlahmte jetzt schnell, als er etwas im Rückgrat in Richtung seines Kopfes vordringen fühlte, das gleichzeitig seine Nerven zu lähmen schien. Er war mittlerweile zu keiner Bewegung mehr fähig. Erfüllt von Abscheu und Pein registrierte er noch, wie das parasitäre Gewebe begann, in sein Gehirn einzudringen. "DU BIST JETZT MEIN", war sein letzter Gedanke, bevor er das Bewußtsein verlor.
"Wo bleibt denn bloß Welard?" fragte Dungan, einer der Elfen, die zu Welards Gruppe gehörten. Welards Begleiter waren schon längst an dem vereinbarten Treffpunkt angekommen und warteten ungeduldig auf das Erscheinen ihres Anführers.
"Vielleicht hat er eine verdächtige Stelle ausgemacht und braucht Zeit, sie genauer zu inspizieren", mutmaßte Noldor, ein siebzehnjähriger Elf, der zum ersten Mal in einer offiziellen Mission dabei war.
"Das glaube ich nicht", widersprach Dungan, "Welard ist eigentlich immer sehr zuverlässig und wäre in einem solchen Fall erst zum Treffpunkt gekommen, um dann gemeinsam mit uns die betreffende Stelle zu untersuchen."
"Dann sollten wir uns wohl besser auf die Suche nach ihm machen", schlug der quirlige rothaarige Olban vor, "er könnte ja auch von einem Tier angefallen worden sein."
"Du hast recht", fand Dungan, "fliegen wir auf seinem geplanten Kurs zurück. Und seid vorsichtig! Wenn jemand wie Welard schon etwas passiert, könnte es jeden von uns noch leichter erwischen!"
Sie waren bereits eine geraume Zeit unterwegs, als ihnen der Gesuchte plötzlich entgegengeflogen kam.

"Welard! Welch ein Glück, du lebst! Was ist passiert? Wo warst du?"

"Es ist nichts!" antwortete Welard, "ich hatte eine Buschgruppe durchsucht, als ich mich in einem besonders starken Spinnennetz verfangen habe. Offensichtlich habt ihr meine Rufe nicht gehört. Es hat jedenfalls ziemlich viel Zeit gekostet, bis ich mich daraus befreit, die ganzen klebrigen Fäden abbekommen hatte und endlich wieder fliegen konnte."

"Du bist ja ganz zerkratzt!" stellte Olban fest.

"Ja, ja", murmelte Welard gleichgültig, "kommt wohl von dem Sturz; als ich mich aus dem Netz losgemacht hatte, bin ich in das darunterliegende Heidegestrüpp gefallen. Alles halb so schlimm! Wie war es bei euch? Hat jemand von euch etwas Verdächtiges bemerkt?"

Die fünf Elfen verneinten einhellig.

"Dann kehren wir um. Es hat keinen Zweck, die Suche noch weiter auszudehnen. Hören wir erst einmal, ob die anderen Erfolg hatten."

"Aber es ist doch noch lange hell", wandte Dungan ein, "sollen wir nicht noch den nächsten Geländestreifen absuchen? Zeit genug hätten wir doch!"

"Nein, wir kehren um!" sagte Welard barsch, "wieso widersprichst du mir überhaupt, Dungan? Ich habe doch hier das Kommando! Hast du das vergessen?"

Damit drehte er sich um und flog in Richtung des Dorfes los. Die fünf Elfen sahen Dungan fragend an, der aber zuckte nur ratlos die Achseln: "Tun wir, was er befiehlt, er hat nun mal das Sagen!"

Als sie das Elfendorf erreicht hatten, schickte Welard seine Begleiter nach Hause, bevor er zu Histran flog, um über das Ergebnis seines Einsatzes zu berichten.

"Wir sind drei große Gebiete abgeflogen und haben alles genau abgesucht, aber nichts finden können."

"Drei Areale habt ihr in der Zeit geschafft? Nicht schlecht, das hätte ich kaum für möglich gehalten!" reagierte der Dorfoberste, "dann können wir ja fast den gesamten Bereich südlich des Biberteiches als einigermaßen sicher betrachten. Das ist gut, das gibt uns allen wieder erheblich mehr Bewegungsfreiheit. Ich möchte dich dann nur noch bitten, Wachen einzuteilen, um sicherzugehen, daß auch im nachhinein nicht noch Forn oder andere infizierte Lebewesen dort eindringen!"

"Wird sofort erledigt!" versicherte Welard und verließ das Rathaus. Statt jedoch Wachen einzuteilen, flog er nur zu seinem Haus, in welchem er mit seiner Freundin Wira, einer hübschen dunkelhaarigen Elfe wohnte, die gerade vor ein paar Tagen zwanzig Jahre alt geworden war.

"Du bist schon zurück, Welard? Oh wie schön!" rief sie erfreut aus, als er die Tür öffnete, "ich hatte dich gar nicht so schnell zurückerwartet. Darum habe ich das Essen auch noch nicht gekocht!"

"Egal, ich hab' sowieso keinen Hunger", brummte Welard, "jedenfalls nicht auf Essen!"

"Wie meinst du das? Ach so ... ! Bist du nicht zu erschöpft dafür, nach dem anstrengenden Flug?"

"Quatsch, dafür bin ich nie zu erschöpft! Komm her!"

Wira sah Welard fragend an. Sonst war er doch nie so ... , na ja, direkt! Zudem sah er sie mit solch unverhohlener Gier an! Unsicher machte sie einen kleinen Schritt auf ihn zu.

"Was ist los?!" ärgerte sich Welard über ihr Zögern. Mit zwei schnellen Schritten war er bei ihr, packte sie mit einer Hand hart an der Schulter, während er ihr mit der anderen das dünne Kleid hochschob und das Höschen herunterriß. Grob drückte er seine Freundin auf das Bett und entblößte sich. Allmählich bekam Wira es mit der Angst; Welard hatte sie derart grob an den Oberarmen gepackt, daß es richtig wehtat.

"Bitte Welard ... !"

"Halt den Mund!" herrschte er sie an und preßte seinen Mund auf ihren, während er mit seinen Knien ihre Schenkel auseinanderdrückte und brutal in sie eindrang. Wira riß ihren Kopf zur Seite. "Welard, so will ich es nicht!" rief sie mit Tränen in den Augen, "du tust mir weh!"

Doch Welard reagierte nicht auf ihr Flehen. Wieder fand sein Mund ihre Lippen, und seine Zunge suchte sich ihren Weg zu der ihren. Noch einmal wollte Wira

protestieren, als sie fast gleichzeitig einen furchtbaren Schmerz im Unterleib und in ihrer Zunge spürte, es war, als steche jemand mit tausend winzigen Nadeln zu. Ihre Beine krampften sich um Welards Körper. Sie wollte schreien, doch Welard drückte seinen Mund dermaßen auf ihr Gesicht, daß sie keinen Ton herausbekam. Die junge Elfe versuchte, nach ihm zu treten oder zu schlagen, aber so wie er auf ihr lag und sie hielt, hatte sie nicht den Hauch einer Chance. Es dauerte nur wenige Minuten, bis auch das bedauernswerte Mädchen die Lähmung spürte, die durch das Vordringen der Pilzfäden verursacht wurde. Sie schmeckte Blut in ihrem Mund, als Welard seinen Kopf von ihrem Gesicht nahm. Wira wollte es ausspucken oder wenigstens herunterschlucken, aber kein Teil ihres Körpers gehorchte. Zuletzt dehnte sich das brennende Gefühl in ihr gesamtes Denken aus.
Als sie nach längerer Bewußtlosigkeit wieder zu sich kam, stand Welard vor ihr. Er schien von einer schwachen grünlichen Aura umgeben.
"WIR HABEN EINE AUFGABE!" hörte sie seine Stimme, obwohl sich seine Lippen nicht bewegten. "WIR MÜSSEN ALLE ELFEN, DIE NOCH NICHT ZU UNS GEHÖREN, AUF UNSERE SEITE BRINGEN. DAFÜR MÜSSEN WIR DAS WESEN UNSERER KÖNIGIN AN SIE WEITERGEBEN. ABER WIR DÜRFEN VON IHR NUR ZU JENEN SPRECHEN, DIE ZU UNS GEHÖREN!"
Wira verstand. Sie wußte, ohne daß es ihr jemand sagen mußte, daß sie jeden, der der erhabenen Königin diente, sofort erkennen würde.
"WIR MÜSSEN ANS WERK GEHEN, EHE WIR ENTTARNT WERDEN! KOMM!"
Wira stand auf und folgte Welard aus dem Haus.

"Es ist äußerst beunruhigend, wie schnell sich der Pilz anpassen kann", sagte Boron an Lavia gewandt, die ihm bei seinen Versuchen bereits so routiniert zur Hand ging, daß sich der Arzt schon fragte, wie er bislang ohne eine derartige Hilfe ausgekommen war, "du hast es ja auch mitverfolgen können; hat es anfangs noch

zum Tode geführt und viele Stunden oder gar Tage gedauert, bis ein Lebewesen ganz von dem Pilz befallen war, geht es nun bereits innerhalb von Minuten. Und mittlerweile gelingt es dem Wesen sogar schon, sich so gut dem jeweiligen Organismus anzupassen, daß man praktisch keinerlei Symptome mehr erkennen kann."
"Daß bedeutet, daß wir es gar nicht mehr merken, wenn unser Gegenüber in der Gewalt dieser Kreatur ist? Welch eine gräßliche Vorstellung! Wenn das bekannt wird, wird es vermutlich ständig gegenseitige Verdächtigungen geben, sobald sich irgendjemand nicht ganz so verhält, wie man es erwartet!"
"Du hast Recht, Lavia, so weit habe ich noch gar nicht gedacht. Das könnte tatsächlich ein nicht unerhebliches Problem darstellen."
"Es könnte unser Zusammenleben hier im Dorf unerträglich werden lassen! Ich weiß nicht, ob es gut wäre, speziell dieses Ergebnis deiner Forschungen allgemein bekannt werden zu lassen."
"Da bin ich einer Meinung mit dir, doch zumindest Histran werde ich es sagen müssen. Ich bin zu der Einsicht gekommen, daß ich allein mit dieser Geschichte überfordert bin; ich werde Grond und Bernhard um Mithilfe bitten. Es könnte sich sowieso als unerläßlich herausstellen, die Gumben wie auch die Menschen zu warnen, denn ich habe das Gefühl, daß wir vielleicht noch gar nicht die ganze Dimension dieser Bedrohung erkannt haben. Womöglich hat sich dieses Wesen schon viel weiter ausgebreitet, als wir bisher ahnen! Ich bin dafür, jetzt sofort zu Histran zu fliegen, ihn zu informieren und ihm vorzuschlagen, so schnell es geht, jeweils einen Boten zu Grond und Bernhard zu schicken, um sie hierher zu bitten."
Bevor sie das Haus des Arztes verließen, verschlossen sie alle Behältnisse, in denen der Pilz untersucht wurde oder in denen sich infizierte Versuchstiere befanden ebenso sorgfältig wie danach auch die Haustür.
Sie trafen Histran in einigermaßen hoffnungsvoller Laune an.

"Ich habe positive Nachrichten!" begrüßte er die Ankömmlinge, "die aufwendige Suche hat ergeben, daß zumindest das Gebiet südlich und westlich von uns frei von dem Pilz zu sein scheint. Ich habe Wachen aufstellen lassen, die uns davor warnen, falls Forn oder andere infizierte Wesen eindringen sollten. Also können wir uns dort wieder etwas sorgloser bewegen."
Boron schüttelte bedenklich den Kopf. "Ich weiß nicht, ob das wirklich so ungefährlich ist", sagte er. Dann berichtete er Histran von ihren Beobachtungen.
"Du meinst, man kann künftig Infizierte nicht mehr von Nichtinfizierten unterscheiden? Das ist schlimm!" Sorgenvoll rieb sich Histran die Schläfen. "Wenn man doch wenigstens anhand des Verhaltens sofort erkennen könnte, ob jemand befallen ist!"
"Das ist ja das eine, was wir befürchten", warf Lavia ein, "daß jeder nun mißtrauisch das Verhalten jedes anderen verfolgt. Und allein dies Mißtrauen führt dann ja auch schon zu einer Verhaltensänderung, die dem nächsten wieder verdächtig vorkommt und so weiter; es ist ein Teufelskreis!"
"Darum sind wir der Meinung", ergänzte Boron, "daß wir dies noch geheim halten sollten. Ich möchte lieber sofort Grond und Bernhard um Hilfe ersuchen. Könntest du bitte Boten losschicken, Histran?!"
"Ja, natürlich, das mache ich jetzt sofort!" Histran erhob sich und trat vor die Tür auf den Rathausbalkon. "Ah, da haben wir ja schon einen Geeigneten! Welard! Könntest du bitte zu mir kommen?" rief er dem jungen Elf zu, der just in diesem Moment mit Wira vorbeiflog. Das Pärchen kam sofort herbei.
"Was gibt es, Histran?" wollte Welard wissen.
"Ich brauche zwei Boten, die Bernhard und Grond herbitten, um Boron bei seinen Forschungen für ein Mittel gegen den Pilz zu unterstützen. Wärst du bereit, eine dieser Touren zu übernehmen?"
Welard warf Wira einen versteckten bedeutsamen Blick zu, den niemand bemerkte, außer Lavia, die ihn aber nicht zu deuten wußte.

"Selbstverständlich bin ich bereit", sagte er "ich werde sogleich zu Bernhard aufbrechen."
"Ich übernehme die andere Tour!" bot Wira schnell an, ehe Histran auf den Gedanken kommen konnte, jemand anderen zu beauftragen, "ich wollte sowieso gerne mal wieder zu den Gumben."
"Phantastisch!" freute sich Histran, "da habe ich ja auf anhieb die Richtigen erwischt. Seht zu, daß ihr die beiden überzeugt, ohne Verzögerungen mitzukommen, so es geht."
"Wir beeilen uns!" versicherten beide unisono und flogen hastig davon.
"Das war ja ein Glücksfall", äußerte Boron, "dadurch, daß die beiden sofort verfügbar waren, können wir wertvolle Zeit gewinnen. Wir werden uns jetzt am besten wieder mit unseren Untersuchungen beschäftigen. Wenn Grond oder Bernhard kommt, schicke ihn bitte sofort zu uns."
Histran nickte. "Viel Erfolg bei eurer Arbeit!" wünschte er noch, als Lavia und Boron zurückflogen.

"Wir müssen Boron stoppen, er könnte IHR gefährlich werden!" rief Wira erregt.
"Nicht nur das", erklärte Welard, "es darf auf keinen Fall geschehen, daß Grond und Bernhard informiert werden, das würde die Gefahr für die KÖNIGIN vervielfachen!"
"Wir benachrichtigen sie einfach nicht", schlug Wira vor.
"Natürlich nicht, sehr klug von dir", sagte Welard abfällig mit spöttischer Stimme, "aber zusätzlich müssen wir auch auf weitere Sicht verhindern, daß irgend ein anderer dies tut, wenn sie merken, daß wir nicht wiederkommen. Auf jeden Fall dürfen wir uns vorläufig hier im Dorf nicht mehr sehen lassen, damit niemand bemerkt, daß wir unseren Auftrag nicht ausführen."
"Aber wo sollen wir denn hin?"
"Wir könnten zu IHR."

"Ja, das ist eine gute Idee! Der KÖNIGIN nahe sein!" wisperte Wira ehrfürchtig.
"Auf dem Weg dorthin könnten wir den Gumben ja vielleicht wirklich einen Besuch abstatten, aber nicht um Grond zu benachrichtigen, sondern um den Gumben ein kleines 'Geschenk' dazulassen", Welard lachte kalt und hämisch, "dann brauchen wir uns um Grond vermutlich auch für später keine Gedanken mehr zu machen!"
Als die beiden außer Sichtweite des Dorfes waren, bogen sie in Richtung der steilen Schlucht ab, die zu der Hochebene führte, auf der die tote Stadt lag und an deren Rand die Gumben lebten.

8

"Wir müßten es gleich geschafft haben!" munterte Garmin die müde vor sich hinstolpernde Kathrin auf, "wenn die Wegbeschreibung und die Karte richtig sind, müßte dieser Biberteich, an dem das Elfendorf sein soll, dort bei den hohen Bäumen liegen."
"Hoffentlich!" seufzte Kathrin, "ich bin hundemüde!"
Sie wie auch Garmin sahen schlimm aus: Außer, daß sie ihre Augen kaum noch offenhalten konnten, waren sie arg zerkratzt und mit blauen Flecken übersät, weil sie in der Dunkelheit viele Hindernisse nicht rechtzeitig erkannt hatten. Auch ihre Kleidung war übel mitgenommen; durch Schmutz und etliche Risse hatte sie viel an Ansehnlichkeit eingebüßt. Jetzt stand allerdings die Sonne schon lange wieder am Himmel, und die Laune der jungen Menschen verbesserte sich drastisch, als sie nun endlich ihr Ziel vor Augen hatten.
"Ich sehe schon das Wasser!" rief Kathrin erfreut, "und da, guck mal, da fliegt auch eine Elfe."
Mit neuem Schwung legten sie die letzten Meter zurück und betraten das am Ufer des Biberteiches liegende Waldstück, in dessen Baumkronen die Elfenhäuser erbaut worden waren. Erste überraschte Rufe wurden laut, dann kamen immer mehr Elfen angeflogen, um die Besucher zu begrüßen. Unter den ersten war auch Histran, der die beiden mit äußerst überraschter Miene willkommen hieß.
"Ich freue mich sehr, euch hier zu sehen!" sagte er, "aber sagt, wie habt ihr es geschafft, unbemerkt an den Wachen vorbeizukommen? Oder habt ihr sie überredet, damit ihr uns überraschen konntet?"
"Wachen? Welche Wachen?" fragte Garmin.
"Wir haben auf dem ganzen Weg hierher keinen Elf gesehen", ergänzte Kathrin, "und wir haben uns ganz sicher nicht angeschlichen oder so."
"Das ist ja sehr eigenartig!" äußerte Histran, "aber das soll unsere Freude über euer Kommen natürlich nicht mindern. Ich bin nur so verwundert, weil ich extra viele Wachen habe aufstellen lassen, um Eindringlinge sofort

zu melden, da wir hier zurzeit ein schlimmes Problem und eine große Gefahr haben."

"Hat es etwas mit diesem Pilz zu tun?" wollte Kathrin wissen.

"Ja, das ist richtig!", staunte Histran, "woher wißt ihr denn davon?"

"Wir sind unterwegs von so einem Gewächs bedroht, ja man kann schon sagen angegriffen worden", erklärte Kathrin, "darum haben wir uns auch so beeilt und sind sogar die Nacht hindurch gelaufen, um euch möglichst schnell zu warnen." Kurz berichtete sie den gespannt lauschenden Elfen, was sie unterwegs beobachtet und erlebt hatten.

"Ich denke, darüber müssen wir noch ausführlicher reden", schüttelte Histran seinen Kopf, "aber zuerst ruht euch einmal aus, macht euch frisch, eßt und trinkt oder was auch immer ihr wollt. Eine Unterkunft für Menschengäste haben wir auch. Sie befindet sich dort zwischen den zwei dicken Eichen."

Histran wies auf ein gemütlich aussehendes Holzhäuschen mit dickem Grasdach, das sich unter die gewaltigen Bäume duckte. "Corinna, von der ihr ja auch schon gehört haben dürftet, hat sie einst errichtet, und seitdem ist sie unser 'Hotel' für Menschen."

"Was mögt ihr denn essen und trinken?" mischte sich nun Killy ein, "können wir euch etwas bringen?"

"Nein, nein, laßt nur!" wehrte Garmin dankend ab, "wir haben genug mitgenommen. Für euch ist es eine zu große Mühe, derartige Mengen herbeizuschaffen, wie wir Menschen sie vertilgen."

"Ach was, das wäre ja nicht das erste Mal", wischte Sara die Bedenken des jungen Mannes beiseite, "wir sind ja sehr viele, also ist das kein Problem!"

"Wo ist denn Lila, ist sie auch hier?" fragte Kathrin, die Lilas Mutter erkannt hatte.

"Nein, leider nicht", bedauerte Sara, "sie ist mit Camilla und Gnumba zu den Gumben geflogen und wird dort sicher noch einige Tage bleiben."

"Schade!" sagte Kathrin enttäuscht, denn sie hatte sich auf das Wiedersehen mit ihrer kleinen Elfenfreundin besonders gefreut.

"Sonst könnt ihr, wenn ihr euch genügend ausgeruht habt, ja auch noch einen Abstecher zu den Gumben machen. Das ist ein wirklich nettes Volk, sie werden euch gefallen. Allerdings ist der Weg dorthin ziemlich beschwerlich: Als Mensch muß man durch eine steile Schlucht mit senkrechten Felsabstürzen hochklettern. Aber das haben vor euch auch schon etliche andere geschafft, sogar Bernhards Tochter Anna mit fünf Jahren. Ganz leicht zu finden ist das Gumbendorf auch nicht, aber wir würden euch natürlich einen Führer mitgeben."

"Das wäre schon eine Überlegung wert", meinte Garmin, "ich hätte Lust! Wie steht's mit dir, Kathrin? Fühlst du dich auch fit genug, noch weiter zu wandern?"

"Ja, aber nicht mehr heute!"

"Das ließen wir auch gar nicht gerne zu", sagte Sara, "das würde uns als Gastgeber nicht gerade gut dastehen lassen! Ihr könnt ja vielleicht einen oder zwei Tage hier verbringen, wenn es euch nicht zu langweilig ist, und danach euren Weg fortsetzen."

"Das hört sich gut an", stimmte Kathrin zu, "aber jetzt möchte ich mich erst einmal waschen und meine Klamotten sauberkriegen, sonst schmeckt mir das Essen nicht."

Während Kathrin und Garmin sich in dem Biberteich wuschen und die Gelegenheit nutzten, danach auch noch eine Runde in dem kristallklaren Wasser zu schwimmen, rief Histran den Dorfrat zusammen, nachdem er zuvor Wachen dorthin geschickt hatte, wo eigentlich schon welche hätten sein sollen.

"Was haltet ihr von der Situation?" fragte er in die Runde, als er den Anwesenden erklärt hatte, was vorgefallen war.

"Es ist unglaublich", grübelte Dungan, "daß Welard, sonst die Zuverlässigkeit in Person, so etwas vergessen haben sollte. Doch hat er niemanden von uns, die wir zu seinen Leuten gehören, gebeten Wache zu halten. Hm, da fällt mir noch etwas ein: Er hatte sich auch vorher schon merkwürdig verhalten. Als wir das Gelände im Süden nach Forn absuchten, brach er schon nach dem ersten Suchstreifen ab und befahl, ins Dorf zurückzukehren. Als ich darauf hinwies, daß wir doch noch genügend Zeit hätten, weiterzusuchen, wurde er entgegen seinen sonstigen Gewohnheiten grob und gab mir zu verstehen, daß ich nichts zu sagen hätte."

Histran zog erstaunt die Brauen hoch. "Das ist ja ein Ding!" entfuhr es ihm, "mir gegenüber behauptete er, ihr hättet drei komplette Areale abgesucht und für sicher befunden."

"Davon kann keine Rede sein", stellte Dungan klar, "schon der erste Abschnitt hatte länger gedauert als erwartet, weil Welard in ein Spinnennetz geflogen war und einige Zeit brauchte, sich zu befreien."

"Konntet ihr ihm denn nicht helfen?" wollte der Korbflechter Meanmar mit seiner quäkigen Stimme wissen.

"Nein, das konnten wir nicht, denn wir hatten es gar nicht mitbekommen. Wir mußten an unserem vereinbarten Treffpunkt lange auf ihn warten, und als wir uns schließlich auf die Suche nach ihm machten, kam er uns entgegen und berichtete uns von seinem Mißgeschick."

"Aah, das ist interessant!" meldete sich der ebenfalls herbeigerufene Boron zu Wort, "sagt, war sein Verhalten auch schon vor diesem Zwischenfall anders als sonst?"

"Nein, eigentlich nicht, er war wie immer."

"Wie lange habt ihr ihn denn nicht gesehen, bis ihr ihn wiedertraft?"

"Schwer zu sagen. Ich schätze mal, so etwa eineinhalb Stunden. Wir flogen nämlich in so großem Abstand nebeneinander her, daß wir uns so gerade eben nicht mehr sehen konnten. Wenn man Welards Worten Glauben schenken darf, trafen wir ihn ungefähr zwanzig bis dreißig Minuten nach dem Zwischenfall wieder."

"Denkst du, er könnte sich in der Zwischenzeit infiziert haben und jetzt unter der Kontrolle dieses Wesens stehen?" verstand Histran, worauf Boron hinauswollte.
"Nun, möglich wäre es immerhin, wenn man in Betracht zieht, wie schnell sich der Pilz weiterentwickelt hat. Die Zeit hätte nach meinen neuesten Forschungsergebnissen ausgereicht und auch das Wissen, daß man äußerlich nichts mehr von den Symptomen erkennt, wäre damit bestätigt."
Diese Worte führten zu erheblichem Aufruhr in der Versammlung, da außer Histran noch niemand von ihnen in diese neuen Erkenntnisse eingeweiht worden war.
"Ruhe! Ruhe bitte!" verlangte Histran, "Boron, wenn sich das als richtig herausstellen sollte, dann haben wir einen schlimmen Fehler begangen, dann haben wir sozusagen den Bock zum Gärtner gemacht, wie die Menschen sagen."
Boron erbleichte: "Oh, mein Gott, ja, ausgerechnet ihn haben wir geschickt, Bernhard herzubitten, um uns zu helfen! Wir können nur beten, daß er den Auftrag einfach nur nicht ausführt. Wenn er nun aber wirklich zu Bernhard unterwegs ist und auch ihn ... !"
"Entsetzlich!" rief Killy, "dann liefe uns ja alles aus dem Ruder, wir wären so gut wie verloren!"
"Was glaubst du, ist mit Wira, Boron?" überlegte derweil Histran weiter, "immerhin war sie mit Welard zusammen, und sie haben wir zu Grond gesandt."
"Das wird ja immer furchtbarer", entsetzte sich Jondras, der Goldschmied, "wie sollen wir bloß noch wieder Herr der Lage werden?!"
"Ja, und wer ist nun alles befallen und wer nicht?!" stellte Toldar die Frage, die wohl alle mit am meisten bewegte.
"Siehst du, nun kommt es, wie ich befürchtet habe!" nickte Lavia, "wir werden uns alle gegenseitig mißtrauisch beäugen, und keiner kann mehr dem anderen vertrauen!"
"Und unsere Kinder sind dort bei den Gumben!" flüsterte Killy, "wenn Wira infiziert ist und nun dort alle ansteckt!"

"Das ist schon eine schlimme Sache!" sagte Jondras bedrückt, "aber, Killy, glaube mir, nach allem, was wir gehört haben, dürften Camilla und Lila hier in ebenso großer, wenn nicht größerer Gefahr schweben."
"Wir wissen immerhin von der Bedrohung", widersprach Killy, "die Kinder wie auch die Gumben nicht! Hättest du etwas dagegen, Histran, wenn ich mich umgehend auf den Weg mache, die Gumben warne, unsere Kinder und, wenn es noch nicht zu spät ist, Grond hierherbringe?"
"Natürlich habe ich nichts dagegen, ich verstehe doch deine Sorge! Aber sei vorsichtig, besonders, wenn dir Welard, Wira oder Forn über den Weg laufen. Und denk daran, daß man einen Befall mit diesem Pilz mittlerweile wohl kaum noch an körperlichen Symptomen erkennen kann. Also, auch wenn im Gumbendorf alles normal aussieht, sei auf der Hut!"
"Vielleicht nehme ich Kathrin und Garmin mit", überlegte Killy, "die zwei wollen sowieso dorthin. Dann würde die Tour zwar langsamer gehen, aber ich hätte in kritischen Situationen unschätzbare Hilfe."
"Das halte ich für eine gute Idee, Killy", bekräftigte Boron ihren Entschluß, "und sieh zu, daß du Grond, falls du sicher sein kannst, daß er nicht befallen ist, überredest, mitzukommen. Ich bin wahrlich auf seine Hilfe und Erfahrung angewiesen!"
"Ich werde mein bestes tun!" versicherte Killy, "braucht ihr mich hier noch? Sonst würde ich gern zu Kathrin und Garmin gehen und mit ihnen sprechen, ob sie bereit sind, die Strapaze auf sich zu nehmen, gleich morgen früh schon wieder loszuziehen."
"Geh nur, Killy, sollte es noch etwas Wichtiges geben, werden wir es dich wissen lassen."
Mit mulmigem Gefühl machte sich Killy auf den Weg zu ihren Menschenfreunden. War die Entscheidung, die beiden mitzunehmen, richtig? Brächte sie Kathrin und Garmin dabei unnötig in Gefahr? Wäre es nicht doch besser, auf Schnelligkeit zu setzten? Nein! sagte sie sich: Wenn Wira befallen war und vorhatte, die Gumben anzustecken, könnte sie es so oder so nicht

mehr verhindern, da Wira einen viel zu großen Vorsprung hatte. Dann lieber auf Nummer Sicher gehen! Sie fand Garmin und Kathrin an dem Holztisch, der sich vor der Hütte befand, in angeregtem Gespräch mit mehreren neugierigen Elfenkindern. Sara und ein paar andere Elfen hatten Essen zubereitet, das Kathrin und Garmin mit offensichtlichem Genuß verspeisten. Beide saßen in Unterwäsche in der warmen Sonne auf der Bank vor dem Tisch, denn sie hatten ihre verschmutzten Sachen gewaschen und über einige niedrige Äste zum Trocknen gehängt. Als Killy ihnen ihre Bitte vortrug und erklärte, was eben in der Versammlung des Dorfrates besprochen worden war, erklärten sich die zwei sofort bereit, sie zu begleiten, da ihnen natürlich auch daran gelegen war, ihre Freundin Lila in Sicherheit zu wissen.

Die Versammlung des Dorfrates löste sich wenig später auf, ohne daß konkrete Maßnahmen hatten beschlossen werden können. Klar war nur, daß jeder nun die Augen besonders offenhalten würde und jeder, der verdächtig schien, gemeldet und von Boron untersucht werden sollte. Den meisten Elfen graute vor der bevorstehenden Zeit, da an ein zufriedenes, vertauensvolles Zusammenleben in der näheren Zukunft wohl kaum zu denken war. Boron und Lavia kehrten in Borons zum Versuchslabor umfunktionierte Wohnung zurück und stürzten sich wieder in die Arbeit. Erst weit nach Mitternacht gaben sie wegen Übermüdung auf und beschlossen, zu Bett zu gehen. Boron ging voran, Lavia folgte, löschte das Licht im Labor und warf noch einen Blick zurück. Dann atmete sie so scharf ein, daß Boron sich erschrocken umdrehte. Er sah noch, daß Lavia aufgeregt zurück in das Labor lief. "Was ist los, Lavia?" rief Boron hinter der jungen Frau her und kehrte ebenfalls hastig um. Lavia hatte das Licht nicht wieder angemacht, sondern stand vor einem Regal, das den Raum in zwei Hälften teilte, und blickte abwechselnd einmal durch eine darin stehende Amethystscheibe, einmal nebenher.

"Boron, sieh dir das an!" rief sie mit vor Aufregung

zitternder Stimme. Boron folgte ihrem Beispiel und sah durch die aus dem Edelstein geschnittene Scheibe.

"Ich kann nichts Auffälliges feststellen", zuckte er die Achseln, "es ist mir auch zu dunkel, als daß ich durch diesen Stein etwas erkennen könnte."

"Du mußt von hier durchsehen", korrigierte Lavia und zog Boron ein Stück zur Seite, "und jetzt sieh zu den Versuchsmäusen hinüber!" forderte sie ihn auf.

Jetzt sah er es auch, das merkte Lavia daran, daß Boron plötzlich die Luft anhielt und dann auch, wie sie vorher, mal durch die Scheibe und dann wieder daran vorbeischaute.

"Meine Güte!" stieß er schließlich hervor, "diese Entdeckung könnte für uns eine unglaubliche Hilfe darstellen. Die infizierten Mäuse haben ja alle einen unübersehbaren Schimmer, der sie umgibt, wie ein Halo die Sonne. Stell du dich bitte einmal hinter die Scheibe. Mit pochendem Herzen folgte die Elfe seiner Bitte. Was, wenn er diesen Schimmer auch bei ihr feststellte, wenn sie nun doch ebenfalls infiziert sein sollte?! Doch Boron konnte sie schnell beruhigen.

"Bei dir ist nichts zu erkennen", informierte er sie.

"Bei dir auch nicht, Boron!" versicherte Lavia, die von der anderen Seite durch die Scheibe blickte. Rasch machte Boron zur Sicherheit noch einen Test, indem er nicht infizierte Mäuse durch die Steinscheibe betrachtete, und diese Tiere zeigten tatsächlich nicht den kleinsten Hauch eines ähnlichen Schimmers.

"Das bedeutet, daß wir in Zukunft befallene Personen oder Tiere zweifelsfrei erkennen können", freute sich Boron mit Lavia, "laß uns testen, ob es auch bei Licht funktioniert!"

Lavia zündete beide Lampen des Labors wieder an, und sie wiederholten den Versuch. Doch bei Licht war das schwache Glimmen nur auf sehr kurze Distanz zu sehen und eigentlich auch nur dann, wenn man wußte, daß man ein infiziertes Tier vor sich hatte.

"Na ja, es wäre auch wohl zu schön gewesen", sagte Boron ein ganz klein wenig enttäuscht, "aber was soll's, auch so ist es schon ein gewaltiger Fortschritt. Welch ein Glücksfall, der dich zu mir führte!"

Er blickte erschrocken auf, als er Lavia schluchzen hörte. Oh nein, was hatte er da für einen unglaublichen Fauxpas begangen, war Lavia doch nur durch den Tod ihres Kindes und den Verlust ihres Mannes hier! Er trat zu der weinenden Elfe und schloß die Arme um sie. "Oh bitte, Lavia, es tut mir leid! Immer wieder rede ich, ohne vorher nachzudenken! Ich habe es wirklich nicht so gemeint!"

"Ich weiß, Boron", flüsterte die Unglückliche, "aber warum mußte es nur meine Familie so schrecklich treffen?! Konnte sich Dorgo nicht wenigstens erst dann infizieren, als der Pilz seine Opfer nicht mehr tötete?"

"Ach, Lavia, wer weiß schon, ob das Schicksal der überlebenden Befallenen wirklich angenehmer ist?" Innerlich schalt sich Boron sofort nach diesen Worten einen Idioten, gehörte doch Lavias Mann Forn zu der zweitgenannten Gruppe! Doch Lavia hatte sich bereits einigermaßen beruhigt.

"Vielleicht finden wir ja doch noch ein Mittel, um wenigstens Forn zu retten!" sagte sie leise, Boron mit schwacher Hoffnung ansehend.

"Ich werde alles versuchen!" versprach Boron, "aber nicht mehr diese Nacht. Wir brauchen dringend Ruhe, sonst kommen wir überhaupt nicht weiter. Nach diesem ersten kleinen Erfolg sollten wir doch wohl etwas Schlaf finden." Er löschte das Licht und geleitete Lavia zu ihrem Bett. "Gute Nacht, und danke für deine Hilfe!" Er strich mit der Hand sanft über Lavias Kopf, dann wandte er sich ab und ging ebenfalls zu Bett.

9

Gnessa lief unruhig in der Wohnhöhle auf und ab. "Es ist jetzt schon seit fast einer Stunde dunkel, und sie sind immer noch nicht zurück; dabei haben sie es uns fest versprochen!"

"Nun bleib mal ruhig!" beschwichtigte Grapp, "du weißt doch, wie Jugendliche sind. Versprechen ist das eine, daran zu denken und die Versprechen einzuhalten das andere. Denk doch einmal zurück, als wir in dem Alter waren, da haben wir auch längst nicht immer das getan, was wir unseren Eltern versprochen haben."

Gnessa lächelte leicht, knetete aber weiter nervös ihre Hände. "Das ist schon richtig, doch mache ich mir trotzdem Sorgen! Ich weiß zwar, daß unsere Gnumba es nicht immer so genau nimmt, und Gezzo ist sowieso ein richtiger Schlawiner; auch bei Lila bin ich mir nicht so sicher, aber Camilla halte ich eigentlich für sehr zuverlässig. Sie hätte doch bestimmt dafür gesorgt, daß sie rechtzeitig zurück sind!"

"Vielleicht hat sie es versucht", meinte Grapp, "doch der einzige, der sich wirklich gut in der Stadt auskennt, ist Gezzo. Das heißt, daß auch nur er in der Lage sein dürfte, einigermaßen sicher abschätzen zu können, wie lange man für welchen Weg braucht."

"Hoffentlich hast du Recht, und es liegt wirklich nur daran! Wenn aber nun doch etwas passiert ist?"

"Wäre etwas passiert, hätten sie bestimmt einen von ihnen zurückgeschickt, um Hilfe zu holen. Nun wart' einfach ab, ich wette, sie sind in ein, zwei Stunden hier!"

Doch die Stunden vergingen, ohne daß es ein Lebenszeichen von den Kindern gab. Gnessa ging alle paar Minuten vor die Tür, um nach ihnen Ausschau zu halten. Bei jedem kleinsten Geräusch schlug ihr Herz schneller, und neue Hoffnung keimte auf, wurde jedoch genauso oft wieder enttäuscht. Schließlich, es war schon nach Mitternacht, kam sie wieder einmal in die Höhle zurück.

"Grapp, es reicht mir jetzt, ich halte es nicht mehr aus, wir müssen etwas unternehmen!"

Grapp war mittlerweile fast genauso besorgt wie seine Frau. Er legte seinen Arm um sie, wollte und konnte ihr aber keine unnötige Hoffnung machen.

"Was sollen wir denn machen?" sagte er, "es hat doch keinen Zweck, jetzt in der Dunkelheit umherzuirren, da fänden wir sie ohnehin nicht! Morgen früh können wir ja zu der Stadt laufen, so daß wir bei Anbruch der Helligkeit dort sind. Vorher macht es einfach keinen Sinn!"

"Das würde ich nicht sagen", widersprach Gnessa, "ich glaube nicht, daß ihnen oben in der Stadt etwas zugestoßen ist, sondern irgendwo unten in dem Gewirr aus Gängen und Räumen. Da ist es unerheblich, ob es Tag oder Nacht ist, wenn wir sie suchen, wir brauchen so oder so Lampen!"

"Da hast du nicht ganz Unrecht", stimmte Grapp zu, "andererseits, wo willst du da suchen? Sie in diesen riesigen Anlagen zu finden, ist, als suche man eine Nadel im Heuhaufen! Zudem kennen wir uns beide dort so gut wie gar nicht aus."

"Schon gut, dann gehe ich eben alleine!"

"Was soll das denn jetzt? Ich habe doch gar nicht gesagt, daß ich nicht mitkomme! Ich meine doch nur, daß wir uns keine Illusionen machen sollten, bei einer Suche da unten eine gute Aussicht auf Erfolg zu haben. Zudem könnte es gut passieren, daß wir uns auf dem Weg dorthin verfehlen, so daß wir da unten verzweifelt suchen, während sie längst zu Hause sitzen und sich dann ihrerseits Sorgen um uns machen. Nur darum meine ich, daß wir bei Tageslicht losgehen sollten."

"Vorhin hast du aber selbst noch gesagt, wir sollten so los, daß wir bei Tagesanbruch in der Stadt eintreffen!"

"Jetzt leg doch nicht jedes Wort auf die Goldwaage! Ich habe es doch gerade erklärt, warum es bei Licht sinnvoller ist!"

"Komm, Grapp, wir wollen uns nicht streiten! Wir sind beide gereizt und nervös. Ich bin einverstanden, wenn wir bei Sonnenaufgang losgehen, o.k.?"

Den Rest der Nacht saßen sie beieinander auf der Bank und versuchten sich gegenseitig zu beruhigen und sich einzureden, daß sich schon nichts Schlimmes ereignet haben mußte. Eine Stunde vor Sonnenaufgang machten sie sich bereit. Als sie vor die Tür traten, wurde es gerade hell über dem Horizont. Voll banger Erwartung begannen sie den schweren Weg. Just als sie den Bereich des Dorfes verlassen wollten, stoppte Gnessa ihren Mann. "Warte!" rief sie, und ihr Gesicht erhellte sich, "sie kommen zurück. Ich sehe schon Lila und Camilla!" Sie wies mit dem Finger nach Süden.
"Komisch", murmelte Grapp, "wieso kommen sie denn von dort? Die alte Stadt liegt doch im Nordwesten!"
Nur zu schnell mußte Gnessa erkennen, daß es nicht die beiden Elfenmädchen waren, sondern Wira und Welard, die dort herangeflogen kamen.
"Wollen wir sie fragen, ob sie die Kinder gesehen haben?" fragte Gnessa.
"Wozu?" meinte Grapp, "da, wo sie herkommen, können sie sie nicht getroffen haben."
"Na gut, dann laß uns weiter, sie haben uns noch nicht gesehen, und wenn wir jetzt warten, verlieren wir nur unnötig Zeit mit Reden." Gnumbas Eltern wandten sich ab und liefen durch das hohe Gras davon.

"Wir sind da, Wira, siehst du, wir haben es problemlos wiedergefunden! Laß uns sofort zu Grond fliegen, er ist hier die einzig ernstzunehmende Bedrohung für SIE! Vor allem sieht uns um diese Zeit noch keiner, sie scheinen noch alle in ihren Wohnungen zu sein."
Eilig schwirrten sie zu der Höhle, die dem alten Arzt der Gumben als Heim und Praxis diente, und landeten vor seiner Tür. Wira klopfte an. Nichts rührte sich. Wira klopfte noch einmal, lauter. Endlich hörten sie, wie Grond an die Tür geschlurft kam. Verschlafen öffnete der alte Gumb.
"Ja, was gibt ... ? Oh, Wira und Welard!" Grond rieb sich die müden Augen, "bitte entschuldigt, daß ich so träge war, ich hatte noch geschlafen! Was führt euch zu

dieser frühen Stunde zu mir? Es muß ja wohl etwas Dringendes sein, sonst wärt ihr nicht die Nacht hindurch geflogen!"

Wira und Welard sahen sich an. Sie waren während der Nacht nicht unterwegs gewesen, sondern hatten kurz vor dem Gumbendorf in einer Eiche übernachtet, geschützt durch ein dichtes Gespinst aus Pilzfäden, das sich dort ausgebreitet hatte.

"Ja", sagte Welard schnell, "es ist sehr wichtig! Können wir hereinkommen?"

"Natürlich! Bitte!"

Grond ließ die beiden eintreten, schloß die Tür und führte sie zu einer Sitzgruppe. "Also, was ist geschehen, womit kann ich euch helfen?"

Welard gab Wira mit den Augen ein unauffälliges Zeichen. Wira verstand. Sie trat so vor Grond hin, daß dieser Welard nicht mehr im Blickfeld hatte.

"Es ist so", begann sie, "mir geht es nicht gut, ich habe hier", sie öffnete vorn das Kleid und entblößte ihre Brüste, "so starke Schmerzen, und Boron konnte mir nicht sagen, was es ist. Er riet mir zu dir zu gehen."

Der Arzt trat näher, während er ein Stethoskop aus der Tasche nahm.

"Hm, dann will ich dich mal untersuchen. Obwohl ich nicht weiß, was ich da machen kann, wenn schon euer kompetenter Elfenarzt keinen Rat ... "

Weiter kam er nicht, denn Welard hatte eine dicke Glasflasche vom Tisch aufgenommen, war hinter Grond getreten und schlug ihm nun das schwere Teil über den Schädel. Der Alte stöhnte auf, knickte in den Knien ein und versuchte noch, sich an Wira festzuhalten. Doch die Elfe trat rasch einen Schritt zurück, so daß Grond vornüber auf das Gesicht stürzte und halb besinnungslos liegenblieb.

"Warum?" röchelte er, sich bemühend, wenigstens wieder einen klaren Blick zu bekommen.

"Darum!" zischte Welard, beugte sich über den Nacken des Arztes und legte seinen Mund auf dessen Hals. Grond zuckte zusammen, als der Pilz schmerzhaft auf ihn übergriff.

"Was machst du da? Was soll das?" stöhnte er und versuchte sich aufzurichten, doch Welard war stärker als der alte Gumb, der den Höhepunkt seines Lebens schon lange hinter sich hatte. Außerdem kam Wira Welard zu Hilfe und hielt Gronds Arme fest. Überdies war der Gumb noch nicht ganz bei sich, so daß die Elfen leichtes Spiel hatten. Nach kurzer Zeit setzte die vorübergehende Lähmung ein, und die beiden ließen von ihrem Opfer ab, setzten sich auf das Sofa und warteten. Nach etwa fünfzehn Minuten setzte sich Grond abrupt auf.
"Was soll ich für die KÖNIGIN tun?"
"Ich denke, du weißt es schon", sagte Welard, "du mußt, wie wir, alles tun, jede Gefahr von IHR fernzuhalten und dafür sorgen, daß alles und alle IHRE Herrschaft verbreiten. Wir gehen jetzt. Deine erste Aufgabe sind die Gumben. Versage nicht, das wäre dein Ende!" Die Elfen erhoben sich, und Wira öffnete die Tür, um hinauszuspähen.
"Alles frei, wir können!"
Rasch schlüpften sie hinaus, ließen das Dorf schnell hinter sich und nahmen Kurs auf die Ruinenstadt.

10

Lila sah von einem zum anderen; alle drei hatten die Köpfe gesenkt und wirkten apathisch und mutlos. So wäre ihr Ende über kurz oder lang besiegelt. Sie seufzte und erhob sich.

"Es hat keinen Zweck, hier herumzusitzen und vertanen Chancen nachzutrauern!" sagte sie energisch, "wir müssen uns zum Weitermachen zwingen, sonst sind wir schon so gut wie tot! Wollt ihr das?"

Gezzo schüttelte schwach den Kopf, während Gnumba und Camilla gar nicht reagierten.

"Elf noch mal, was seid ihr für Schlaffies!" regte sich Lila auf, "komm, Milla, erinnere dich, wie wir sonst immer um unser Leben gekämpft haben! Wir sind doch schon mit ganz anderen Sachen fertiggeworden!" Sie versuchte ihre Freundin hochzuziehen. Schließlich mühte sich Camilla lustlos hoch.

"O.k., ich bin dabei, wenn du einen sinnvollen Vorschlag hast, was wir denn unternehmen sollen."

"Hey, Gezzo, dich brauchen wir dabei auch!" drängte Lila, "ich dachte, du hättest ein bißchen mehr Verantwortungsbewußtsein! Vorhin hast du Gnummi noch abgeknutscht, und nun willst du sie hier sterben lassen?!"

Wütend fuhr Gezzo auf: "Will ich ja gar nicht! Komm, Gnumba, ich helfe dir, Lila hat Recht, wir finden hier wieder 'rauss!"

"Na siehst du, es geht doch!" kommentierte Lila, "jetzt sag mal, Gezzo, du kennst dich doch hier ganz gut aus; wenn wir in die Leitungen gelangen wollen, wo müssen wir dann hin?"

"Das weißs ich eben nicht", erwiderte Gezzo leicht gereizt, "ssonst hätte ich euch doch längsst hingeführt! Wenn ich durch die Rohre in die Sstadt gekommen bin, bin ich immer ganzs woanderss herausgekommen."

"Dann laß uns überlegen, wo es am wahrscheinlichsten ist, daß wir die Wasserleitungen finden. Ich denke mal, das wird dort der Fall sein, wo man Wasser braucht, und dies dürfte am ehesten in Baderäumen oder Küchen der Fall sein."

"Eine Küche haben wir hier ja", stellte Camilla fest, "müssen wir also nur noch einen Zugang zu den Rohren finden."

"Mit neuem Mut machten die vier sich auf die Suche. Die alte Küche war riesig, war sie doch einst zur Versorgung von hunderten von Menschen gebaut worden. Trotzdem hatten sie schnell die großen Waschbecken gefunden, über welchen alte kupferne Wasserhähne zu sehen waren.

"Tja, da passen wir wohl kaum, öh, durch, das war wohl nichts", kam es von Gnumba.

"Durch die Hähne natürlich nicht, aber vielleicht durch die Abflüsse", überlegte Camilla, "komm, Lil, wir fliegen mal hinauf und schauen hinein!"

Die beiden Elfen ließen die Gumben am Boden zurück und flogen in das erste der insgesamt achtzehn Waschbecken. Doch in diesem war, wie auch bei dreizehn anderen, der Abfluß durch ein kupfernes Sieb verschlossen, das sich von ihnen nicht entfernen ließ. Bei zwei weiteren gab es noch scharfkantige Reste solcher Siebe, während zwei Abflüsse offen waren.

"Hm", machte Camilla, "sehr einladend finde ich das nicht gerade. Da passen Gnumba und Gezzo kaum durch, und wir mit unseren Flügeln haben es noch schwerer!"

Doch so intensiv sie auch in der Folge den großen Raum absuchten, etwas Geeigneteres fanden sie nicht. Es gab zwar noch deutlich größere Abflüsse im steinernen Fußboden, doch sie alle waren mit stabilen Eisenrosten verschlossen.

"Tja, was meint ihr?" fragte Lila, "wollen wir noch woanders suchen, oder probieren wir es mit diesen engen Löchern?"

"Ich finde, wir verssuchen ess", war Gezzos Meinung, "ess isst ja nicht gessagt, daß wir überhaupt noch eine andere Möglichkeit finden. Dann ssuchen wir nur sstundenlang 'rum und vergeuden Zseit, die wir nicht haben, denn wir haben nichtss mehr zsu esssen und kaum noch Lampenöl."

"Ich habe Angst vor so engen Löchern!" gestand Camilla, "darin kann man sich ja nicht einmal umdrehen, und gegenseitig sehen können wir uns auch nicht. Ich krieg' da bestimmt Platzangst drin! Und seht euch mal den Verlauf des Abflußrohres unter dem Waschbecken an: Zuerst geht es runter, dann rauf, dann wieder hinab. Das bedeutet, daß wir zumindest zwischendurch mit den Füßen voran nach oben müssen! Ich hab' tierischen Bammel!"

"Ich auch!" erklärte Gnumba, "aber ich finde trotzdem, daß wir es sofort, öh, beginnen sollten, denn wenn wir hier noch länger, öh, herumstehen und uns ausmalen, wie schrecklich es darin ist, traue ich mich ganz bestimmt nicht mehr!"

"Na dann loss!" forderte Gezzo, "wer geht zsuersst?"

"Immer der, der so dumm fragt!" ließ Lila dem Gumben den Vortritt.

"Darf ich direkt hinter Gezzo?" fragte Gnumba.

"Von mir aus", stimmte Camilla zu, "mir ist es egal, ob ich als erste oder als letzte in diesem Dreckloch steckenbleibe."

Gerade setzte Gezzo an, in das Abflußloch hinabzusteigen, da hielt Lila ihn zurück. "Warte Gezzo! Wollen wir uns nicht lieber anseilen? Wenn zum Beispiel dieses Rohr in ein anderes wesentlich größeres oder in ein Sammelbecken führt, können wir uns vielleicht nicht mehr festhalten und der erste, der wegen der Enge ja nicht einmal sieht, wie es weitergeht, stürzt ab."

"Mensch, Lil, manchmal hast du ja richtig intelligente Ideen!" kommentierte Camilla, "hätte fast von mir kommen können!"

Lila streckte ihrer Cousine die Zunge heraus und verdrehte die Augen, während Gezzo seine Beine wieder aus dem Loch zog, zwei Seile aus dem Gepäck nahm und sie alle vier damit verband. Dann startete er das Unternehmen zum zweiten Mal. Camilla sah zu, wie die anderen sich in das enge Loch zwängten. Ihr war schlecht vor Angst, und sie zögerte zu folgen.

"He, wass ist da oben loss?" erklang Gezzos Stimme ungeduldig und dumpf, "geht dass vielleicht mal weiter?!"
Camilla gab sich einen Ruck, legte ihre Flügel so dicht am Körper an, wie es nur eben ging, und ließ sich in die Finsternis gleiten. Bereits nach wenigen Dezimetern trafen ihre Füße auf Widerstand.
"Ey, paß doch auf wo du hintrittst, du Trampel, das war mein Kopf!" schimpfte Lila.
"Tschuldigung!" Camilla fand ihre schlimmsten Befürchtungen bestätigt, beziehungsweise noch übertroffen: Die Enge war unerträglich, sehen konnte sie gar nichts, und war es schon gleich zu Anfang ein unangenehmes Gefühl, wie die empfindlichen Flügel an den Ansatzgelenken überdehnt wurden, wurde es in dem U-Bogen regelrecht schmerzhaft, als sie gar geknickt wurden. Camilla hoffte, daß die Flügel überhaupt noch einsatzfähig waren, wenn sie hier jemals herauskämen. Als sie sich nun mit wenig Erfolg überkopf abmühte, das Rohr hinaufzukommen, bekam sie Hilfe, indem die drei vor ihr an dem Seil zogen, das sie wie die anderen um die Hüfte gebunden hatte. So bewältigte sie dieses schlimmste Stück und fragte sich nebenbei, wie Gezzo es bloß geschafft hatte, ohne Hilfe da hinaufzukommen, besonders, weil er ja der kräftigste unter ihnen war und demzufolge am wenigsten Platz für den Einsatz seiner Arme zur Verfügung hatte. Gnumba hatte es so gesehen am einfachsten, war sie doch ähnlich zierlich gebaut wie Lila, jedoch ohne das Handicap von Flügeln, die hier wahrlich nur störten. Jetzt, wo es vorläufig nur noch hinunter zu gehen schien, zündete Gezzo auch wieder eine Lampe an, was er wegen des Überkopfstückes vorher nicht hatte riskieren wollen. Dadurch fühlte sich auch Camilla nicht mehr gar so beklommen; der spärliche Lichtschein, der den Weg an den vor ihr kriechenden Gefährten vorbei fand, gab ihr neuen Mut. Es dauerte auch nicht lange, da mündete 'ihr' Rohr in ein größeres, welches nahezu waagerecht verlief, so daß sie sich wieder in natürlicher Haltung fortbewegen konnten. Erleichtert spreizten Lila und

Camilla ihre Flügel. Bis auf schmerzende Flügelgelenke hatte keine von ihnen Schaden genommen.

"Wo lang?" fragte Lila, "rechts oder links?"

"Natürlich rechtss", bestimmte Gezzo, "wir müsssen bergab gehen, ssonsst kommen wir nur wieder zsu andern Abflüsssen von Wasschbecken oder ähnlichem, wo wir vermutlich nicht einmal hinausskönnten."

"Wo früher das Abwasser wohl geblieben ist?" fragte sich Camilla, "wir sind doch schon ziemlich tief unter der Erde."

"Vielleicht gibt es ja, öh, Höhlen, durch die es weiter abfließen konnte", vermutete Gnumba.

"Vermutlich", pflichtete Gezzo bei, "wenn wir biss zsu sso einer Höhle durchkommen, können wir dort möglicherweisse hinauss."

"Wieso wenn?" fragte Lila alarmiert, "warum sollten wir es nicht schaffen?"

"Ess kann doch ssein, daß die Rohre eingesstürzst ssind, nach sso langer Zseit", erklärte Gezzo seine Bedenken, "sso etwass habe ich in den Wassser-leitungen, die ich hier unten benutzst habe, sschon öfter erlebt. Oder der Pilzs könnte irgendwo hereingewuchert ssein."

"Toll, Gezzo, du weißt einem wirklich Mut zu machen!" rief Camilla, die bei Gezzos Worten ganz blaß um die Nase geworden war.

"Denken wir nicht ständig nur an das Fiese, was passieren könnte!" riet Lila, "sehen wir zu, daß wir weiterkommen. Ich will möglichst schnell raus hier, denn es ist schmutzig und stinkt!"

Bevor sie weitergingen, entfernten sie noch das Sicherungsseil, das sie verband, denn in diesem flachen Gang glaubten sie, es nicht zu brauchen, und ohne es konnten sie sich freier bewegen. Eine Weile kamen sie gut voran, bis das ehemalige Abwasserrohr erneut in ein noch größeres mündete. Dieses hatte bereits einen Durchmesser von gut einem halben Meter und führte nahezu senkrecht in die Tiefe. "Wie sollen wir da denn nur, öh, hinunterkommen?" flüsterte Gnumba und blickte in die bodenlose Tiefe, sich mit zitternden

Händen am Rand festklammernd. Auch Gezzo schaute unsicher und unentschlossen drein.

"Sso weit reichen unssere Sseile niemalss!"

"Scheiße! Und nun?" fluchte Lila wenig damenhaft.

"Ich hab' ne Idee!" kam es von Camilla, "ich kann vorfliegen und gucken, wie weit es hinuntergeht. Wenn es nicht zu lang ist, können Lila und ich euch nacheinander hinabbringen. Euch soweit abzubremsen, daß ihr unten nicht hart aufschlagt, dazu sollte unsere Kraft reichen." Sie wartete die Reaktionen der anderen - Gnumba und besonders Gezzo schauten alles andere als glücklich drein - gar nicht ab, sondern entzündete eine zweite Lampe und flog in die Dunkelheit hinab. Es dauerte ziemlich lange, bis Camilla wieder oben war. Ihr Blick war längst nicht mehr so selbstsicher wie vorher.

"Na, wie is', Milla?" Lila sah ihre Cousine fragend an.

"Es geht verdammt tief runter, aber ich glaube, wir könnten es so gerade schaffen."

"Na toll!" entsetzte sich Gezzo, "und wenn ihr ess 'sso gerade' nicht sschafft?!"

"Dann habt ihr Pech gehabt!" sagte Lila zynisch, "entweder ihr vertraut euch uns an, oder wir versauern hier bis zum jüngsten Tag!"

"Also von mir aus könnt ihr mit mir, öh, anfangen", erklärte sich Gnumba bereit.

"Ich möchte lieber mit Gezzo beginnen", entschied Lila, "der ist schwerer, und jetzt beim ersten Flug haben wir noch mehr Kraft."

"Und mit mir stürzt ihr dann ab!" empörte sich Gnumba, war aber einsichtig genug, die Notwendigkeit dieser Entscheidung zu akzeptieren. Camilla drückte Gnumba die brennende Lampe in die Hand, dann band sich Gezzo ein Seil um die Brust, dessen beide Enden Lila und Camilla faßten. Auf diese Weise hatte Gezzo die Hände frei und konnte eine Lampe halten. Zudem ließ sich ein Seil sowieso sicherer halten, als wenn die beiden Elfen Gezzo an den Händen gefaßt hätten.

"Und los!" kommandierte Camilla. Gezzo trat über den Rand und schon sausten sie nach unten. So hatte sich

Camilla das nicht vorgestellt. Gezzo schrie angsterfüllt auf, und auch Gnumba, schon weit über ihnen, kreischte erschrocken. Verbissen wirbelten Lila und Camilla mit den Flügeln, um den rasanten Absturz zu bremsen und wenigstens soweit Kontrolle zu gewinnen, daß sie nicht gegen die Wandungen prallten und sich dabei womöglich die Flügel brachen. Gezzo hatte in seiner Furcht die Lampe fallenlassen, die zuerst gar nicht einmal so viel schneller als sie dem Grund entgegen taumelte, um schließlich doch weit unter ihnen zu zerbrechen. Dabei lief das Öl aus und Flammen loderten auf. Gezzos Finger krallen sich in das Seil. Er spürte, daß die Elfenmädchen ihn nicht bis zum Stillstand würden abbremsen können, obwohl das Tempo nicht mehr ganz so hoch war. Das bedeutete, er würde unweigerlich in den Flammen landen. Gleich war es soweit. Gezzo hörte wie im Traum die Mädchen in ihrer Anstrengung stöhnen. Er schloß die Augen und biß die Zähne zusammen. Dann kam der erwartet harte Aufprall. Gezzo rollte sich ab. Er fühlte das brennende Öl auf der Haut und in den Haaren. Er sprang ein Stück seitlich von den Flammen fort in einen dort beginnenden großen ehemaligen Abwasserkanal. Hier warf er sich nieder und wälzte sich am Boden, um die Flammen zu löschen. Sekunden später spürte er hilfreiche Hände, die die Flammen in seinen Haaren erstickten. Gezzo atmete tief durch.
"Alles o.k. Gezzo?"
"Ja, ess isst halb sso sschlimm, Lil!"
"Gut, daß du dir dabei kein Bein gebrochen hast, sonst wärst du gar nicht schnell genug aus dem Feuer gekommen."
Gezzo nickte. "Verssucht bitte, Gnumba etwass ssanfter zsu landen, ja?!"
"Wir werden uns Mühe geben. Komm, Milla!"
Obwohl sie beide ziemlich erschöpft waren, machten sie sich unverzüglich auf den Weg nach oben, um Gnumba nicht so lange in quälender Ungewißheit zu lassen, nachdem sie doch den Sturzbeginn hatte miterleben müssen und bestimmt in Todesangst auf ein

Lebenszeichen von ihnen wartete. Ja, da hörte Lila auch schon Gnumbas dünnes Stimmchen von weit oben panisch schreien.

"Gezzoooo, Lilaaa, Millaaa!"

"Wir kommen, Gnumba!" schrie Lila so laut sie konnte zurück. Offenbar hatte Gnumba sie gehört, denn bis sie oben waren, hörten sie nichts mehr von der Gumbin. Dann standen sie vor ihr. Die Ärmste war völlig in Tränen aufgelöst und zitterte erbärmlich.

"Was ist mit, öh, Ge.... ?"

"Alles in Ordnung, Gnummi!" beeilte sich Lila zu versichern, "nichts passiert. Nur der Anfang war ein bißchen holperig", log sie, um die ohnehin schon verängstigte Gnumba nicht noch mehr in Panik zu versetzen. Camilla band Gnumba das Seil um, dann packten beide Elfen zu.

"Ach ja, Gnummi", fiel Lila noch ein zu sagen, "halt die Lampe besser fest als Gezzo! Der hat seine fallenlassen, und wenn das so weiterginge, hätten wir bald kein Licht mehr."

"Ich halte sie ganz, öh, fest!" versprach Gnumba, und Lila sah, wie die Knöchel ihrer Hand weiß hervortraten, als sich die Finger des Gumbenmädchens um den Griff der Lampe schlossen. Jetzt hoben die Elfen Gnumba an und begannen mit dem Sinkflug. Obwohl sie bereits den größten Teil ihrer Kräfte aufgebraucht hatten, schien es ihnen im Vergleich zu eben wie ein Kinderspiel, wog Gnumba doch gerade mal etwas mehr als die Hälfte von Gezzo. Das einzig wirklich Unangenehme war der Schmerz, den das Seil in ihren versengten Handflächen verursachte. Eine Minute später waren sie alle wieder vereint, und Gnumba fiel Gezzo in die Arme.

"Du siehst hübsch aus, so mit, öh, Halbglatze!" schniefte sie, "wie hast du das denn geschafft?"

"Lila und Milla dachten wohl, ich ssei ein Hexser und wollten mich verbrennen. Zum Glück konnte ich mich wehren!" lachte Gezzo, dann erzählte er seiner Freundin, wie es sich tatsächlich zugetragen hatte. Als Gnumba hörte, wie knapp Gezzo mit dem Leben davongekommen war, drückte sie ihn noch einmal

besonders fest an sich, und als sie nun dem Verlauf des Kanals folgten, ließ Gnumba Gezzos Hand nicht mehr los. Plötzlich wurde es rapide dunkler um sie. Voller Schrecken sahen sie ihre Lampe verlöschen. Jetzt hatten sie nur noch zwei, die auch schon fast leer waren. Gezzo zündete eine von ihnen an und drehte dann die Flamme so weit herunter, daß sie so gerade eben noch etwas sehen konnten. Schweigend marschierten sie weiter, bis unerwartet der Boden vor ihnen zu Ende war. Sie konnten gerade noch abstoppen, bevor einer von ihnen hinunterstürzte.
"Mach mal ein bißchen heller!" forderte Lila, "man sieht ja gar nicht, was Sache ist."
Schon bevor Gezzo Lilas Bitte folgte, verriet ihnen der Wiederhall ihrer Stimme, daß sie sich in einem großen Raum befinden mußten. Mehr offenbarte auch die auf volle Helligkeit gedrehte Lampe kaum. Sie konnten nur feststellen, daß der Kanal hier endete und in eine riesige Höhle mündete. Der Boden der Höhle war nur ca. drei Meter unter ihnen, außer direkt unterhalb des Kanalausganges, wo sich eine unergründliche Spalte befand, in die sich vormals das Abwasser ergossen haben mochte. Die jenseitige Höhlenwand war wie auch die Decke nicht zu sehen, weil das Licht der Lampe zu schwach und die Höhle zu groß war. Die beiden Gumben kletterten neben dem Kanal die Höhlenwand herab, die hier nicht sonderlich steil war, und gesellten sich zu Lila und Camilla, die schon vor ihnen unten gelandet waren.
"Wie weiter?"
"Ich glaube, wir ssollten nach linkss, die Höhle aufwärtss gehen, vielleicht kommen wir dort hinauss. Außserdem haben wir zsur anderen Sseite jetzt die Sspalte dazswisschen."
Die drei Mädchen folgte Gezzos Vorschlag widerspruchslos, und schon eine Stunde später, die vorletzte Lampe lag gerade in den letzten Zügen, schien Gezzos Wahl die richtige gewesen zu sein, denn ein schwacher Lichtschimmer voraus gab Anlaß zur Hoffnung. Dann standen sie unter einer Öffnung der

Höhle, die eindeutig nach draußen führte. Bei Tage hätten sie diese auch schon viel eher bemerkt, doch es war Nacht, und nur das Licht des Mondes und der Sterne fiel von oben herein. Die Jugendlichen brachen in Jubel aus; endlich hatten sie es geschafft. Zumindest fast, denn die Höhlenwand war noch das letzte Hindernis auf dem Weg in die Freiheit. Sie war steil und glitschig, und direkt unterhalb des Ausganges waren überhängende Verdickungen zu erkennen, die für die Gumben ein fast unüberwindliches Hindernis darstellten.

"Ich weiß schon, wie wir es machen", rief Lila, "zuerst tragen wir dich, Gnummi, hoch, dann befestigen wir oben ein Seil und werfen es hinunter. Daran kannst du, Gezzo, dann emporklettern."

"Dass isst gut, sso können wir ess sschaffen!"

Bevor sie ans Werk gingen, leuchteten sie noch einmal umher. Dabei entdeckten sie einen künstlich gehauenen Gang, der unweit ihrer Position von der Höhle abzweigte.

"Ich glaube, ich weiß jetzt, wo wir sind!" kam Lila die Erleuchtung, "dies muß die Höhle sein, in der Urklan damals zuerst Anna gefangen hielt, bevor er sie in die unterirdische Stadt brachte. Wißt ihr noch? Da, wo Anna erzählte, daß eine Riesenspinne sie bewacht hat, die sich sogar auf ihren Kopf gesetzt hatte!"

"Das könnte sein", stimmte Camilla zu, "die Beschreibung paßt genau!"

"Nun komm, Gnummi, fangen wir an!"

Wieder banden sie Gnumba ein Seil um, hoben sie an und flogen mit ihr dem Freiheit versprechenden Mondlicht entgegen. Als sie über die wulstigen Überhänge flogen, zuckte Gnumba zusammen.

"Was hast du, Gnumba? Nicht so zappeln, sonst rutschst du uns weg!" keuchte Lila, die all ihre Kraft aufbieten mußte, denn so nach oben war es doch erheblich schwieriger, als vorhin, wo sie mehr oder weniger nur hatten bremsen müssen.

"Ich halt ja schon, öh, still! Ich dachte nur, die Felsen unter mir hätten sich gerade bewegt."

"Felsen bewegen sich nicht", kommentierte Camilla, "du hast wohl schon Halluzinationen!"
Sie setzten Gnumba ab und banden dann gemeinsam alle Seile, die sie hatten, aneinander. Camilla befestigte das eine Ende an einem Busch, der neben der Höhlenöffnung wuchs, anschließend flog Lila vor bis zu dem Überhang und warf Gezzo das andere Ende zu. Gerade fing Gezzo unten an zu klettern, da meinte auch Lila eine Bewegung in dem Überhang gesehen zu haben. Als sie die betreffende Stelle genauer inspizieren wollte, blähte sich der 'Fels' auf und begann von innen grün zu schimmern.
"Gezzo, schnell, beeil dich!" schrie Lila. Gezzo blickte nach oben und erkannte ebenfalls die Veränderung an dem so sicher geglaubten Ausweg. Er hangelte sich so schnell es seine müden Arme erlaubten nach oben. Fast glaubte er es geschafft zu haben, denn es war nur noch etwa ein Meter bis zu der Stelle, wo das Seil über die unheimlich quellenden Wülste lief, als ein Knirschen und Reißen ihn innehalten ließ. Direkt über ihm erschien ein Spalt in der Kruste, aus dem erste weiße Fäden tasteten und der bekannte grüne Lichtschimmer sichtbar wurde. Er sah Lila ängstlich zurückweichen.
"Gezzo, bitte, komm doch!" hörte er Gnumba flehen. Gezzo zögerte; sollte er es wagen? Noch waren nur wenige der Tentakel zu sehen. Doch, ja, er mußte es schaffen! Energisch griff seine Hand nach oben. Genau in diesem Moment löste sich mit einem merkwürdigen Puffen und widerlich schmatzenden Geräusch ein Großteil der borkigen Schicht des vermeintlichen Felsens und stürzte haarscharf neben Gezzo in die Tiefe. Jetzt ging alles sehr schnell: Eine fette grünleuchtende Masse quoll unter den Resten des Deckmantels hervor, und unzählige der sich windenden Fäden schossen in alle Richtungen. Gezzo ließ sich am Seil herunterrutschen, ja es war schon beinahe mehr ein Fallen. Seine Handflächen glühten und wurden von den rauhen Fasern aufgerissen. Aber Gezzo spürte es nicht. Seine Füße berührten den Fels. Er ließ das Seil fahren und stürzte sich den Rest des Abhanges halb

springend halb rollend hinab. Bloß weg von diesem Höllenwesen! Als er wieder auf die Füße kam und nach oben sah, war der Ausgang schon undurchdringlich mit dem scheußlichen Geflecht zugewoben. Die Mädchen hörten Gezzos Verzweiflungsschrei, als er erkannte, daß er keine Chance mehr hatte, hier herauszukommen. Aus dem dichten Netz, das sich vor dem Zugang spannte, traten neue Fäden hervor und krochen auf dem Boden auf Gnumba zu, die entsetzensstarr mit grauem Gesicht das schreckliche Geschehen verfolgt hatte. "Gezzo, Gezzo, Gezzo, ... !" schluchzte sie immer wieder. Sie schien die drohende Gefahr überhaupt nicht zu bemerken, so daß Lila und Camilla sie bei den Händen griffen und aus der Reichweite des Pilzwesens entfernten. Als sie sie absetzten, lief Gnumba sofort wieder auf den versperrten Eingang zu. Lila und Camilla mußten die sich vehement Wehrende mit sanfter Gewalt wegzerren.

"Ich muß zu Gezzo! Ich muß ihm helfen!" schrie das Gumbenmädchen und strampelte hilflos mit den Beinen in der Luft.

"Du kannst nichts machen! Da kommt keiner durch! Komm mit, wir müssen hoffen, daß entweder Gezzo oder wir noch einen anderen Zugang zu der Höhle finden."

Schweren Herzens zogen sie sich zurück und begannen nach weiteren Öffnungen im Boden Ausschau zu halten. Doch so sehr sie auch suchten, sie fanden nichts. Bei Sonnenaufgang gaben sie erschöpft auf und hockten sich in den Schutz von einigen Felsblöcken, um wieder zu Kräften zu kommen.

11

Kathrin und Garmin legten ein flottes Tempo vor, obwohl sie sich eigentlich noch nicht vollständig von den vorangegangenen Strapazen erholt hatten. Doch sie waren wegen Lila, Camilla und Gnumba ebenso beunruhigt wie Killy, die auf Kathrins Schulter saß. Die Elfe flog immer wieder auf, Umschau zu halten, ob ihnen nicht von irgendwoher Gefahr drohte. Die Dreiergruppe - eigentlich hatte auch Sara mitkommen wollen, doch eine Zerrung in ihrer Flugmuskulatur zwang sie, zu Hause zu bleiben - war noch am Vortag aufgebrochen und hatte am Anfang der Schlucht, die zur Hochebene führte, ihr Nachtlager aufgeschlagen. Seit den frühen Morgenstunden kraxelten sie nun eine der steilen Felsstufen nach der anderen hinauf, die teilweise eine Höhe von bis zu hundert Metern hatten und über welche der muntere Bach in grandiosen Kaskaden zu Tal stürzte. Garmin und Kathrin waren begeistert von diesem Naturschauspiel, was sie allerdings noch mehr genossen hätten, läge ihrer Tour nicht dieser beunruhigende Aspekt der Gefahr für ihre Freunde zugrunde. Außerdem wurde der phantastische Gesamteindruck je höher sie kamen immer öfter dadurch getrübt, daß sie Stellen fanden, die von dem Pilz befallen waren und einen traurigen Anblick boten. "Wartet mal einen Augenblick!" rief Killy, die gerade wieder einmal emporgeflogen war, "uns folgt eine Elfe! Laßt uns sehen, was sie will. Aber haltet Abstand, ich kann noch nicht erkennen, ob es nicht vielleicht Welard, Wira oder Forn ist."
Erwartungsvoll blickten Kathrin und Garmin zurück. Abstand halten war gut gesagt! Einer Elfe würden sie nicht weglaufen können. Andererseits könnten sie ein solch kleines Wesen natürlich leicht abwehren. Killy flog der Elfe entgegen, die jetzt auch die zwei Menschen als kleinen Punkt heranfliegen sahen. Die Elfen trafen zusammen, unterhielten sich kurz und kamen dann gemeinsam herbei. "Das ist Lavia", stellte Killy die Kathrin und Garmin unbekannte Elfe vor, "sie ist die

Frau von Forn. Sie hilft dem Arzt Boron bei seinen Untersuchungen des Pilzes."
Gespannt, was diese Elfe veranlaßt haben könnte, ihnen in so großer Eile zu folgen, begrüßten sie die bedrückt und melancholisch wirkende Lavia.
"Der Grund, warum ich hier bin, ist folgender", erklärte sie, "Boron und ich haben gestern abend noch eine wichtige Entdeckung gemacht, und zwar, wie man mittels dünner Amethystscheiben erkennen kann, ob man ein infiziertes Wesen vor sich hat oder nicht. Man schaut durch den Stein, und wenn ein Schimmer die Person oder das Tier umgibt, handelt es sich um ein befallenes. Leider funktioniert es nur, wenn es einigermaßen oder ganz dunkel ist. Nun ja, als wir das gestern Nacht entdeckten, fiel uns heute morgen ein, daß es für euch sehr wichtig sein könnte. Also bin ich euch hinterhergeflogen. Weil es so eilig war, hat Boron aber nur noch eine solche Scheibe anfertigen können. Hier ist sie. Natürlich ist sie sehr klein und zerbrechlich für euch Menschen, aber sonst hätte ich sie nicht tragen können."
Sie reichte Kathrin die knapp eineinhalb Zentimeter lange und einen Zentimeter breite violette Steinscheibe, die eine Dicke von nur einem Millimeter hatte. Kathrin nahm sie vorsichtig zwischen die Fingerspitzen.
"Ist es euch recht, wenn ich sie einstecke?" fragte sie Killy und Garmin.
"Natürlich!" sagte Killy, "ich bin froh, wenn ich nicht unnötig viel tragen muß."
"Mir ist es auch recht", stimmte Garmin zu, "ich glaube, bei mir würde sie leichter zerbrechen."
Kathrin wickelte den Stein in ein Papiertaschentuch und tat dies dann zu ihrer Sonnenbrille ins Etui. Dort war der Stein vorläufig sicher aufgehoben.
"Ich wünsche euch viel Erfolg", verabschiedete sich Lavia, "ich muß zurück, es gibt noch so unendlich viel zu tun!"
"Tschüß und vielen Dank!" riefen Garmin und Kathrin der davonfliegenden Elfe nach.

"Das war ja nett von ihr!" fand Garmin, "unseretwegen extra eine solche Gewalttour zu unternehmen."
"Das finde ich auch, aber sag 'mal, Killy, sie sah so traurig aus, ist das wegen Forn?"
"Nur zum Teil, viel schlimmer traf sie der Tod ihres Sohnes. Ach ja, das wußtet ihr ja noch gar nicht. Dorgo war der erste von uns Elfen, der sich infiziert hat. Wie und wo das passiert ist, haben wir nicht herausbekommen. Jedenfalls starb er vor drei Tagen, als der Pilz versuchte, Kontrolle über ihn zu gewinnen."
"Das ist ja furchtbar, die arme Lavia!" rief Kathrin voller Mitgefühl, "ich finde es bewundernswert, daß sie sich jetzt schon wieder aufraffen kann, anderen zu helfen!"
Während der nächsten Minuten sprachen Kathrin und Garmin wenig. Sie mußten erst einmal die traurigen Neuigkeiten verdauen, die Killy ihnen mitgeteilt hatte. Umso mehr aber beeilten sie sich, damit das grausame Schicksal nicht auch noch Lila, Camilla oder Gnumba ereilte. Sie ruhten sich auch nicht aus, als sie endlich die Hochebene erreicht hatten, sondern liefen gleich weiter. Am frühen Nachmittag lag die Wiese, die das Gumbendorf verbarg, vor ihnen.
"Am besten, ich halte erst Umschau", sagte Killy, "denn ich weiß nicht, ob sich das Dorf verändert hat und wo jetzt überall Gumbenhöhlen liegen. Darum hole ich jemanden, der euch führt, sonst tretet ihr noch auf eine der gut versteckten Wohnungen und könntet dabei Gumben verletzen oder gar töten."
Das wollten natürlich weder Kathrin noch Garmin, also setzten sie sich auf eine sonnige Stelle im Gras und warteten.
"Das ist schon komisch", sinnierte Kathrin, "da wollten wir mal so richtig ausspannen und unsere Freunde treffen, und da rutschen wir wieder mal in eine so merkwürdige und unheimliche Geschichte hinein. Irgendwie kommt mir das überhaupt nicht richtig real vor, so als sei ich in einem unangenehmen Traum gefangen."
"Geht mir ähnlich", nickte Garmin. "Tja, wer sich mit

Märchenwesen in der Wirklichkeit einläßt, muß vermutlich mit so etwas rechnen. Weißt du noch, letztes Jahr, am Anfang der Ferien? Wenn mir da jemand erzählt hätte, es gäbe Elfen und Gumben, ich hätte ihn für total plemplem gehalten. Und jetzt kann ich mir ein Leben ohne diese phantastischen Wesen gar nicht mehr recht vorstellen."

"Hm, wo bleibt eigentlich Killy? So lange sollte das doch eigentlich nicht dauern!" wurde Kathrin allmählich unruhig. Sie stand auf und sah über das wogende Meer aus Gras, konnte aber nirgends einen Gumben oder eine Elfe entdecken.

"Wenn hier ein ganzes Gumbendorf ist, müßte man doch von den Bewohnern etwas sehen oder wenigstens hören", wandte sie sich wieder ihrem Freund zu.

"Wer weiß?" meinte dieser, "vielleicht haben sie uns herantrampeln hören und sich versteckt. Ein so kleines Volk muß ja stets besonders auf der Hut vor Feinden sein."

"Aber Killy müßte ihnen doch längst gesagt haben, daß keine Gefahr droht. Ich mache mir allmählich wirklich Sorgen!"

"Wir können ja schlecht nachgucken gehen, denn wie Killy schon gesagt hat, könnten wir zu leicht einen Gumb zertreten. Außerdem hätte Killy bestimmt um Hilfe gerufen, wenn etwas passiert wäre."

"Und wenn ihr in einer der Gumbenhöhlen etwas zugestoßen ist? Dann hätten wir ihre Stimme garantiert nicht gehört!"

Darauf wußte Garmin nichts zu sagen. Erneut warteten sie.

"Ich halte das nicht mehr aus", sagte Kathrin schließlich, "irgendetwas müssen wir machen!"

"Wir können ja einmal rufen. vielleicht antwortet sie oder einer der Gumben ja."

Da Kathrin vorläufig auch nichts Besseres einfiel, riefen sie mehrmals laut nach Killy. Eine Antwort erhielten sie nicht. Kathrin war zum Heulen zumute. Sie war sich sicher, daß Camillas Mutter etwas widerfahren sein mußte; nie hätte sie sie sonst so lange warten lassen.

"Mir sind die Gumbenhöhlen bald egal!" rief sie, "ich
fange jetzt an zu suchen!" Mit aller gebotenen Vorsicht
bewegte sie sich Fuß um Fuß in das hohe Gras hinein.
Sie bog die Halme vor sich immer bis zum Boden
auseinander, um nicht einen der Eingänge zu
übersehen. Dieses Vorgehen war äußerst
zeitaufwendig, denn die Wiese war sehr groß. Erst
nachdem sie einen Bach durchwatet und eine Zeitlang
auf der gegenüberliegenden Seite weitergesucht
hatten, entdeckten sie die erste Gumbenhöhle. Kathrin
klopfte leise mit dem Fingernagel an die winzige Tür,
aber nichts rührte sich. Das gleiche Ergebnis erwartete
sie bei den nächsten Gumbenwohnungen. Ihre Unruhe
wuchs zusehends, bis Kathrin zu ihrer beider Entsetzen
einen toten Gumben fand. An seinem Körper waren
viele der grauweißen Fäden zu sehen.
"Wir kommen zu spät!" schluchzte Kathrin deprimiert,
"bestimmt ist Lila auch schon tot!"
"Das glaube ich nicht unbedingt", widersprach Garmin
und legte tröstend seinen Arm um Kathrin, "erstens ist
dies die einzige tote Person, die .... "
"Vielleicht liegen die anderen alle in den Höhlen!"
"Laß mich doch erstmal ausreden, Kathy! Wir haben
noch keinen Hinweis darauf, daß es noch mehr Tote
gibt, außerdem hat dieser Elfenarzt Boron doch herausgefunden, daß der Pilz mittlerweile wohl nur noch in
den seltensten Fällen zum Tode führt, sondern 'nur'
noch den Träger zu seinem willenlosen Diener macht.
Auch bei dem Gumb hier hat nicht der Pilz den Tod
verursacht, würde ich sagen: Es hat ihm jemand den
Schädel eingeschlagen." Garmin wies auf eine schwere
Kopfverletzung des Toten.
"Aber wo sind sie denn alle hin? Und wenn alle weg
sind, was kann denn dann Killy passiert sein?"
Darauf wußte auch Garmin keine Antwort. Sie suchten
noch fast zwei Stunden weiter, aber sie fanden nichts,
was ihnen neue Hoffnung oder einen Hinweis auf Killys
Verbleib hätte geben können. Sie kamen überein, ihre
Suche abzubrechen, denn sie fanden auch keine
weiteren Höhleneingänge mehr. Vorher hatten sie in

konzentrischen Kreisen um die erste gefundene Höhle herum die Wiese abgesucht und insgesamt sechsundzwanzig solcher Behausungen entdeckt. Bei einigen hatten sie auch die Türen aufgebrochen und hineingeschaut, aber alle waren leer gewesen. Das einzig Merkwürdige, was sie bemerkten, war, daß bei mehreren Höhlen große, nahezu kreisrunde Löcher im Fußboden waren. In den letzten zwanzig Minuten hatten sie keine Wohnbauten mehr gefunden, darum nahmen sie an, daß sie nun aus dem Radius des Dorfes hinausgeraten waren. Garmin schüttelte resigniert den Kopf. "Ich weiß nicht mehr weiter", gestand er ein, "sollen wir zum Elfendorf zurückgehen und dort Bescheid sagen? Oder sollen wir hier in der Umgebung weitersuchen?" Ratlos zuckte er die Achseln. Kathrin war todunglücklich: Anstatt daß sie ein paar glückliche Tage mit ihren Freunden verbringen konnten, wie sie es sich erhofft hatten, hatten sie alle verloren!
"Ich glaube nicht, daß es Zweck hat, hier ziellos herumzusuchen", sagte sie traurig, "laß uns umkehren, damit wir möglichst noch bei Tageslicht die Schlucht hinunterkommen. Ich möchte nicht gar zu gerne hier oben übernachten, wo wir wissen, daß sich hier der Pilz schon ausgebreitet hat."
Frustriert machten sie sich auf den Weg. Doch schon nach den ersten Schritten vom Gumbendorf weg durch das hohe Gras hielt Kathrin inne.
"Was ist, warum gehst du nicht weiter?" wollte Garmin wissen.
"Pssst! Sei mal eben leise, ich glaub' ich hab' da gerade etwas gehört!"
Garmin blieb stehen und lauschte ebenfalls.
"Da, da war es wieder! Hast du es jetzt auch gehört?"
Garmin verneinte. Außer dem leisen Rascheln, daß der Wind in dem Gras verursachte, und dem Zirpen einiger Grillen, konnte er nichts Außergewöhnliches vernehmen. Kathrin aber drehte sich horchend und ging dann langsam gebückt ein paar Schritte zurück. Jetzt hörte sie es schon deutlicher. Es klang wie das Weinen eines Kindes aus weiter Ferne. Trotzdem hatte Kathrin

irgendwie das Gefühl, als sei es ganz nah. Wieder machte sie einen kleinen Schritt vor, da hörte sie es fast direkt neben sich. Sie hockte sich hin und bog die dichten Halme beiseite. Jetzt sah sie die Ursache: Zwischen den Wurzeln eines der Grasbüschel hockte ein winziges Gumbenmädchen. Es mochte vielleicht eineinhalb oder zwei Jahre alt sein. Es hatte die beiden mittleren Finger der rechten Hand in den Mund gesteckt. Unter den geschlossenen Augenlidern quollen unablässig die Tränen hervor. Weinen und Schluchzen schüttelten den kleinen Körper, der in einem Kleidchen aus braunem, weichem Stoff steckte, welches im Brustbereich schon klitschnaß war.
"Garmin, komm her, ich habe ein Gumbenkind gefunden, es lebt!"
Von der lauten Menschenstimme aufgeschreckt öffnete das Gumbenmädchen die Lider und starrte Kathrin aus großen runden, fast schwarzen Augen an. Kathrin lächelte ihm zu. Und hier wie auch bei fast allen anderen Wesen wirkte der Zauber ihres Lächelns, dem kaum jemand widerstehen konnte: Die Tränen des Kindes versiegten, und es streckte seine Ärmchen nach Kathrin aus. Vorsichtig nahm Katrin das zarte Persönchen auf die Hand und hob es auf. Unterdessen war auch Garmin hinzugetreten und betrachtete erstaunt und interessiert das niedliche Gumbenkind, das offensichtlich keinerlei Scheu vor den beiden für sie so riesigen Menschen hatte.
"Sie muß schon öfter Menschen gesehen haben", stellte Garmin fest, "sonst hätte sie bestimmt mehr Angst."
"Klar, erinnere dich doch an die Erzählungen: Hier waren vor uns schon Meike, Beate, Bernhard und so."
Kathrin streichelte mit dem Finger über den Bauch des Mädchens, das auf dem Rücken in ihrer Hand lag und nun strampelte und lachte. Offenbar war sie kitzelig.
"Ist sie nicht süß? Guck mal, Garmin, diese Gumben sehen schon anders aus, als Elfen, sie haben andere Proportionen: Ein bißchen kürzere Beine und größere Hände und Füße."
"Mhm, und eine braunere Haut."

"Was meinst du, Garmin, ob die Gumben auch unsere Sprache sprechen?"
"Ja, das tun sie, sonst hätten sie doch nicht mit den Elfen und Menschen, von denen wir geredet haben, sprechen können."
"Ach ja, wie dumm von mir! Hallo, du, wie heißt du?" fragte sie das Kind.
"Meinst du, die kann schon sprechen?"
"Keine Ahnung, aber vielleicht werden wir es gleich erfahren."
"Mama?"
"Wo ist deine Mama?"
"Mama weg!"
"Deine Mama ist weg? Wohin ist sie denn?"
"Mama Wurm."
"Hä? Wurm? Kannst du dir vorstellen, was sie meint, Kathy?"
"Nee! Vielleicht meint sie die Pilzfäden?"
"Was für ein Wurm, wo ist der Wurm?"
"Mama, Papa, weg!" Jetzt kamen die Tränen der Kleinen wieder.
"Ich glaube, aus der kriegen wir nichts Vernünftiges raus!" brummte Garmin.
"Wahrscheinlich!" seufzte Kathrin, "auf jeden Fall ist sie ein Grund mehr, umzukehren, denn wir haben keine Ahnung, was sie essen kann und darf. Die Elfen werden es wissen, also bringen wir sie schnellstens dorthin. Die können dann auch mehr Leute ausschicken, um nach Killy, den Gumben und natürlich auch Lila und Camilla zu suchen."
Schweren Herzens stimmte Garmin zu. Beide mochten Killy nicht im Stich lassen, doch es bot sich nichts Erfolgversprechendes an, was sie hätten tun können, Killy wiederzufinden. So schnell es ging, denn es war schon später Nachmittag, liefen sie in Richtung der Schlucht, wo der schwierige Abstieg wartete. Bräche die Dunkelheit herein, bevor sie das Kartal erreichten, bliebe ihnen eine Übernachtung nicht erspart, und darauf legten weder Kathrin noch Garmin Wert, hatten sie doch beim Aufstieg schon die vielen vom Pilz

befallenen Pflanzen in der Schlucht gesehen. Die kleine Gumbin wirkte nun doch nicht mehr so zutraulich, als sie merkte, daß es von zu Hause wegging. Sie klammerte sich an Kathrins Finger und sah zitternd und verloren ins Weite. Kathrin kamen vor Mitleid fast selbst die Tränen.
"Erinnerst du dich noch, wie wir uns um Sonja kümmern mußten, als wir von Moro entführt worden waren? Jetzt haben wir schon wieder ein, wenn auch viel kleineres, Pflegekind."
"Aber nur gemessen an der Körpergröße, die Probleme könnten durchaus schwierigerer Art sein als bei Sonja!"
"Stimmt, es scheint, als sei diese Kleine noch nicht so weit mit dem Sprechen", stellte Kathrin fest.
"Damit war es bei Sonja aber auch nicht weit her. Die konnte zwar ganz schön viel plappern, aber eben nicht in unserer Sprache."
"Hunger!"
Kathrin und Garmin unterbrachen ihre Unterhaltung und schauten auf das Gumbenkind.
"Grenna Hunger!"
"Was heißt denn Grenna? Oder ist das dein Name? Du Grenna?"
"Grenna Hunger!!!" wiederholte das Mädchen und verzog erneut das Gesicht, als wolle sie weinen.
"Ja, schon gut, Grenna, du bekommst etwas zu essen!" versuchte Kathrin schnell zu beschwichtigen, "Garmin, was meinst du, was können wir ihr denn geben?"
"Versuchen wir es mit Schokolade, die essen doch alle Kinder gern. Allerdings müßten wir deine nehmen, wenn du noch welche hast. Meine ist schon längst alle."
"Du bist aber auch verfressen! Doch, ja, ich habe noch welche. Lang mal in meinen Rucksack, dann muß ich die Kleine nicht absetzen, sonst fängt sie bestimmt wieder an zu weinen."
Garmin kramte die Tafel hervor, von welcher erst zwei Stückchen fehlten, schnippelte mit seinem Taschenmesser einige winzige Krümel ab und gab ein erstes davon Grenna in die Hand. Das Gumbenmädchen beäugte das braune Stück mißtrauisch. Als ihr aber der

verführerische Duft in die Nase stieg, streckte sie ihre kleine Zunge heraus und leckte vorsichtig daran. Sofort leuchteten die großen dunklen Augen auf, und Grenna stopfte das ganze Stück in den Mund.
"Mehr!" befahl sie und streckte Garmin ihr verschmiertes Händchen entgegen. Garmin grinste und reichte ihr ein weiteres Stück. "Da haben wir wohl ins Schwarze getroffen!"
"Das scheint mir auch so, aber gib ihr trotzdem nicht zuviel, sonst bekommt sie Bauchschmerzen und Verstopfung!"
"Ja, Mami!" sagte Garmin spöttisch.
"Mama? Mamaaa!!!"
"Da haben wir den Salat! hättest du dir die Bemerkung eben nicht sparen können?!"
"Mensch, ich kann doch auch nicht immer an alles denken!"
Es gelang Garmin, Grenna mit weiterer Schokolade vorläufig zu beruhigen.
"Oh je, das kann ja noch was werden!" seufzte Kathrin, "laß uns lieber weiter .... , huch!? Iiie!" Kathrin schaute etwas pikiert auf ihre Hand.
"Scheint noch nicht ganz stubenrein zu sein!" lachte Garmin, als Kathrin in der ersten Reaktion die Hand möglichst weit vom Körper weghielt. Dann riß sich auch Kathrin wieder zusammen, denn Grenna schaute ihr nach dieser etwas heftigen Reaktion erschreckt und unglücklich ins Gesicht. Kathrin sah sich um, dann ging sie zu einem flachen, weichbemoosten Stein.
"Gib mir mal ein Tempo", forderte sie ihren Freund auf.
"Nee, nicht mir in die Hand, Garmin, breite es dort auf dem Moos aus!"
Sie legte Grenna auf die weiche Unterlage und säuberte das Mädchen mit einem weiteren Taschentuch. Danach fertigte sie mit geschickten Fingern aus einem weiteren Stück Papiertaschentuch eine passende Windel für ihren Schützling an. "So", sagte sie zufrieden, "vor solchen Überraschungen bin ich erstmal sicher!"
Bevor sie weitergehen konnten, mußten sie auch noch Grennas Durst stillen, wozu sie allerdings nur Wasser

zu Verfügung hatten. Damit schien Grenna zwar nicht besonders zufrieden, beklagte sich jedoch auch nicht. Wenige Minuten später schief sie ein, und Kathrin und Garmin beeilten sich weiterzukommen.

Gezzo stand wie betäubt auf dem Grund der Höhle. Da war sie dahin, die schon sicher geglaubte Rettung! Er konnte es noch gar nicht fassen. Hoffentlich waren die Mädchen da oben, besonders natürlich 'seine' Gnumba, den gierigen Fäden entronnen. Glücklicherweise hatte er die vollere der beiden noch nutzbaren Lampen bei sich, das gab ihm die Chance, noch eine ganze Weile nach einem anderen Weg zu suchen. Jetzt war nur die Frage wo? Sollte er zurück und es auf der anderen Seite der Spalte versuchen, die sie vorhin entdeckt hatten, oder lieber mit dem künstlichen Gang dort vorne? Dieser Gang wäre zumindest vorerst die bequemere Alternative, andererseits schätzte Gezzo dort die Gefahr, auf den Pilz zu stoßen, wesentlich höher ein. Nach kurzem Überlegen entschied er sich, es lieber mit der Höhle zu versuchen. So schnell es der unebene, glitschige Boden zuließ, lief er den Weg zurück, den sie gekommen waren. Dann lag die düstere Spalte vor ihm. Ein kalter Lufthauch zog daraus empor. Gezzo fröstelte und machte sich daran, um das Ende der Spalte unterhalb der Mündung des Abwasserkanals herumzuklettern. Er war fast auf der anderen Seite angelangt, da zögerte er. Wäre es nicht vielleicht sinnvoller, in die Spalte hinabzusteigen und es dort zu versuchen? Immerhin hatten ehedem auch die Abwässer dort einen Ausweg gefunden. Außerdem schien der Luftzug darauf hinzudeuten, daß es da unten weitere Öffnungen geben mußte. Kurzerhand disponierte Gezzo um und hangelte sich mühsam die glatten Felsen hinab. Mit einem der Seile wäre es wesentlich einfacher gewesen, aber die hatten die Mädchen ja oben festgebunden gehabt, so daß er sie nicht hatte mitnehmen können. Es war ein beängstigendes Gefühl, so ins Nichts hinabzusteigen, denn der eher schwache Schein der Lampe reichte bei weitem nicht bis auf den Grund der Spalte. Gumben sind zwar ausgezeichnete, gewandte Kletterer mit sehr kräftigen Händen und Füßen, aber je tiefer es ging, desto kälter wurde es, so daß Gezzos Finger und Zehen allmählich immer steifer und gefühlloser wurden und überdies auch noch anfingen zu zittern. Gezzo fragte sich, ob die Entscheidung, hier hinabzusteigen, tatsächlich richtig gewesen war; wenn nicht bald ein breiterer Absatz käme, worauf er sich ausruhen und seine Finger wieder warmreiben konnte, würde er in die bodenlose Tiefe stürzen. Doch bevor es soweit kam, spürte der Gumbenjunge einige dutzend Zentimeter tiefer einen wärmeren Hauch an dem rechten Fuß, mit welchem er nach einer Trittmöglichkeit tastete. Gezzo klammerte sich mit der Rechten fest und hielt die Lampe soweit es ging unter sich. Nun konnte er erkennen, daß dort ein größerer Tunnel in die Spalte mündete. Dieser hatte einen Durchmesser, der es sogar einem Menschen ermöglicht hätte, sich darin auf allen vieren fortzubewegen. Gezzo ließ sich in die Öffnung hineinrutschen. Der Tunnel war hier am Anfang nahezu waagerecht und führte in eine Schicht weicheren, poröseren Gesteins. Der Querschnitt des Ganges war rund, und er schien offensichtlich nicht natürlichen Ursprunges zu sein. Allerdings konnten auch Menschen ihn nicht angelegt haben, denn dann wäre er sicherlich größer ausgefallen. Es roch ziemlich unangenehm hier drinnen; leicht muffig, säuerlich. Da Gezzo sich jedoch im Augenblick nicht in der Lage fühlte, die Kletterpartie in der eisigen Spalte fortzusetzen, beschloß er, vorerst den Tunnel zu erkunden, da dieser ein bequemes Fortkommen zu ermöglichen schien. Gezzo folgte dem gewundenen Verlauf des Ganges, der sich immer wieder ohne ersichtlichen Grund hin- und her- und hinauf- und hinunterwand. Ab und zu weitete sich der Tunnel zu größeren Kammern, in denen der eigenartige Geruch besonders intensiv war. In einer dieser Kammern entdeckte er Überreste getrockneten Schleims und einige weißliche Hautfetzen an den Wandungen. Also, schloß Gezzo, hatte vermutlich irgendeine Tierart diese Höhle gegraben. Ihm fiel ein, was Gnumba einmal erzählt hatte, als sie mit dem Menschenmädchen Beate in eine Höhle eingebrochen war und sie sich durch ähnliche Gänge gequält hatten; da war Beate von einem riesigen wurmähnlichen Wesen attackiert worden und hatte sich nur mit äußerster Mühe wehren können. Möglicherweise waren diese Gänge hier von eben solch einem Tier angelegt worden. Kein besonders beruhigender Gedanke, fand Gezzo, denn wenn schon ein Mensch Schwierigkeiten hatte, so ein Wesen zu vertreiben, was sollte er dann machen, wenn ein solches auftauchte? Dummerweise war die einzige Alternative, die Spalte, auch nicht gerade verlockender. Also ging er weiter. Gezzo war noch nicht allzuweit gekommen, da wurde er durch ein Geräusch aufgeschreckt, welches von vorn kam. Das war bestimmt einer dieser Würmer! Hastig drehte sich Gezzo um und rannte zu der letzten Kammer, die er durchquert hatte, zurück. Dort versuchte er an der Wand emporzuklettern, doch diese war zu bröckelig. Also preßte er sich in eine Ecke, löschte die Lampe und betete, daß der Wurm ihn nicht bemerken möge. Das Schlurfen und Schaben näherte sich schnell. Gleichzeitig verstärkte sich der saure Geruch zu penetranter Stärke. Jetzt spürte Gezzo die Nähe des Tieres, das sich mit leise zischendem Atem in den Hohlraum wand. Gezzo hielt die Luft an, als das Wesen plötzlich in seiner Bewegung verhielt und abwechselnd schnaufende und fiepende Töne von sich gab. Er bemerkte die feuchte Wärme, als sich der Kopf - zumindest nahm Gezzo an, daß es dieser war, sehen konnte er ja nichts - ihm bis auf wenige Zentimeter näherte. Doch zu seiner unendlichen Erleichterung setzte sich der Wurm bald wieder in Bewegung und verschwand in Richtung der eisigen Spalte. Das war auch höchste Zeit gewesen, denn Gezzo wurde schwarz vor Augen, und er begann schon Sterne zu sehen. Er atmete explosionsartig aus und keuchte heftigst. Es dauerte eine ganze Weile, bis er wieder soweit bei Atem war, daß er sich in der Lage fühlte, weiterzugehen. 'Bloß nicht noch mehr solcher Begegnungen!' dachte er bei sich, das hielten seine Nerven nicht aus. Leider erwies sich dies als Wunschdenken, denn er war kaum ein paar Schritte gegangen, da hörte er den Wurm zurückkommen. Ihm blieb gerade noch Zeit, sein Versteck, wenn man es denn so nennen wollte, wieder zu erreichen. Zum Glück hatte er die Lampe noch nicht angezündet! Auch jetzt verhielt das Wesen irritiert, als es an dem Gumben vorbeikam. Vermutlich konnte es ihn irgendwie trotz seines extremen Eigengeruchs wittern. Da das Tier jedoch den schwachen Geruch des Gumben scheinbar nicht einordnen konnte, kroch es auch diesmal fort, ohne sich näher mit Gezzo zu befassen. Gezzo wartete, bis er meinte, daß es sich weit genug entfernt hatte, zündete seine Lampe an und folgte dem Wurm durch den langen Gang. Minuten später kam er an eine erste Abzweigung. Jetzt wurde es kompliziert: Welchem sollte er folgen? Beide Gänge sahen nahezu identisch aus, und da sich auch der bisherige schon extrem gewunden hatte, konnte er seine Wahl auch kaum nach der Richtung bestimmen. Er entschied sich auf gut Glück für den rechten Gang, da hierin die Luft etwas wärmer schien. Nach einigen dutzend Metern meinte er eine Veränderung des Ganges zu bemerken. Zuerst konnte er sich nicht darüber klar werden, woran es lag, bis ihm voller Angst klar wurde was los war: Seine Lampe gab ihren Geist auf, das Öl war alle! So schnell er konnte, hastete Gezzo weiter, um noch den letzten Schein zu nutzen, dann war es vorbei. Um ihn herum nur noch Schwärze. Gezzos Herz schlug zum Zerspringen; war das das Ende? Langsam stolperte er in der Dunkelheit weiter. Stunden schienen zu vergehen, bis er wieder einmal eine Kreuzung vor sich sah. Er sah eine Kreuzung? Richtig! Es dauerte, bis Gezzo diese Tatsache richtig klar wurde. Die Gabelung war zwar nur schemenhaft zu erahnen, aber er konnte sie wirklich mit den Augen wahrnehmen! Natürlich wandte er sich in den Gang, aus dem der kaum sichtbare Lichtschimmer zu kommen schien. Allmählich wurde es heller. Allerdings konnte sich Gezzo nicht uneingeschränkt darüber freuen, denn es wurde ihm immer mehr bewußt, daß dieses Licht eindeutig eine Grünfärbung aufwies. Es wurde immer heller, bis der Gang schließlich in einen großen Raum mündete. Gezzo arbeitete sich langsam bis zum Rand vor und spähte hinein. Bei dem sich ihm bietenden Anblick stockte ihm der Atem: Dieser Raum war das ehemalige Labor und gleichzeitig Steuerzentrale von Urkalan und später Eotan gewesen. Jetzt war der größte Teil des Raumes von den quellenden schleimig-grünen Massen des Pilzwesens ausgefüllt. An etlichen Stellen in Wand, Decke und Boden führten Gänge gleich dem, in dem er sich befand, hinein oder hinaus, je nachdem, wie man es betrachten wollte. Hin und wieder konnte Gezzo nun diese Würmer sehen, die in die Höhlen herein und hinauskrochen. Es waren scheußlich anzusehende Kreaturen; die Körper waren weiß und wabbelig, Augen schienen sie nicht zu besitzen, dafür aber umso größere Mundöffnungen, die fast die gesamte Front des Kopfes ausmachten und von mehreren kreisrunden Zahnreihen eingefaßt wurden. Seitlich am Kopf befanden sich kiemenähnliche Schlitze, die sich im Rhythmus des Atmens öffneten und schlossen. Die Größe dieser Kreaturen schwankte so etwa zwischen einem und drei Metern. Der Geruch in dem Raum war fürchterlich. Hier mischte sich der säuerlich ätzende Duft der Wurmwesen mit dem fauligen Verwesungsgeruch des Pilzes. Das Schrecklichste aber war etwas ganz anderes: In einem gänzlich von der grünen Masse umgebenen Areal in der Mitte des Raumes erblickte Gezzo zu seinem maßlosen Entsetzen eine große Anzahl Gumben. Vielleicht waren es sogar alle, außer ihm und Gnumba, das konnte er nicht so recht überblicken. Alle waren in ein dicht gewobenes Netz von Fäden eingesponnen, die sich hauptsächlich zwischen ihren Köpfen und dem Pilzwesen spannten, so als wolle es eine gigantische Denkzentrale entstehen lassen, in der alle Gehirne der hier Anwesenden gekoppelt waren. Gerade kam ein weiterer Wurm herein, der zwei Gumben aus seinem Maul fallen ließ. Gezzo erkannte Gnubbel, ihren Häuptling, und Gmela, ein sechsjähriges Mädchen. Sofort griffen Ausläufer der ekligen Masse nach den

beiden, die völlig apathisch wirkten, und verfrachteten sie ebenfalls in den Innenraum, wo sie in Windeseile mit den übrigen durch die weißen Fäden verbunden wurden. Als nächste Gefangene kam eine Elfe: Camillas Mutter Killy! Sie schien nicht so betäubt, sondern schrie und wehrte sich in den Fängen des sie transportierenden Wurmes. Als sie des Pilzes und der Gumben gewahr wurde, schwieg sie geschockt. Auch sie entging dem Schicksal nicht; schnell war auch sie zwischen die Gumben geworfen, und die Fäden drangen ungeachtet ihrer Gegenwehr über ihren Nacken in den Kopf vor. Innerhalb kürzester Zeit erlahmten ihre Bewegungen, und ihr Blick wurde glasig. Gezzo weinte tonlos vor sich hin. Auch seine Eltern hatte er jetzt unter den anderen Gumben erkannt. Am liebsten hätte er laut geschrien und alles kurz und klein geschlagen, doch er zwang sich mühsam zur Beherrschung; mit einem Wutausbruch war niemandem gedient, am allerwenigsten ihm selbst. Ein Summen lenkte ihn ab. Zwei Elfen kamen durch einen der Gänge hereingeflogen: Wira und Welard. Gezzo kannte sie noch von früher. Eigenartigerweise wurden sie nicht von dem Pilz oder den Würmern attackiert, sondern konnten sich frei in dem Raum bewegen. Ihre Gesichter wirkten verklärt und sie berührten die glibberige Masse des Pilzwesens mit ihren Händen, wobei ihre Augen extatisch leuchteten. Gezzo schüttelte den Kopf. Was war hier bloß los? Gab es für die Eingesponnenen noch eine Chance auf Rettung, oder waren sie von dem Pilz so sehr geschädigt, daß jede Hilfe zu spät kam? Vor allem, weil er allein nicht helfen konnte. Das bedeutete, er mußte es irgendwie schaffen, Hilfe zu holen. Doch was geschähe in der Zwischenzeit mit den Gefangenen? Würde der Pilz sie irgendwie ernähren, oder würden sie verhungern beziehungsweise verdursten? Gezzo hatte das Gefühl, als wirbele ein Sturm seine Gedanken durcheinander. Er wußte nicht, wo und wie er anfangen sollte, konnte sich einfach nicht konzentrieren. Dabei war es so wichtig, daß ihm möglichst schnell etwas einfiel, was die Gefangenen aus ihrer grausigen Lage befreien konnte. Dazu würde er kompetente Hilfe von jemandem brauchen, der sich auch mit Pflanzen auskannte, denn ihm war klar, daß man die 'Vernetzten' nicht einfach so da herausreißen konnte, ohne ihnen zu schaden. Zudem müßte etwas gefunden werden, das nach der Befreiung den Pilz aus den Körpern der Betroffenen entfernte. Leider war der einzige, der ihm sofort einfiel, Grond, ihr Arzt, doch dieser befand sich bestimmt mit unter den Opfern. Gezzos Blicke suchten die Reihen der unnatürlich still dasitzenden Gefangenen ab, konnten Grond aber nirgends entdecken. Sollte ausgerechnet der Arzt entkommen sein? Das wäre immerhin ein kleiner Hoffnungsschimmer! Doch nur Sekunden später wurde Gezzo erneut enttäuscht: Der alte Gumb, auf den er seine Hoffnungen gesetzt hatte, trat durch eine der von den Würmern geschaffenen Öffnungen und unterhielt sich kurz mit Wira und Welard. Er konnte sich zwischen dem Pilzgeflecht ebenso frei bewegen wie die beiden Elfen. Daraus schloß Gezzo, daß die drei in irgendeiner Art und Weise bereits unter der Kontrolle des unheimlichen Wesens stehen mußten. Dann fielen ihm nahezu gleichzeitig der Elfenarzt Boron und der Forscher Bernhard von den Menschen ein. Ach ja, noch jemanden gab es, der helfen konnte: Die Zauberin Meliolantha! Mit Hilfe dieser drei, besonders der Letztgenannten, sollte es doch möglich sein, diesem Monster beizukommen! Einziges vorläufiges Hindernis war, wie hier hinaus- und dort hinkommen?! Durch den normalen Ausgang war es absolut undenkbar! Blieben die vielen Röhren, die die Würmer gegraben hatten. Aber welche war die richtige? Welche führte dach draußen und endete nicht wieder in einem von dem Pilz okkupierten Raum? Gezzo entschied, daß er es mit dem Gang versuchen wollte, durch den der eine Wurm zuletzt Gnubbel und Gmela gebracht hatte. Vielleicht hatte er sie ja direkt von draußen geholt. Fieberhaft überlegte Gezzo, wie er nun zu dem ausgesuchten Gang hinkommen konnte, ohne von den Elfen, Grond, den Würmern oder dem Pilz entdeckt und eingefangen zu werden. Dabei schienen die Würmer das geringste Problem, da sie anscheinend blind waren und - wie er vorhin bemerkt hatte - auch ihre anderen Sinnesorgane nicht allzu empfindlich waren. Wira, Welard und Grond konnte er einigermaßen einschätzen und einen Augenblick nutzen, wo sie den Raum einmal verließen oder anderweitig abgelenkt waren. Bliebe der Pilz. Womit und wie nahm er andere Lebensformen wahr? Schließlich hatte er sie auch bemerkt, als sie sich vor vielen Stunden zu viert diesem Labor genähert hatten; dabei hatte keiner von ihnen den Pilz berührt, und das Wesen war trotzdem in ihre Gedanken getreten! Andererseits hatte es ihn jetzt wohl noch nicht bemerkt, obwohl er doch viel dichter an dem mutmaßlichen 'Kopf' des Ungeheuers war! Nun, das konnte er kaum herausfinden. Er würde auf sein Glück vertrauen müssen. Der einzig gangbare Weg erschien ihm ein über Eck gebautes Regal zu sein, welches den größten Teil der Wand einnahm. Von seinem augenblicklichen Standort sollte es mit einem kräftigen Sprung zu erreichen sein. Nur abrutschen durfte er nicht, denn der Boden unterhalb des Regals war lückenlos mit der quabbeligen grünen Masse bedeckt. Zwanzig Minuten vergingen, dann bot sich Gezzo die Chance, denn die beiden freien Elfen und Grond verließen das Labor. Gezzo trat auf die Kante des Ganges und schätzte die Entfernung. Es war äußerst riskant, denn erstens war die zu überspringende Strecke ganz schön weit, und zweitens durfte er bei seinem Sprung keinen der Fäden berühren, die zwischen ihm und dem Regal hingen. 'Nicht zu lange zaudern!' ermahnte er sich selbst, nahm all seine Kraft zusammen und sprang. Beinahe hätte er sein Ziel verfehlt, denn unter seinem kräftigen Absprung brach die bröckelige Kante des Tunnelausganges unter seinem Fuß weg, so daß ein Teil der eingesetzten Kraft wirkungslos verpuffte. Trotzdem schaffte er es noch, eine der untersten Regalstreben mit beiden Händen zu ergreifen. Nun hing er pendelnd nur wenige Zentimeter über dem quellenden grünen Zeug. Gezzo mußte einen

Augenblick warten, ehe er seinen vor Schreck zitternden Körper und das wild rasende Herz soweit beruhigt hatte, daß er weiterklettern konnte. Langsam zog er sich auf das unterste Regalbrett hinauf. Dort atmete er tief durch; das war knapp gewesen. Glücklicherweise schien nichts und niemand auf ihn aufmerksam geworden zu sein. Rasch lief er bis zu den nächsten Stützen, wo er sich vier Ebenen höher hangelte, da der Tunnel, den er für seine Flucht auserkoren hatte, ziemlich weit oben die Wand durchbrach. Kurz vor dem Eingang des Tunnels mußte er sich durch ganze Spaliere von Flaschen, Glaskolben und Reagenzgläsern hindurchwinden. Plötzlich schob sich direkt vor seinen Füßen einer der Fäden zwischen den Gefäßen hindurch. Gezzo war so im Schwung, daß er nicht rechtzeitig stoppen konnte. Er schaffte es noch, eine Berührung dadurch zu vermeiden, daß er einen Satz über das unerwartete Hindernis hinweg machte, aber auf der anderen Seite geriet er bei der Landung ins Straucheln. Verzweifelt versuchte er sich an einem mit bräunlicher Flüssigkeit gefülltem Glaskolben zu halten, doch dieser setzte dem heftigen Aufprall nicht genügend Gewicht entgegen und rutschte über die Kante. Hilflos sah Gezzo das Behältnis wie in Zeitlupe kippen. Es fiel hinunter, knallte dabei gegen eine metallene Strebe und zerbrach. Die Flüssigkeit verspritzte über die grünen Blasen des Pilzes. Überall, wo sie auftrafen, zischte es, und kleine, ätzend stinkende Qualmwölkchen entstanden. Die ganze quallige Masse geriet in heftige Bewegung. Fäden schossen kreuz und quer durch den Raum, während die Hauptmasse bemüht war, sich von den verätzten Stellen zu trennen. Rund um die betroffenen Teile entstanden Einschnürungen, die schließlich die Verbindung unterbrachen. Als alle Stücke isoliert waren, beruhigte sich das Wesen etwas, doch nun fühlte Gezzo, wie es mental nach Unbekanntem suchte. So wie das Mal, als das Wesen versucht hatte, Lila, Camilla, Gnumba und ihn zu stoppen. Gezzo wußte, was nun kommen würde, und kannte auch die einzige

Möglichkeit, dem zu entgehen. Er hechtete in den Gang hinein und rannte, was die Beine hergaben. Dabei versuchte er sein Denken gegen den Pilz abzuschotten. Wieder spürte er den Befehl des Wesens, zurückzukommen, und den damit einhergehenden stechenden Kopfschmerz, aber er schaffte es schnell genug, von dem Nervenzentrum wegzukommen. Das Unangenehmste dabei war, daß die Befehle, die der Pilz Gezzo zu geben versuchte, dieses Mal in Gezzos Gehirn den Klang von Stimmen der Gumben annahm. Einmal meinte er auch die Stimme seiner Mutter zu hören und wäre beinahe wirklich umgekehrt, doch konnte er sich gerade noch rechtzeitig darauf besinnen, daß auch sie nun Teil des 'Gehirns' dieser Kreatur war. Das gab Gezzo einen heftigen Stich ins Herz, und ihm schossen die Tränen in die Augen. Allmählich nahm der Druck in seinem Kopf ab, und er konnte wieder klar denken. Unermüdlich eilte er weiter. Der Tunnel wurde immer finsterer, je weiter er kam, und bald konnte er nicht mehr die Hand vor Augen sehen. Einmal mehr mußte er sich auf sein Gehör und seinen Tastsinn verlassen. Gezzo betete inständig darum, daß jetzt nicht auch noch einer der Würmer kommen möge, denn in diesem Gang hatte es bisher keine größeren Hohlräume gegeben, in welchen er dem Tier hätte ausweichen können. Immer wieder stolperte er, und ein ums andere Mal fiel er auch der Länge nach hin, wobei er sich etliche Prellungen und Abschürfungen zuzog. Langsam stieg der Tunnel an, bis er schließlich fast senkrecht nach oben führte. Zu diesem Zeitpunkt war Gezzo schon rund drei Stunden in dem finsteren Gang unterwegs. Dieses steile Stück zu bewältigen, stellte Gezzo vor eine nahezu unlösbare Aufgabe, da die Wandungen hier aus relativ lockerem Erdreich bestanden und er ja zudem nicht einmal sehen konnte, wohin er greifen mußte. Immer wieder rutschte er ab, was im Verlauf des Aufstiegs immer gefährlicher wurde, da der eventuelle Sturz mit jedem Meter Höhengewinn entsprechend tiefer wurde. Gezzos Furcht wuchs, als er nun auch noch Kriechgeräusche eines Wurmes hinter sich zu hören glaubte. Seine Bewegungen wurden hektischer, unsicherer und damit erhöhte sich natürlich auch die Gefahr, den Halt zu verlieren. Gezzo hatte sich nicht getäuscht; da kam tatsächlich etwas hinter ihm her und es holte rasch auf! Trotz dieses Umstandes keimte neue Hoffnung in dem jungen Gumben auf, denn die völlige Finsternis wich allmählich einem matten Dämmerlicht. Gezzo verstärkte seine Anstrengungen noch, soweit das überhaupt möglich war. Just als er das Gefühl hatte, der Wurm müsse ihn jede Sekunde packen, endete der Gang in einer niedrigen Höhle, einer Gumbenwohnung, wie Gezzo sofort erkannte. Etwas berührte seine Füße; hastig riß er die Beine hoch und rollte sich über den Rand des Loches. Hinter ihm erschien der furchteinflößende, zahnbewehrte Mund des Wurmes. Gezzo sprang auf und rannte ins Freie, wo er maßlos erleichtert das erste Tageslicht des frühen Morgens begrüßte. Hinter ihm zerstörte der Wurm einen Großteil der Wohnung, als er versuchte, Gezzo zu folgen. Als das Tier jedoch bemerkte, daß es nach draußen ging und es nicht mehr die schützenden Höhlenwände um sich spürte, zog es sich träge zurück. So also waren die Gumben entführt worden! Sie waren vermutlich von den Würmern, die die Wohnhöhlen aufgebohrt hatten, im Schlaf überrascht und abtransportiert worden. So oder ähnlich stellte Gezzo es sich zumindest vor. Er sah sich um. Die Wiese lag wie ausgestorben vor ihm. Kein Geräusch gab Anlaß zur Hoffnung, daß sich noch einer der Gumben hier aufhielt. Gezzo war sich sowieso einigermaßen sicher, so ziemlich alle Gumben dort unten als Gefangene gesehen zu haben. Trotzdem ging er von einer Wohnung zu anderen, bis er alle durchsucht hatte. Das ganze Dorf war leer. Außer ihm und – so hoffte er - Gnumba, war anscheinend keiner mehr in Freiheit, wenn man einmal von Grond absah, der sich zwar frei bewegen konnte, aber offensichtlich von dem Pilz kontrolliert wurde. Jetzt kam es darauf an, sich richtig zu entscheiden. Sollte er zur Stadt zurück und nach Gnumba, Lila und Camilla suchen, oder waren die drei schon zu den Elfen unterwegs? In dem Fall wäre es besser, er würde sich auch sofort auf direktem Weg dorthin begeben. Was ihn dabei jedoch bedenklich stimmte, war das Verhalten von Wira und Welard; es konnte also sein, dass er auch bei den Elfen nur noch Befallene oder, wie im Gumbendorf, niemanden antreffen würde. Gezzo rang mit sich und entschied sich schließlich für die Stadt. Denn wenn Gnumba und die Elfenmädchen auch nur im entferntesten ähnlich dachten wie er, würden sie versuchen, ihn zu finden und aus der Höhle zu holen. Er setzte seine müden Beine in Bewegung, was zumindest bei den ersten Schritten mächtig Überwindung kostete. Später fiel er in einen gleichmäßigen Trott, der ihn ziemlich rasch voranbrachte. Am späteren Vormittag lag die Stadt vor ihm, und Gezzos Herz begann schneller zu schlagen, in der Hoffnung, Gnumba bald wieder in die Arme schließen zu können.

13

Erst kurz vor Mittag wachte Lila auf. Verwirrt blickte sie um sich. Es dauerte eine Weile, bis sie wieder ganz bei sich war und sich erinnerte, was passiert war und wo sie sich befanden. Camilla und Gnumba schliefen beide noch. Die Erschöpfung von ihnen allen war wohl doch größer als gedacht, denn Lila war sich eigentlich sicher gewesen, nach den schrecklichen Erlebnissen mit absoluter Sicherheit nicht schlafen zu können. Sie weckte die beiden anderen vorläufig noch nicht auf, sondern flog auf einen nahegelegenen Mauerrest, der die übrigen Ruinen in der näheren Umgebung überragte, und sah sich um. Zuerst bemerkte sie nichts Augenfälliges, bis sie ihren Blick nach Südosten wandte. In dieser Richtung gab es kaum noch aufragende Gebäudereste, die die Sicht versperrten. So meinte Lila auch jenseits der Stadtgrenze eine Bewegung wahrgenommen zu haben. Als sie sich stärker auf die entsprechende Stelle konzentrierte, glaubte sie, zwei Gumben zu erkennen, die sich auf die Geisterstadt zubewegten. Lila beschattete mit der Hand die Augen, um nicht so von der Sonne geblendet zu werden. Sie hatte Schwierigkeiten, Genaueres zu erkennen, denn die von der Mittagssonne erhitzte Luft flimmerte über dem Boden und ließ eine exakte Beobachtung kaum zu. Als sie die Stelle, wo sie die Gumben glaubte gesehen zu haben, wieder im Blick hatte, waren diese verschwunden. Hatte sie sich alles nur eingebildet? Wahrscheinlich hatte das Hitzeflimmern ihr etwas vorgegaukelt. Noch einmal spähte sie hinüber. An der fraglichen Stelle war praktisch nichts zu sehen, obwohl Lila fast sicher war, als sei dort im Boden ein Loch. Dieser Eindruck wurde dadurch bestärkt, daß genau darüber die Luft nicht mehr flimmerte, als entströmte dem Loch kühlere Luft. Vielleicht sollten sie nachher, wenn Gnumba und Camilla aufwachten, das einmal genauer unter die Lupe nehmen. Nach einem letzten Rundblick schwebte Lila wieder hinab zu ihren Gefährtinnen. Sie mußte nicht mehr allzulange warten, bis sich auch diese zu regen begannen. Stöhnend setzte sich zuerst Gnumba auf.

"Ohh, meine Beine!" stöhnte sie und betastete ihre schmerzenden Muskeln, "und meinen, öh, Armen geht es auch nicht viel besser!"

"Geht mir fast genauso", nickte Lila, "ich hab' mal eben von den Trümmern da drüben aus Umschau gehalten; mir taten dabei meine Flügel so weh, daß ich kaum hinauf kam."

"Und? Hast du irgendetwas dabei, öh, entdeckt?"

"Jein, das heißt, ich weiß es nicht genau. Ehe ich jetzt irgendetwas erzähle, sollten wir vielleicht einfach mal hingehen und gucken."

"Das heißt, du hast tatsächlich 'was gesehen?" mischte sich Camilla ein, die mittlerweile ebenfalls wach geworden war.

"Na ja, vielleicht", schränkte Lila ein, "ich bin mir nicht sicher, weil die Luft so geflimmert hat."

"Nun erzähl schon!" drängte Camilla, "wenn ich mich schon irgendwo hinschleppen soll, will ich auch wissen, ob sich die Qual auch wenigstens eventuell lohnen könnte!"

"Meinetwegen!" seufzte Lila, "aber macht mir keine Szene, wenn da doch nichts ist, sonst flieg' ich lieber allein dorthin!"

"Jetzt zier dich nicht so, öh, Lil! Wir werden schon mitkommen. Ich find' nämlich, daß wir uns auf keinen Fall, öh, trennen sollten!"

"Ja, also, ich dachte, ich hätte zwei Gumben geseh ... "

"Gezzo, hast du Gezzo gesehen?!" rief Gnumba und sprang erregt auf, "zeig mir schon, wo es, öh, war!"

"Ich habe doch schon gesagt, daß ich nichts Genaues erkennen konnte", dämpfte Lila die vor Aufregung zitternde Gumbin, "außerdem waren sie weg, als ich nochmal hingesehen habe. Da meinte ich nur noch so etwas wie ein Loch im Boden gesehen zu haben."

"Bitte Lil, zeig uns schnell, wo!" drängelte Gnumba, "vielleicht war es ja Gezzo, und er ist in dies Loch geklettert oder gefallen!"

"O.k., dann kommt!"

Lila flog kurz hoch, um sich zu orientieren, und führte dann ihre Freundinnen aus dem Trümmerfeld zu der besagten Stelle. Dort gab es tatsächlich ein Loch im Boden, welches einen Durchmesser von etwa siebzig Zentimetern hatte. Ein kühler, säuerlich riechender Luftstrom trat daraus hervor.

"Du hattest voll recht, Lil", rief Camilla und deutete auf einen Sandflecken dicht bei dem Loch, "hier sind Fußspuren!"

"Eindeutig Gumbenspuren!" bestätigte Gnumba, "und sie enden genau bei diesem Loch. Bestimmt sind sie da, öh, hinein!"

"Aber das geht doch praktisch senkrecht 'runter!" widersprach Lila, "da könnten Gumben doch wohl kaum hinabklettern. Und daß sie da hineingefallen sind, kann ich mir kaum vorstellen, man sieht das Loch doch schon von weitem!"

"Vielleicht ist es ja erst unter ihnen eingebrochen", mutmaßte Camilla, "auf jeden Fall sieht es noch sehr frisch aus!"

"Soll ich mal ein Stück hinunterfliegen?" bot Lila an, "möglicherweise liegen sie verletzt da unten."

"Oh ja, bitte!" rief Gnumba sofort.

Lila breitete die Flügel aus und setzte gerade an, ihr Vorhaben in die Tat umzusetzen, als Camilla sie stoppte. "He, Lil, wart noch mal einen Moment, da kommt jemand!" Sie hielt Lila am Arm zurück und wies mit der anderen Hand nach Osten. Lila und Gnumba sahen in die angegebene Richtung, in der in noch weiter Entfernung undeutlich eine Person durch die wabernde Hitze zu sehen war. Während die beiden Elfenmädchen noch rätselten, jauchzte Gnumba auf und rannte in Höchsttempo auf die ferne Gestalt zu.

"Gezzo, Gezzo, oh Gezz... !" Das letzte Wort wurde abrupt abgewürgt, als Gnumba sich in die Arme ihres Freundes warf und ihre Lippen auf seinen Mund preßte. Freudig überrascht folgten Lila und Camilla.

"Donner nochmal, Gezzo, das ist ja 'n Ding! Wo kommst du denn her?" rief Lila.

"Ich ... mpfh ... mm ... bin ... mhm ..."

"Laß nur!" grinste Camilla, "kannste ja gleich erzählen, wenn sich Gnummi nicht länger festsaugt!"

"Ey, man hat aber auch überhaupt kein, öh, Privatleben mehr!" beklagte sich Gnumba, während sie sich etwas unwillig aber trotzdem lächelnd von Gezzos Lippen löste.

"Komm mal mit, Gezzo", forderte Lila den Gumbenjungen auf, "wir haben da etwas gefunden."

"Ja, genau, Lil hat ein Loch gefunden, wo wahrscheinlich zwei Gumben hineingefallen sind", erklärte Gnumba, Gezzo hinter sich herziehend, "hier, sieh nur. Jetzt will Lila hinunterfliegen und nachsehen!"

"Nein, tu dass nicht!" rief Gezzo erschrocken aus, als Lila sich neuerlich anschickte, in das Loch hinunterzufliegen, "ess hat keinen Zsweck! Ich weißs, wass dass isst. Die beiden ssind verloren!"

Nun erzählte er den drei ungläubig lauschenden Mädchen, was ihm seit ihrer Trennung widerfahren war.

"Und darum", schloß er, "hat ess keinen Zsweck, ihnen zsu folgen. Ssie ssind längsst bei den anderen und mit ihnen 'vernetzst'."

Noch lange nachdem Gezzo seinen Bericht beendet hatte, saßen die Mädchen fassungslos da. Besonders Camillas und Gnumbas Gesichter waren grau vor Schrecken und naß von Tränen, wußten sie doch ihre Eltern, beziehungsweise Camilla ihre Mutter, da unten in der Gewalt des Pilzes.

"Und jetzt? Was soll man da jetzt noch machen?" flüsterte Lila.

"Ich habe gedacht", sagte Gezzo zögernd, "daß wir am bessten zsuersst zsu Meliolantha und Bernhard gehen ssollten, um ssie um Hilfe zsu bitten."

"Und warum nicht erstmal zu uns nach Hause?" wollte Lila wissen, "das ist doch viel näher! Und Histran und Boron könnten doch bestimmt auch etwas erreichen!"

"Ja, vielleicht. Aber erinnere dich, wass ich gessehen habe: Bei denen, die ssich dort frei bewegen durften, waren auch Wira und Welard, und unter den anderen Gefangenen Camillass Mutter. Wir können nicht ausschließsen, daßs noch mehr von euch Elfen in der

Gewalt diessess Etwass ssind. Darum bin ich dafür, lieber gleich zsu der Zsauberin zsu gehen."
"Aber meine Mama! Ich muß doch wissen, was mit ihr ist!" begehrte Lila auf.
"Dass kann ich sschon versstehen", sagte Gezzo leise, "aber das Sschlimme isst ja, daßs man ess gar nicht sso einfach ssieht, wenn jemand davon befallen isst. Denk nur an Wira und Welard oder auch Grond! Bei keinem von ihnen hätte ich erkannt, daßs ssie für dass Pilzwessen arbeiten!"
"Ich glaube, du hast recht, Gezzo", stimmte Lila nach längerem Zögern bedrückt zu. "Am besten, du und Gnummi, ihr versteckt euch, und Milla und ich fliegen zu Meli, sonst dauert es viel zu lange."
"O.k., Lil, sso machen wir ess. Ich werde mich mit Gnumba in der Nähe unsseress Dorfess verbergen. Ich glaube nicht, dass die dort noch einmal nach Gumben ssuchen werden."
"Gut! Sobald wir zurück sind, rufen wir euch einfach. Komm, Milla, laß uns losfliegen! Im Augenblick können wir so oder so nichts Besseres für deine Mama tun!" Lila nahm Camillas Hand und zog ihre Cousine hoch.
"Tschüß, ihr zwei", rief sie noch im Losfliegen, "und treibt es nicht zu wild!"
"Ey, Lil, wass du aber auch immer denksst!" entrüstete sich Gezzo. Aber Lila sah auch noch, daß sich wieder ein erstes zögerndes Lächeln in Gnumbas trauriges Gesicht stahl. Dann waren die beiden Elfen allein auf dem Flug zu der Magierin Meliolantha. Vorläufig schlugen sie den üblichen Weg in Richtung des Elfendorfes ein. Sie wollten erst im Kartal einen Bogen um ihr Zuhause machen, damit sie nicht irgendwo Gefahr liefen, sich zu verirren. Schweigend flogen sie durch die sommerliche Hitze, während sie ihren Gedanken an ihre Mütter nachhingen. Lila betete im Stillen darum, daß ihre Mutter verschont geblieben sein mochte, doch waren nach Gezzos Beobachtungen berechtigte Zweifel angebracht. Als sie die Schlucht erreichten, die in das Kartal hinabführte, war es schon später Nachmittag. Kurz bevor sie den Ausgang der

Schlucht vor sich sahen, stoppten beide nahezu gleichzeitig und sahen sich an.
"Ja, ich habe es auch gehört", bestätigte Camilla Lilas fragenden Blick, "das waren eindeutig Menschenstimmen!"
"Nicht nur das", ergänzte Lila, "ich habe irgendwie das Gefühl, als kenne ich sie!"
Schnell aber vorsichtig näherten sie sich dem Punkt, woher die Stimmen gekommen waren. Dann spähten sie über die Kante des letzten Wasserfalles nach unten. Dort, nur wenige Meter tiefer, kletterten Kathrin und Garmin die Felsen hinab!
"Das gibt's doch gar nicht! Was macht ihr denn hier?!" entfuhr es Lila. Beinahe hätte Kathrin, die gerade mit dem Fuß nach einer Trittmöglichkeit suchte, den Halt verloren. Sie und Garmin sahen zuerst erschrocken, dann freudig überrascht nach oben.
"Lila, Camilla! Ich glaub' es nicht!" rief Kathrin, "wo kommt ihr denn so plötzlich her?"
"Das ist eine lange Geschichte", sagte Camilla, "es war so ... "
"Warte einen Augenblick", unterbrach Garmin, "laß uns erst dies Teilstück hinunterklettern, damit wir euch in Ruhe zuhören können!"
"Ach so, ja, na klar!"
In wenigen Minuten hatten die beiden den Felsabsturz hinter sich gelassen und verließen mit den Elfen die düstere Schlucht.
"Wie wäre es dort?" deutete Kathrin auf einen Baumstamm, der am Rande einer Wiese lag. Kathrin und Garmin setzten sich auf das warme Holz und ließen sich die tiefstehende Sonne ins Gesicht scheinen. Lila setzte sich auf eines von Kathrins und Camilla auf Garmins Knie nieder. Erst jetzt erblickten sie die kleine Gnessa in Garmins Hand, die von dem ganzen Rummel nichts mitbekommen hatte und immer noch fest schlief.
"Wo habt ihr die denn her?" staunte Lila, "wir dachten, alle Gumben außer Gnumba und Gezzo wären gefangen!"
"Wie, die Gumben sind gefangengenommen worden?"

wollte Garmin wissen, "von wem denn?"

"Von so einem eigenartigen Pilzwesen", erklärte Lila, "es hat auch Millas Mutter gefangen, und zwei andere Elfen, sie heißen Wira und Welard, stehen anscheinend auch unter seiner Kontrolle."

"Das mit Wira und Welard wußten wir bereits, aber daß auch deine Mutter erwischt wurde ... . Wir waren mit ihr zusammen auf dem Weg zu den Gumben gewesen, um sie vor genau diesem Pilz zu warnen; dann trennte sie sich am Rande des Gumbendorfes von uns, um Grond aufzusuchen. Wir trauten uns zunächst nicht dorthin, damit wir niemanden verletzten oder eine Wohnung zertreten. Erst als Killy nicht zurückkam, haben wir alles abgesucht, aber nur noch einen toten Gumb und die kleine Grenna hier gefunden. Wißt ihr denn, wie das mit Killy passiert ist?"

Abwechselnd berichteten Lila und Camilla nun von ihren Erlebnissen und von dem, was Gezzo entdeckt hatte.

"Und jetzt wollen wir zu der Zauberin Meliolantha, um sie um Hilfe zu bitten", beendete Lila ihren gemeinsamen Bericht. Anschließend erzählte Kathrin, was sich bei ihnen alles zugetragen hatte.

"Das mit Dorgo ist ja schrecklich! Die arme Lavia! Und Forn hat es auch?! Aber meine Mama ist also nicht befallen?" freute sich Lila, "dann brauchen wir ja unser Dorf doch nicht zu umgehen und können kurz Bescheid sagen."

"Genau", pflichtete Camilla bei und fügte noch hoffnungsvoll hinzu:" Vielleicht hat Boron ja auch schon etwas gefunden, was man gegen den Pilz machen kann."

"Dann laßt uns lieber jetzt sofort weitergehen, dann schaffen wir es wohl so gerade noch, bevor es richtig dunkel ist", schlug Kathrin vor. Da die anderen genauso begierig waren, möglichst schnell zum Elfendorf zurückzukehren, machten sie sich unverzüglich auf den Weg. Lila und Camilla nahmen dabei dankbar das Angebot Kathrins an, auf ihrer Schulter sitzen zu dürfen. Auf diese Weise konnten sie ihren erschöpften Körpern eine dringend benötigte Ruhepause gönnen.

Dieses Mal erwarteten sie die Wachen bereits weit vor dem Dorf, und einer der Elfen eskortierte sie sogleich zu Histran. Dort fanden sich auch schnell immer mehr Elfen ein, die neugierig waren, was denn geschehen war und wo Killy abgeblieben sein mochte. Auch Sara kam sofort herbeigeeilt und schloß ihre Tochter überglücklich in die Arme. Histran wäre es am liebsten gewesen, wenn sie erst einmal drinnen ungestört hätten berichten können, aber da nun einmal Kathrin und Garmin nie und nimmer in eine Elfenbehausung paßten, war das natürlich nicht möglich. Die Ereignisse, von denen die vier nun berichteten, wurden von den Elfen mit größter Bestürzung aufgenommen, besonders die Gefangennahme Killys und der Gumben. Als Lila schließlich erklärte, daß sie und Camilla auf dem Weg zu Meliolantha waren, räusperte sich Histran und wandte sich direkt an die junge Elfe.

"Lila, ich finde euren Einsatz äußerst lobenswert und besonders natürlich auch die Idee, Meliolantha um Hilfe zu bitten, da sie wohl eine der wenigen sein dürfte, die in der Lage ist, direkt etwas gegen dieses Unwesen zu tun, aber ihr beide habt eine anstrengende Tortur hinter euch; glaubt ihr denn einer solchen weiteren Belastung gewachsen zu sein? Ich könnte schließlich auch jemanden anderes schicken."

"Ja, ich weiß", antwortete Lila, "aber einerseits habe ich mich schon wieder einigermaßen erholt, und andererseits kenne ich Meliolantha von uns allen hier wohl am besten. Darum will ich das auf jeden Fall machen!"

"Und ich fliege natürlich mit, ich werde Lila nicht allein lassen!" ließ sich Camilla vernehmen.

Histran nahm die Worte der Mädchen mit beifälligem Nicken auf, während Lilas Mutter Sara alles andere als glücklich dreinschaute. Doch sie sagte nichts.

"Aber heute Nacht ruht ihr euch hier aus und eßt erst einmal ausgiebig!" ordnete Histran an.

"Aber jede Minute zählt!" widersprach Camilla, die natürlich an ihre Mutter dachte.

"Keine Widerrede!" sagte Histran streng, "was nützt es euch, wenn ihr jetzt losfliegt und dann morgen vor Erschöpfung und Müdigkeit nicht durchhaltet?!"
"Ganz genau!" unterstütze Sara ihren Obersten, "ihr kommt jetzt nach Hause und eßt. Die kleine Grenna kann ich auch vorläufig in meine Obhut nehmen, oder möchtet ihr euch lieber weiter um sie kümmern?" fragte sie Kathrin, die das schlafende Mädchen zurzeit in ihrer Hand hielt.
"Nein, nein!" wehrte Kathrin ab, "deshalb sind wir doch auch hierher gekommen, weil wir uns mit Gumbenkindern natürlich nicht so gut auskennen und unsere großen Hände für solch eine Aufgabe auch nicht gerade ideal sind."
Kathrin und Garmin beschlossen, bei den Elfen zu bleiben, um sie wenn nötig und möglich zu unterstützen, bis Lila und Camilla mit Meliolantha zurück wären. Sie bezogen wieder ihre Unterkunft, die sie schon auf dem Hinweg benutzt hatten, und wurden dort von den Elfen reichhaltig bewirtet. Früh am nächsten Morgen machten sich Lila und Camilla fertig. Sara packte ihnen genügend Verpflegung für unterwegs ein, während die Mädchen frühstückten. Kurz bevor sie flogen, kam auch Boron noch vorbei und händigte jeder von ihnen eine Amethystscheibe aus, ähnlich der, die auch Kathrin bei sich trug. Nur waren diese speziell für die Elfenmädchen gefertigt, das heißt, sie waren kleiner und besonders leicht, so daß sie beim Flug keine nennenswerte Last darstellten.
"Paßt auf euch auf!" sagte Lilas Mutter leise zum Abschied, wobei sie ihre Angst um die Kinder kaum unterdrücken konnte, und umarmte beide so fest, als sei es das letzte Mal. Ein bißchen verlegen, weil auch Boron dabei war, erwiderten die Mädchen die Umarmung und beeilten sich dann loszukommen. Sie schauten auch noch kurz bei Kathrin und Garmin vorbei, doch die beiden schliefen noch fest, und Lila wie auch Camilla wollten ihnen den Schlaf nicht unnötig rauben. Also flogen sie gleich weiter. Im Laufe der nächsten Stunden wurde ihnen das Ausmaß der

Bedrohung immer deutlicher, denn die vom Pilz befallenen Pflanzen waren derart häufig, daß sie schon gar nicht mehr danach Ausschau halten mußten, da diese das einst so schöne Gesamtbild des lieblichen Tales bereits nachhaltig störten. Auch konnten sie sich nicht sicher sein, welche Tiere eventuell schon infiziert waren, so daß sie schon bei jedem Insekt, das auf sie Kurs nahm, ein mulmiges Gefühl im Bauch hatten. Erst als sie das Kartal verlassen hatten, wurden die befallenen Stellen seltener, bis sie schließlich einigermaßen sicher waren, das Verbreitungsgebiet des Pilzes hinter sich gelassen zu haben. Dadurch hob sich auch ihre Stimmung deutlich, und sie flogen nun wesentlich unbeschwerter ihrem Ziel entgegen. Gegen Mittag hatten sie den See erreicht, an dem sie damals gewohnt hatten, bevor die Überfälle Eotans tierischer Armeen ihr Dorf zerstört und sie gefangengenommen hatten. Ein bißchen wehmütig standen sie vor dem einzigen Haus, welches der zerstörerischen Wut entgangen war. Es war Killys Haus und einst nur deshalb nicht betroffen, weil es ziemlich weit außerhalb des Dorfes stand. Lila und Camilla setzten sich auf die alte Holzbank und ließen ihre Blicke über den verwilderten Garten wandern, während sie von der mitgebrachten Wegzehrung aßen.
"Weißt du noch, Milla, wie wir uns am Ufer die Pyramide gebaut hatten?"
"Na klar! Ob die wohl noch steht?"
"Wir können ja mal nachsehen, wenn wir weiterfliegen."
"Die alte Pyramide in der Urkalan gehaust hatte, würde ich mir auch gerne noch einmal näher ansehen. Aber leider sind da jetzt ja immer so viele Menschen, die darin herumforschen."
"Das ist wirklich blöde! Aber komm jetzt, schauen wir nach unserem Meisterwerk!"
Als sie das Ufer erreichten, mußten sie feststellen, daß von ihrem Bauwerk nur noch kümmerliche Reste geblieben waren. Eigentlich hatte nur noch das Gerippe aus Ästen den Angriffen der Witterung standgehalten,

und selbst dieses war auf der einen Seite schon eingestürzt.

"Schade", bemerkte Lila bedauernd, "wenn man bedenkt, wieviel Arbeit wir da hineingesteckt hatten!"

Camilla nickte schweigend, in Gedanken weit zurück in der Vergangenheit. "Fliegen wir weiter", meinte sie schließlich, "sonst ist es mit unserem jetzigen Zuhause auch bald vorbei."

Sie beeilten sich weiterzukommen, denn bis zu dem Dorf, in welchem die Zauberin inzwischen wohnte, war es noch sehr weit. Früher hatte sie eine Höhle bewohnt, die ein ganzes Stück näher lag, um den Belästigungen durch andere Menschen zu entgehen, die sie als böse Hexe gebrandmarkt und ihr alles Üble, was passierte, zur Last gelegt hatten. Doch diese Leute waren mittlerweile alle gestorben, und kaum einer erinnerte sich noch aus Erzählungen an sie. Darum war sie endlich im reifen Alter von hundertachtundzwanzig Jahren zu ihrer Freundin Lisbeth gezogen, dem einzigen Menschen aus jener Generation, der sie nie verachtet, gefürchtet oder ihr übel nachgeredet hatte. Nun war Meliolantha so ziemlich zur letzten Hoffnung der Elfen geworden. Auf sie allerdings bauten sie fest, wußten sie doch durch ihre Abenteuer im Kampf gegen Urkalan um ihre starken Zauberkräfte. Leider mußten sie bald einsehen, daß sie es vor Einbruch der Nacht nicht mehr schaffen würden.

"Sag mal, Lila, traust du dir auch im Dunkeln zu, das Dorf und Lisbeths Haus zu finden? Sonst sollten wir uns lieber eine geeignete Stelle zum Übernachten suchen."

"Ach doch, ich glaub' schon, daß ich den Weg finde. Wir sollten möglichst nicht noch unnötig Zeit verschwenden, denn Meliolantha kann ja nicht fliegen, und darum brauchen wir für den Rückweg schon erheblich länger."

"Ich find's auch besser, wenn wir durchfliegen, aber ich bin sicher, daß ich Schwierigkeiten hätte, den Weg wiederzufinden."

Mit etwas verminderter Geschwindigkeit flogen sie durch die hereinbrechende Dämmerung. Die letzten

Ausläufer des Knochensumpfes verschwanden hinter ihnen, und dies bedeutete, daß sie ab jetzt die Umgebung wieder aufmerksamer im Auge haben mußten, da sie nun das Naturschutzgebiet hinter sich ließen und so damit rechnen mußten, Menschen zu begegnen. Auf der anderen Seite wurde es jetzt aber auch rasch dunkler, so daß die zwei nur noch als kleine flinke Schatten im Dämmergrau zu sehen waren. Selbst ein aufmerksamer Beobachter würde sie kaum noch entdecken.

"Wollen wir nicht auch Bernhard Bescheid sagen und fragen, ob er uns hilft?" fragte Lila, als sie in knapper Entfernung an dem kleinen Ort vorbeiflogen, in dem der Forscher mit seiner Frau Martha und seiner kleinen Tochter Anna wohnte.

"Lieber nicht, Lila, wir wissen doch, daß Wira und Welard losgeflogen sind um Bernhard und Grond 'um Hilfe zu bitten'. Bei Grond wissen wir, daß sie da waren und ihn mit dem Pilz angesteckt haben; wenn sie das bei Bernhard nun auch gemacht haben, laufen wir womöglich in eine üble Falle."

Lila schauderte: Das hätte gerade noch gefehlt! Unbewußt beschleunigten die beiden ihr Tempo, um möglichst schnell an dem Dorf vorbeizukommen. Eineinhalb Stunden später sahen sie die Lichter des kleinen Ortes, in dem die Zauberin wohnte, vor sich.

"Siehst du?" sagte Lila triumphierend, "ich hab' doch gesagt, daß ich den Weg finde!"

Ein paar Minuten später waren sie vor der alten hölzernen Villa Lisbeths angelangt. Ehedem, als die alte Lisbeth, die die achtzig auch schon längst hinter sich gelassen hatte, dort noch allein wohnte, war das alte Gebäude in erbärmlichem Zustand gewesen, da die gebrechliche Frau nicht in der Lage war, sich um die Erhaltung des Hauses zu kümmern. Seit aber Meliolantha dort mit eingezogen war, hatte diese das schöne Haus in kurzer Zeit auf Vordermann gebracht, so daß es mittlerweile zu einem wahren Schmuckstück geworden war. Auch der unkrautüberwucherte Garten war nun zu einem der schönsten weit und breit geworden. Selbst jetzt in der Nacht, wo die Blumen ihre Blüten geschlossen hatten, umschmeichelte der süße Duft die zwei Elfen auf dem sauber geharkten Kiesweg, der auf die mächtige geschnitzte Eingangstür zuführte. Im oberen Geschoß waren die Fenster noch erleuchtet, wie die Mädchen erleichtert feststellten. Lila ergriff den schweren Türklopfer, der die Form eines Löwenkopfes hatte. Sie mußte fast ihre ganze Kraft aufwenden, um ihn von der Tür fortzudrücken. Dann ließ sie ihn los. Mit lautem Dröhnen schlug er gegen die darunter befindliche Messingplatte. Sie hörten, wie über ihnen ein Fenster geöffnet wurde.

"Einen kleinen Moment", erklang eine angenehm weiche Frauenstimme, die Lila und Camilla sofort als die der Zauberin erkannten, "ich komme sofort herunter!"

"Warte!" rief Lila so laut sie konnte, "nicht nötig, wir kommen 'rauf!"

Wie der Blitz waren sie oben vor dem geöffneten Fenster und sahen in die überraschten braunen Augen Meliolanthas. Sie hatte sich seit dem letzten Mal nicht verändert; noch immer sah sie aus, als sei sie gerade erst dreißig Jahre alt. Ihr freundliches Gesicht wurde von dunklen, seidigen Haaren gerahmt, die bis weit auf den Rücken hinunterfielen. Sie war wohl gerade drauf und dran gewesen, ins Bett zu gehen, denn sie hatte ein langes weißes Nachtkleid an und stand barfuß auf den polierten hölzernen Dielen ihres Zimmers.

"Lila, Camilla!" rief sie freudestrahlend, als sie die beiden kleinen nächtlichen Besucher erkannte, "was führt euch zu dieser ungewöhnlichen Stunde zu mir?"

"Hallo, Meli!" begrüßten sie ihre Freundin im Chor und schlüpften in das von einem Kerzenleuchter nur mäßig erhellte Zimmer. Die Zauberin schloß das Fenster hinter ihnen, um die kühle Nachtluft auszusperren und setzte sich dann auf ihr Bett, auf dessen Kante die Elfen Platz genommen hatten. Erwartungsvoll sah sie ihnen in die erschöpften Gesichter.

"Also, wenn ich eure Gesichter richtig deute, ist der Anlaß eures Besuches eher etwas Ernstes; habe ich Recht?"
"Ja, Meli, leider!" seufzte Lila. Dann erzählten sie Meliolantha von dem furchtbaren Pilzwesen, welches sie bedrohte, und von allem, was damit zusammenhängend passiert war. Der eben noch strahlende Gesichtsausdruck der Zauberin wurde im Verlauf ihres Berichtes immer ernster und besorgter, und als sie endeten, schüttelte Meliolantha entsetzt den Kopf.
"Das ist ja beinahe noch schlimmer, als damals Urkalan!" war ihre erste Reaktion, "ich werde euch selbstverständlich nach bestem Vermögen zu helfen versuchen, doch ich kann nicht voraussagen, wie weit meine Zauberkräfte gegen ein solches Wesen wirksam sind. Nun, es lohnt sich gewiß nicht, jetzt in der Nacht aufzubrechen, zumal ich dann zu Fuß gehen müßte. Ich werde den Morgen abwarten und dann zu Meike gehen, die ich ja durch euch kennengelernt habe. Wir besuchen uns ab und an und sind mittlerweile gute Freundinnen geworden. Sie wird mir zweifelsohne eines ihrer Pferde zu Verfügung stellen, so daß wir relativ schnell vorwärtskommen werden."
Lila und Camilla waren unendlich erleichtert, daß Meliolantha sofort eingewilligt hatte, ihnen zur Seite zu stehen, und so gelang es ihnen problemlos einzuschlafen, als die fürsorgliche Frau ihnen ein kleines Bett zurechtgemacht hatte.

14

"Halloho! Guten Morgen!"
Lila schlug träge die Augen auf. Durch das Fenster war kaum ein erster Schimmer des jungen Tages zu erahnen. Es mußte also wohl noch sehr früh sein! Gerade wollte sie sich noch einmal gemütlich umdrehen, als Meliolantha ihr und Camilla die Decke herunterzog.
"Los, ihr beiden Schlafmützen, wir wollen heute doch noch möglichst weit kommen, nicht wahr? Dann wird es aber Zeit, daß ihr aus den Federn kommt! Schließlich muß ich ja vorher noch nach Ostendorf, mir von Meike das Pferd borgen, und das muß ja auch noch vorbereitet, aufgezäumt und gesattelt werden."
Lila schwang die Beine aus dem provisorischen Bettchen, welches Meliolantha ihnen bereitet hatte. Erst jetzt wurde ihr überhaupt erst wieder richtig bewußt, wo sie sich befand. Die Zauberin hatte ihnen schon verschiedene Sachen zum Frühstück ans Bett gestellt. Es gab Weißbrot, Butter, Honig, Marmelade, Käse und Milch, Wasser oder Saft. Lila wie auch Camilla langten tüchtig zu, waren sie nach den gestrigen Anstrengungen doch ziemlich ausgehungert und wußten auch eine weitere, wahrscheinlich anstrengende Tour vor sich. Als sie fertig waren, hatte Meliolantha auch bereits alles zusammengepackt, was sie zu benötigen glaubte. Sie schrieb noch hastig ein paar Zeilen für 'Tante' Lisbeth, weil sie die alte Dame nicht extra wecken wollte, verließ dann gemeinsam mit den Elfen das Haus und führte sie zu einem am Straßenrand geparkten Kleinwagen.
"Hast du jetzt etwa auch ein Auto?" staunte Camilla.
"Oh ja", bestätigte Meliolantha, "hier, so auf dem Dorf, braucht man das wirklich. Schließlich kann ich ja nicht wie die Hexen im Märchen auf einem Besen reiten!"
Lila und Camilla setzten sich auf das Armaturenbrett, damit sie aus dem Fenster sehen konnten. Meliolantha fuhr recht flott; Häuser und dann Bäume zogen rasch an den Fenstern vorüber. In weniger als einer halben

Stunde bog sie in die Einfahrt des Hofes ein, auf dem Meike wohnte. Trotz der frühen Morgenstunde herrschte dort bereits reges Treiben.
"Wartet ihr im Wagen, man muß euch ja nicht unbedingt sehen. Ich glaube, außer Meike weiß hier niemand etwas von euch."
Meliolantha stellte das Auto ab und ging auf einen kräftigen Mann in blauer Arbeitskleidung zu.
"Guten Morgen, Jan!" grüßte sie ihn, "sag, ist Meike schon auf?"
"Moin Meliolantha!" erwiderte der Angesprochene in bedächtigen Tonfall und stützte sich auf die Gabel, mit der er gerade den Stall ausmisten wollte. "Nö, die Lütte is mit Bea ausgeritten. Die sin so vor ne Stund los. Die woll'n wen im Park besuchen."
Meliolantha machte ein enttäuschtes Gesicht.
"Wie ärgerlich!" rief sie aus, "ich stecke etwas in Schwierigkeiten und brauche dringend ein Pferd; und nun ist Meike nicht einmal da!" Dann zuckte sie in plötzlichem Erkennen zusammen; mit 'Park' meinte Jan bestimmt das Naturschutzgebiet, und wenn sie dort jemanden besuchen wollten, konnte es sich ja eigentlich nur um die Elfen handeln!
"Mensch, Jan, da im Naturschutzgebiet spielt sich etwas ziemlich Unangenehmes ab. Ich muß die beiden unbedingt einholen, bevor sie in Gefahr geraten! Hast du nicht vielleicht noch ein Pferd für mich? Am besten ein schnelles!"
"Jou, dat hebb ik wohl! Nimm man den Generool, der is flott. Ik will ja ok nich, dat den lütten Deerns wat tostöt!"
Der Knecht steckte die Gabel in den Mist und eilte mit langen Schritten in den Pferdestall. Darin öffnete er eine Box und holte einen großen schwarzen Hengst heraus, der nervös tänzelte und mit dem Kopf schlug.
"Der is en bietje swierig, aver du kannst jo rieden, det hebb ik lestens sehn!" In Windeseile war das stolze Tier gesattelt und aufgezäumt.

"Veel Glück!" wünschte Jan noch, als Meliolantha das Gepäck (in welchem sich Lila und Camilla versteckt hatten) am Sattel befestigte und sich hinaufschwang.
"Vielen, vielen Dank, Jan, du hast mir sehr geholfen! Sobald ich kann, werde ich mich revanchieren!"
"Da nich för! Bring blot de Meitjes heel torügg!"
"Ich werde mein Bestes tun!" versprach Meliolantha, gab dem Pferd die Sporen und galoppierte mit lautem Hufgeklapper über das Kopfsteinpflaster vom Hof. Kaum waren sie aus dem Dorf heraus, da krochen auch Lila und Camilla aus ihrem ungemütlichen Versteck.
"Bäh!" kommentierte Lila, "bei dem Geschaukel wird einem ja kotzübel, besonders wenn man dabei nichts sieht!"
Auch Camilla war schon nach der kurzen Strecke ziemlich blaß um die Nase geworden.
"Wieso hetzt du denn so?" wollte Lila wissen, "dann ist das Pferd doch bestimmt schnell schlapp, und wir kommen um so langsamer voran."
"Da hast du nicht Unrecht, Lila, aber da ist etwas, das diese Eile geboten erscheinen läßt!" Rasch setzte sie die Elfen von dem in Kenntnis, was sie von dem Knecht Jan erfahren hatte.
"Ach du ahnst es nicht!" entsetzte sich Lila, "Bea und Meike wissen ja gar nichts von dem Pilz!"
"Eben, darum reite ich ja so schnell, auch wenn mir dabei der 'General' leid tut." Sie tätschelte den Hals des bereits stark schwitzenden Hengstes, ohne jedoch das Tempo zu verlangsamen. Die Landschaft flog nur so vorbei, während das edle Tier scheinbar unermüdlich dahingaloppierte. Binnen kürzester Frist hatten sie den Knochensumpf erreicht, an dessen Grenze Meliolantha nun in schnellem Trab entlangritt. Das immer noch flotte Vorankommen hatte auch noch einen weiteren positiven Nebenaspekt: Auf diese Weise hatten die unzähligen Mücken keine Chance, die Reisenden mit ihren Stichen zu quälen. Als neben ihnen die offene Wasserfläche des großen Sees auftauchte, hielt Lila kurz die Hand über die Augen.

"Ich glaube, da vorne sind sie", stellte sie fest. Sie flog kurz auf, um aus größerer Höhe einen besseren Überblick zu gewinnen. "Ja, sie sind es!" rief Lila hinunter, "ich fliege schon mal vor und sage ihnen, daß sie warten sollen!"

"Warte, ich komme mit!" Camilla schwang sich ebenfalls empor. "Du kannst dann jetzt ja ruhig wieder langsamer reiten, Meli, wir halten sie solange auf, bis du da bist!"

Meliolantha ließ den 'General' in Schritt fallen, während Lila und Camilla auf die fernen Reiterinnen zujagten. Als sie die beiden Mädchen fast erreicht hatten, drehte sich die hinten reitende Meike von dem Brummen der Flügel aufgeschreckt um und hob abwehrend die Hände.

"He, keine Angst, wir sind's nur, Lila und Camilla!"

Meike ließ die Arme sinken und starrte die Elfen ebenso überrascht an, wie Beate, die sich ebenfalls umgewandt hatte. "Das ist ja witzig!" lachte Beate, "zu euch wollten wir gerade! Und ausgerechnet ihr beiden begegnet uns hier! Was für ein Zufall!"

"Na ja, so ganz zufällig ist das nicht", berichtigte Camilla, "wir sind hinter euch hergejagt, um zu verhindern, daß euch etwas zustößt."

"Warum sollte uns etwas zustoßen?" fragte Meike leicht verwundert, "wir sind doch nicht zum ersten Mal hier, und außerdem gibt es doch wohl nicht schon wieder einen Eotan oder Urkalan?!"

"Du hast es fast getroffen!" antwortete Lila, "vielleicht ist es diesmal sogar noch schlimmer!"

"Waaas? Das gibt's ... ! He, paßt auf, da kommt jemand!"

"Keine Sorge!" beruhigte Lila nach einem schnellen Blick über die Schulter, "das ist ... "

"Das ist ja Meliolantha!" staunte Meike, "und dazu noch auf General! Hallo, Meliolantha!"

"Guten Morgen, ihr beiden", grüßte die Zauberin, "schön, daß wir euch rechtzeitig eingeholt haben!"

"Was ist hier eigentlich los?" wollte Beate wissen, "die ganze Zeit redet ihr hier so merkwürdig herum. Nun erzählt schon, was hier Schlimmes los ist!"
Dieser Aufforderung kamen die beiden Elfen sofort nach, und im Verlauf ihrer Erzählung konnte man beobachten, wie sich die Gesichter Meikes und Beates immer mehr verdüsterten.
"Oh Gott, oh Gott!" murmelte Meike fast tonlos, "warum muß es nur immer euch treffen?!"
"Das frage ich mich auch!" meinte Lila finster.
"Tja, nun wißt ihr Bescheid", sagte Meliolantha, "am besten kehrt ihr sofort um, dann seid ihr schon am Nachmittag wieder zu Hause."
"Umkehren? Wer sagt denn etwas von umkehren?" erwiderte Beate mit hochgezogenen Augenbrauen, "wir kommen natürlich mit! Oder was sagst du dazu, Meike?"
"Klar kommen wir mit! Vielleicht können wir euch ja auch irgendwie helfen."
"Das wäre euren Eltern aber mit Sicherheit nicht recht!"
"Das ist mir egal", war Beates Ansicht, "hier geht es schließlich um unsere Freunde!"
"Genau!" schloß sich Meike an.
Meliolantha sagte nichts mehr, aber man sah ihr an, daß sie diese Entscheidung der beiden fünfzehnjährigen Mädchen mit gemischten Gefühlen aufnahm. Schließlich war sie ja auch die einzige Erwachsene und mehr als achtmal so alt wie jede von ihnen; deshalb fühlte sie sich für die vier Jugendlichen verantwortlich. Still für sich beschloß sie, alles zu tun, damit sie alle heil aus dieser Geschichte herauskamen. Am frühen Nachmittag passierten sie die Stelle, an welcher Kathrin und Garmin den toten Frosch und den befallenen Bärlapp entdeckt hatten. In der Zwischenzeit hatte das Gespinst schon etliche Pflanzen mehr okkupiert und bedeckte eine Fläche von mehreren Quadratmetern.
"Guck mal, Mel, da ist so eine von dem Pilzviech befallene Stelle!" wies Lila auf den unschönen Anblick.
Meliolantha, Meike und Beate stiegen ab, um das ihnen unbekannte Phänomen in Augenschein zu nehmen.

"Geht nicht zu dicht heran!" warnte Camilla, "diese Fäden können ganz schön schnell sein!"

"Bleibt zurück!" befahl die Zauberin mit so viel Autorität in der Stimme, daß Meike und Beate sofort gehorchten. Lila und Camilla hielten aufgrund ihrer schlechten Erfahrungen sowieso ausreichend Abstand. Meliolantha nahm einen langen Stock auf und berührte mit dessen Ende das graue Geflecht. Sofort schossen Fäden darauf zu und wickelten sich blitzartig darum. Meliolantha ließ den Stock fahren und trat einige Schritte zurück.

"Steigt schon mal wieder auf die Pferde und wendet eure Augen ab!"

Die Kinder befolgten ihre Anweisung. Kaum saßen sie auf ihren Pferden und hatten die Köpfe weggedreht, erhellte ein greller Blitz die gesamte Umgebung. Es folgte ein Zischen und Knistern, dann herrschte wieder Stille.

"Können wir wieder gucken?" fragte Lila.

"Ihr dürft!"

Alle vier drehten sich gleichzeitig um. Dort, wo die verseuchten Pflanzen gestanden hatten, war nur noch verbrannte Erde auf einer Fläche, die zirka fünf bis sechsmal so groß war wie die vorher von den Pilzfäden befallene Stelle.

"Ich mußte ganz sicher gehen", sagte Meliolantha erklärend.

"Na, hier ist von dem Zeugs jedenfalls nichts mehr übriggeblieben!" stellte Meike staunend fest. Auch Lilas und Camillas Hoffnung stieg wieder mit diesem Beweis von Meliolanthas Zauberkräften. Doch würden selbst diese Kräfte ausreichen, um alles von diesem Wesen zu befreien? Lila und Camilla zweifelten noch daran, wenn sie daran dachten, in welchen Massen der Pilz andernorts auftrat. Zudem würde die Zauberin auf diese Art und Weise befallene Gumben oder Elfen nicht von dem Parasiten befreien können, ohne sie gleich mit zu töten. Andererseits wußten sie natürlich auch, daß Meliolantha noch über ganz andere Möglichkeiten verfügte. Für Beate und Meike war es das erste Mal gewesen, daß sie die Zauberin in Aktion gesehen hatten, und obwohl sie ja aus Erzählungen der Elfen schon davon gehört hatten, war die Realität doch noch sehr viel beeindruckender.

Es gab noch jemanden, der äußerst beeindruckt war: Und zwar der Elf Forn! Er war ihnen mehr oder weniger zufällig entgegengeflogen und hatte sich, als er ihrer angesichtig wurde, rasch in einem dichten Gebüsch verborgen. Als die Gruppe nun weiterzog, folgte er ihnen unauffällig in großem Abstand. Die Mädchen fühlten sich in Meliolanthas Nähe sicher und geborgen und achteten deshalb auch nicht annähernd so sorgfältig auf die Umgebung, wie sie es sonst taten. Die Zauberin selbst war zwar bemüht, alles im Auge zu behalten, doch der winzige Elf war auch ihrer Aufmerksamkeit entgangen. Arglos und recht guter Laune bogen sie in das Kartal ein. Doch schon nach kurzer Zeit verschlechterte sich Meliolanthas Laune deutlich, als sie mitansehen mußte, wieviel hier schon befallen war. Sie versuchte gar nicht erst, hier einzugreifen, denn das alles zu vernichten, überstiege ihre Kräfte bei weitem! Als sie etwas später eine größere freie Stelle fanden, hielt Meliolantha ihr Pferd an. "In Anbetracht der fortgeschrittenen Tageszeit schlage ich vor, daß wir hier unser Nachtlager bereiten, denn im Dunkeln können wir den befallenen Pflanzen nicht ausweichen und laufen Gefahr, uns anzustecken."

Das wollten die Mädchen natürlich auch nicht und stimmten demzufolge sofort zu. Meike und Beate saßen ab und begannen, ihr kleines Zelt aufzubauen. Die Zauberin sammelte unterdessen trocknes Holz für ein Feuer. Als sie schließlich gemeinsam um die tanzenden Flammen saßen, ergriff wieder Meliolantha das Wort.

"Wir dürfen uns in dieser bedrohlichen Umgebung auf keinen Fall unaufmerksam zeigen. Daher denke ich, wir teilen nun die Wachen für die Nacht ein, und die, die nicht dran sind, legen sich sofort schlafen, damit sie, wenn die Reihe an ihnen ist, auch wach und fit genug sind. Ich werde die letzte Wache übernehmen, da ich denke, daß jene Stunden die kritischsten sind, weil

dann die Müdigkeit erfahrungsgemäß am größten ist. Wer übernimmt freiwillig die erste Wache?"
"Das kann ich machen", erbot sich Meike.
"Und ich übernehme die vorletzte", warf Beate ein, "weil ich im Augenblick ziemlich müde bin."
"Alles klar", stimmte Lila zu, "dann passe ich nach Meike auf, "o.k., Milla?"
"Von mir aus, mir ist es egal, wann ich Wache habe."
"Alle, die schlafen wollen, können ins Zelt", bot Meike an, "das wird zwar ein wenig eng, während die Elfen Wache haben, aber es sollte gehen. Schließlich will ja wohl keiner von uns völlig zerstochen wieder aufwachen", fügte sie mit einem Blick auf die zahlreichen Mücken hinzu, die im Lichtschein des Feuers tanzten. Dies Angebot nahmen die anderen gerne an, und so verschwanden alle bis auf Meike im Zelt. Diese setzte sich mit dem Rücken zum Feuer, damit die Flammen sie nicht blendeten und genoß die laue Nacht. Doch schon bald merkte sie, wie ihr die Augen zuzufallen drohten. Also erhob sie sich und umkreiste langsamen Schrittes das Zelt. Ab und zu fuhr sie erschreckt zusammen, wenn wieder einmal irgendwo ein Ast knackte oder etwas raschelte. Doch erwies sich alles schnell genug als Fehlalarm. Allmählich beruhigte sie sich. Als sie sich einmal mehr ihrem Feuer näherte, um etwas Holz nachzulegen, bemerkte sie plötzlich eine Bewegung neben sich. Hastig drehte sie ihren Kopf dorthin und sie fühlte ihr Herz hart und schmerzhaft schlagen, als etwas direkt auf ihr Gesicht zuflog. Meike schrie erschreckt auf und schlug mit beiden Händen nach dem Wesen, welches sie jetzt in ihren Haaren spürte. Das Etwas fiel herab, während Meike noch wild mit ihren Fingern durch ihr Haar zauste. Dann endlich erkannte sie, daß es nur ein besonders großer Nachtfalter gewesen war, der nun am Rande der Feuerstelle lag und dessen Flügel sich knisternd unter der Hitze krümmten. Ihr wurde fast schwindelig vor Erleichterung, und sie bereute bereits, so hektisch reagiert und damit dem unschuldigen Wesen das Leben geraubt zu haben.

"Was ist los, Meike?" vernahm sie Camillas leise Stimme und sah ihr kleines Gesicht im Zelteingang auftauchen.

"Ach nichts, Camilla, leg dich wieder hin! Ich habe nur einen Schrecken gekriegt, als mir ein Falter in die Haare geflogen ist."

Camilla lächelte beruhigt und zog sich leise zurück. Der Rest von Meikes Wache verlief ohne weitere Störungen; trotzdem war die Fünfzehnjährige erleichtert, als sie die Verantwortung endlich an Lila weitergeben konnte. Auch deren und Camillas Wache verliefen weitgehend ereignislos. Camilla fühlte sich sogar so frisch und ausgeruht, daß sie Beate ein bißchen länger schlafen ließ. Als sie diese weckte, konnte man bereits einen ersten Schimmer des neuen Tages erahnen. Verschlafen kroch Beate aus dem Zelt. Das Feuer war erloschen und die Luft unangenehm kühl. Beate fröstelte und rieb die klammen Finger gegeneinander. Die sie umgebende Natur war schon fast unangenehm still. Die Vögel schwiegen noch, und auch sonst war höchstens ab und zu ein leises Rascheln zu vernehmen. Etwas gelangweilt blickte sie in die Runde. Die Sichtverhältnisse waren alles andere als gut: Jetzt zu Beginn der Dämmerung verschwammen alle Konturen grau in grau und ließen eine sichere Beobachtung oder das Einschätzen von Entfernungen kaum zu. Langsam schlenderte Beate zum Rand der freien Fläche, um einem natürlichen Bedürfnis nachzugeben. So entging ihr auch die kleine Gestalt Forns, der diesen Moment nutzte und von der anderen Seite auf das Zelt zuhuschte. Das dauerte zwar länger als fliegen, aber er wußte natürlich, daß ihn anderenfalls das Summen seiner Flügel verriete. Ärgerlich stellte er fest, daß von dieser Seite kein Hineinkommen in das Zelt möglich war. Doch ein rascher Blick verriet ihm, daß Beate noch nicht sofort wiederkommen würde. Er hastete zu der Vorderseite des Zeltes und zwängte sich durch die verbliebene Öffnung. Vor ihm lagen die Schlafenden. Keine von ihnen hatte ihn bemerkt. Forn entschied, daß die bei weitem größte Gefahr für seine 'Königin' von der

Zauberin ausging, und er diese zuerst infizieren mußte. Vermutlich mußte dies auch reichen, denn der Schmerz würde sie wecken und ihm keine Zeit lassen, auch die übrigen anzustecken. Ganz vielleicht noch die da draußen, aber eigentlich erschien sie ihm zu unwichtig, um dafür ein großes Risiko einzugehen. Behutsam schlängelte sich Forn an Meike vorbei zu der ganz außen liegenden Meliolantha und kroch um ihren Kopf herum zum Nacken. Dort angekommen, schob er die langen Haare der Zauberin zur Seite. Offensichtlich hatte sie diese schwache Berührung gespürt, denn ihr Atemrhythmus änderte sich, und sie zog die Beine an. Forn hielt erschrocken inne und hielt die Luft an. Doch wachte Meliolantha nicht auf. Entschlossen legte Forn seinen Mund an ihren Hals. Sofort spürte er das Kribbeln der Fäden, die aus seinem Inneren hervorkamen und in die Haut Meliolanthas eindrangen. Jetzt atmete diese heftig ein, riß die Augen schmerzerfüllt auf und mühte sich in sitzende Stellung, mit der Hand gleichzeitig nach der Ursache dieser Qual tastend. Forn blieb gerade noch genügend Zeit, sich von ihr zu lösen. Er sprang ab und surrte zu Ausgang. Nun war es egal, ob er Geräusche machte oder nicht, denn die Zauberin hatte durch ihre Schmerzenslaute die anderen sowieso schon geweckt. Zum Glück (für Forn) war es im Inneren des Zeltes noch so dunkel, daß ihn in diesem Durcheinander niemand sah. Erst als er durch die Zelttür schlüpfte, schleuderte die Zauberin einen Blitzstrahl nach Forn, der ihn jedoch verfehlte, weil ihre Hände vor Schmerz zitterten und sie auch bereits erste Anzeichen der einsetzenden Betäubung spürte. Lila, die erst allmählich zu sich kam, sah Forn noch hinausschlüpfen und erkannte ihn.
"Forn! Das war Forn!" schrie sie, "wir müssen ihn einfangen!"
"Was ist überhaupt los?" murmelte Meike schlaf-trunken, "was war das für ein Blitz?"
"Lila, Meike!" hörten sie plötzlich Camillas panische Stimme, "Meliolantha ist bewußtlos, ich glaube, Forn..!"

"Oh nein, nicht Meli! Das kann doch nicht sein!" weinte Lila, "sie war doch unsere letzte Hoffnung!"
"Mein Gott!" unterbrach Meike "wenn sie jetzt infiziert ist, was passiert dann, wenn sie wieder zu sich kommt?"
"Genau, sie wird ihre Kräfte in den Dienst dieser Kreatur stellen und sie gegen uns einsetzen!" erkannte Lila niedergeschmettert, "wir müssen sie hierlassen und sofort fliehen, sonst .... !"
In diesem Moment wurde der Reißverschluß des Zeltes so abrupt aufgerissen, daß sie alle erschrocken zusammenfuhren.
"Was ist hier los? Ist etwas passiert?!" Es war Beate, die auf das Geschrei hin herbeigeeilt war und jetzt ängstlich zu ihnen hineinschaute.
"Schnell zurück, Bea!" rief Meike, "laß uns raus! Wir müssen weg, Meliolantha ist erwischt worden. Auf die Pferde!" Meike griff geistesgegenwärtig noch soviel Sachen, wie sie fassen konnte, lief dann zu ihrem Pferd Mistral und sprang in den Sattel. Während Beate Geronimo, auch eines von Meikes Pferden bestieg, nahm Meike den 'General' am Zügel und gab ihrem Pferd die Sporen. Im Jagdgalopp brachten sie den ersten Kilometer hinter sich, so daß Lila und Camilla schon zurückblieben. Als Meike bemerkte, daß sie drauf und dran waren, die Elfen zu verlieren, zügelte sie Mistral und ritt nun im Schritt weiter, bis die beiden sie eingeholt hatten. Danach beschleunigte sie wieder zu flottem Trab, der es Lila und Camilla erlaubte, mitzuhalten.
"Paßt bloß auf, daß ihr jetzt nicht noch in irgendwelches befallenes Gestrüpp reitet!" mahnte Camilla, "sonst ist wirklich alles aus!"
Diese Warnung war durchaus angebracht, denn es war in diesem Bereich des früher so schönen Tales bereits etwa ein viertel allen Bewuchses krank und von Pilzgeflecht überwuchert. Lila flog etwas über den anderen, um besseren Überblick zu haben, wie sie sagte. Der wahre Grund aber war, daß sie fürchtete, irgendwo gegen zu fliegen, denn die immer neu

hervorquellenden Tränen, von denen sie nicht wollte, daß die anderen sie sahen, verschleierten ihren Blick. Ihr war übel vor Furcht und Enttäuschung, und sie hatte Mühe, sich überhaupt zum Weiterfliegen zu zwingen. Am späten Vormittag näherten sie sich endlich verschwitzt und erschöpft dem Elfendorf. Lila nahm ihre Amethystscheibe zwischen die Finger.
"Das solltest du auch machen!" wandte sie sich an ihre Cousine, "wer weiß denn schon, ob die hier nicht auch schon ... na du weißt schon!"
"Ich glaube, das bringt nichts", entgegnete Camilla, "Boron hat doch gesagt, daß man es bei Tageslicht nicht sehen kann."
"Ach ja, Mist!" Lila ließ den dünnen Stein los, der ihr an einem Band um den Hals hing, "das hatte ich vergessen."
Um das Dorf herum sahen die Pflanzen noch weitestgehend unversehrt aus, und ein winziges Fünkchen Hoffnung schlich sich wieder in ihre Herzen.
"Lila, Camilla!" Der Ruf stammte von Sara, die auf dieser Seite des Dorfes die Wache übernommen hatte, damit sie auch ja die erste war, die ihre Tochter und ihre Nichte heimkehren sah. Lila schoß glücklich auf sie zu.
"Warte, Lil!" ließ ein Ruf Camillas sie kurz zögern, "wir wissen doch nicht, ob sie ... "
Doch diese Möglichkeit wollte Lila einfach nicht wahrhaben. Sie warf sich in die Arme ihrer Mutter, die sie vor Freude weinend festhielt.
"Was bin ich froh, daß ihr wieder heil hier seid!" flüsterte Sara, "ich hatte solche Angst um euch!"
Nun traute sich auch Camilla heran, die ihre Bedenken überwunden hatte, und umarmte ihre Tante ebenfalls.
"Oh, und Beate und Meike habt ihr auch gleich mitgebracht", stellte Sara nun fest, als sie endlich den Blick von ihrem Kind losreißen konnte, "ich dachte, ihr wolltet Meliolantha holen. War sie nicht da? Oder wollte sie nicht kommen?"
"Doch, Mama, sie wollte, aber ... " Lila wurde unterbrochen, denn nun kamen nach und nach immer

mehr Elfen heran, die schon von weitem die Reiter bemerkt hatten und die Ankömmlinge begrüßen wollten. Ziemlich zum Schluß kamen auch Kathrin und Garmin hinzu.

"Ach ja", sagte Camilla zu Meike und Beate, "das hatten wir ganz vergessen, euch zu erzählen, daß wir schon zwei Menschen hier haben. Das ist Kathrin, und das ist Garmin", stellte sie die beiden vor, "und dies sind Meike und Beate", erklärte sie.

"Hallo!" begrüßte Garmin die beiden und musterte die Mädchen interessiert. "Ihr wollt hier auch wohl auf Pilzsuche gehen?!" scherzte er und grinste.

Kathrin sah ihn von der Seite an und runzelte leicht die Stirn, aber vorläufig waren die 'Neuen' auch gar nicht in der Stimmung, um auf Witze einzugehen. Allmählich legte sich der erste Trubel, und es wurde leise genug um sie, daß Lila endlich dazu kam, von dem schrecklichen Unglück zu berichten, welches ihnen unterwegs widerfahren war. Danach hätte man eine Stecknadel fallen hören können, so still und betroffen waren alle. Selbst Boron und Histran, die sonst nichts so leicht aus der Ruhe brachte, hatten alle Farbe aus den Gesichtern verloren.

"Das ist so ziemlich das Schlimmste, was hätte passieren können!" preßte Histran zwischen den zusammengebissenen Zähnen hervor, "wenn Meliolantha nun auch noch auf Seiten des Pilzes kämpft, sehe ich kaum noch Hoffnung!"

Mit dieser Meinung stand er nicht alleine da, die Mienen der Umstehenden kündeten beredt von den gleichen Empfindungen.

"Und das jetzt!" schüttelte Boron den Kopf, "ausgerechnet wo ich kurz vor einem möglicherweise entscheidenden Durchbruch stehe!"

"Was hast du denn für eine Entdeckung gemacht, Boron?" erkundigte sich Histran, "davon weiß ich ja noch gar nichts!"

"Ich möchte auch noch nicht darüber sprechen, bevor ich nicht ganz sicher bin!" wehrte Boron ab, "sobald ich eine sichere Bestätigung meiner Vermutung hinsichtlich eines neuen Mittels gegen den Pilz habe, werde ich es sofort publik machen."

"Nun, liebe Mitbürger!" wandte sich Histran jetzt mit lauter Stimme an die Umstehenden, "ihr habt mitbekommen, welch harter Schicksalsschlag Meliolantha, und damit auch uns getroffen hat. Da wir nun mit Aktionen seitens der Zauberin gegen uns rechnen müssen, sind entsprechende Gegen-maßnahmen erforderlich. Zum einen werden wir den Wachkreis um unser Dorf stark vergrößern und dichter besetzen, um eine rechtzeitige Vorwarnung zu ermöglichen und zum anderen müssen sich alle Bewohner zu jeder Tages- und Nachtzeit fluchtbereit halten, denn gegen die Kraft Meliolanthas sind wir absolut wehrlos!"

Die meisten der Elfen gingen heftig die neue Lage diskutierend nach Hause, während die, die Histran bestimmte, sich in den vergrößerten Kreis der Wachen einreihten. Garmin, die drei Menschenmädchen sowie Lila und Camilla setzten sich vor der für Menschen gebauten Unterkunft zusammen. Lilas Mutter bereitete derweil mit ein paar Freundinnen Essen für die vier neu Hinzugekommenen.

"Wäre es nicht vielleicht besser, jetzt schon das Dorf zu verlassen", fragte Meike, "ehe die Zauberin uns so nahekommt, daß sie uns gefährlich werden kann? Wir könnten uns doch irgendwo verstecken, wo sie nicht sofort weiß, wo sie uns finden kann."

"Ich weiß nicht, ob so etwas Sinn hätte", zweifelte Lila, "sollte Meli ihre Kristallkugel mithaben, und davon gehe ich mal aus, kann sie uns so oder so überall aufspüren, egal, wie gut wir uns auch verstecken mögen."

"Aber wir sind doch schneller als sie", gab Beate zu bedenken, "wir Menschen haben Pferde, und ihr Elfen könnt fliegen."

"Das schon, aber was willst du denn machen? Die ganze Zeit irgendwo herumziehen? Und wenn ja, wohin denn letztendlich? Dazu kommt noch, daß es nicht für alle Elfen so einfach ist, wegzufliegen: Einige sind schon alt und schwach, andere haben kleine Babys, und nicht

zuletzt ist da ja noch Boron, der auf sein Labor hier angewiesen ist, ohne das er nicht in der Lage sein wird, weiter nach einem Mittel gegen den Pilz zu forschen."
"Apropos Boron; habt ihr das auch mitgekriegt, daß er sagte, er stünde kurz vor einem Durchbruch?"
"Ja, Lil, das habe ich auch gehört!" bestätigte Camilla.
"He, dann besteht ja doch noch Hoffnung!" freute sich Kathrin und sah etwas erleichtert zu Garmin. Dieser jedoch schien mehr in den Anblick Meikes vertieft zu sein und hatte offensichtlich gar nicht hingehört. Wütend stieß Kathrin Garmin an.
"Hallo, hörst du mir überhaupt zu?!"
"Hä, was?" schrak Garmin zusammen und riß seine Augen von Meike los, "hast du etwas zu mir gesagt? Was war denn?"
"Ach, vergiß es!"
"Nein, nun sag schon! Ich hab nur grad' an etwas anderes gedacht."
"Klar, das ist mir auch nicht entgangen!"
"Oh Mann! Was ist denn los?! Nun stell dich nicht so an!" beruhigend wollte er seinen Arm um sie legen, doch Kathrin stieß ihn fort.
"Laß mich in Ruhe!"
"Du weißt auch nicht, was du willst!" ärgerte sich Garmin, "erst willst du meine Aufmerksamkeit, dann stößt du mich weg; was hast du denn?"
"Nichts, gar nichts!" stieß Kathrin hervor, stand auf und rannte weg, wütend, daß ihr ungewollt die Tränen in die Augen schossen. Erst in größerem Abstand blieb sie stehen. Warum regte sie sich nur gleich so auf? Bloß weil Garmin mal zu dieser Meike hinguckte? Das mußte doch gar nichts bedeuten! Andererseits hatte Garmin, seit er mit ihr zusammen war, ihres Wissens nie hinter anderen Mädchen hergesehen. Wieso mußten diese beiden Tussies denn auch nur hier auftauchen?! Erst viel später kehrte sie zu den anderen zurück, jetzt auch noch zusätzlich beleidigt, weil Garmin es nicht für nötig gehalten hatte, hinter ihr herzukommen. Sie fand die Gruppe beim Essen und in angeregtem Gespräch. Diese

Tatsache steigerte ihre schlechte Laune noch erheblich: Nicht einmal zum Essen hatte er ihr Bescheid gesagt!
"Ah, da bist du ja endlich wieder! Hast du dich beruhigt? Du mußt aber auch nicht immer so empfindlich sein! Nun komm und setzt dich, das Essen ist superlecker, greif zu!"
Kathrin wandte sich erneut ab. Mußte Garmin sie jetzt auch noch vor den anderen bloßstellen? Verlegen spürte sie, wie sich ihre Augen schon wieder mit Tränen füllten.
"Hab keinen Hunger!" murmelte sie undeutlich, verschwand eilig in der Hütte und warf sich auf das Bett. Das mit dem Hunger stimmte nicht; ganz im Gegenteil, das Essen hatte so köstlich ausgesehen, daß ihr das Wasser im Mund zusammenlief, aber sie konnte sich einfach nicht überwinden, sich zu den anderen zu setzen, als sei nichts gewesen. Zumal Garmin die Gelegenheit genutzt hatte, sich direkt neben Meike zu setzen! Verzweifelt biß sie in ihre Hand. Garmin konnte sie doch nicht hier draußen einfach fallen lassen! Sie schluchzte leise vor sich hin, bis sie eine zarte Hand auf ihrer feuchten Wange spürte.
"Kathy, was hast du? Geht es dir nicht gut?" hörte sie Lilas Stimme, "kann ich dir irgendwie helfen?"
Kathrin schüttelte schwach den Kopf, sagte aber nichts, weil sie wußte, daß sie ihre Stimme nicht völlig unter Kontrolle haben würde. Sie fühlte Lilas kleine Hand, die ihr eine Träne fortwischte.
"Ist es wegen Garmin? Weil er sich mit Meike beschäftigt?"
So weit war es also schon, daß auch Lila dies bemerkt hatte. Kathrin nickte heftig und schluckte schwer.
"Ach, Kathy, ich würde mir nicht so Gedanken darum machen! Ich glaub' nicht, daß er sich in Meike verknallt hat! Ich könnte mir nie vorstellen, daß Garmin dich für eine andere sausen läßt. Dazu ist er doch viel zu verliebt in dich!"
"Aber er war vorhin auch so doof und gemein zu mir!"
"Das hat er bestimmt nicht so gemeint! Komm doch wieder heraus zu uns!"

"Nee, das ist mir jetzt zu peinlich, weil ich ...., nein ich möchte nicht!"

Lila nickte verständnisvoll; ihr würde es vermutlich genauso ergehen. "Magst du denn wenigstens etwas essen? Wir können es dir ja auch hereinbringen", bot sie an.

"Na gut, aber nicht Garmin oder Meike!"

Lila verdrehte innerlich die Augen; das konnte ja noch was geben! "O.k., ich werde Beate darum bitten, einverstanden? Weil doch Milla und ich nicht genug tragen können."

"Na gut, aber ich will nicht so viel."

Lila flog hinaus und warf einen kritischen Blick auf Garmin. Oh, oh, der war noch näher an Meike herangerückt und hatte einen Arm so hinter ihr aufgestützt, als wolle er ihr ihn im nächsten Moment um die Schulter legen.

"Was ist mit Kathrin?" fragte Meike und rückte dabei unbewußt etwas von Garmin fort, was dieser mit für Lila sichtbarem Unwillen quittierte.

"Ach, nichts Besonderes", wiegelte Lila ab, "es ging ihr vorhin nur nicht so toll, und jetzt ist sie schlapp. Sag mal, Bea, könntest du ihr ein bißchen was zu essen und trinken bringen?"

"Na logo!" war Beate sofort bereit. Sie stand auf und suchte einige besonders leckere Sachen zusammen, stellte sie auf ein Brett, welches ihr als Tablett diente, und trug es zu Kathrin hinein. Lila setzte sich zu Camilla und nahm ihr unterbrochenes Mahl wieder auf.

"Und? Was war nun wirklich?" fragte Camilla fast unhörbar.

"Liebeskummer!" wisperte Lila, "wegen Meike."

Camilla schaute zu Garmin hinüber, der gerade versuchte, wieder unauffällig näher an Meike heranzurutschen, und nickte verstehend.

"Ganz schön dreist! Ich glaub, das würde mir an ihrer Stelle auch zu schaffen machen! Ich finde es wirklich unmöglich von ihm!"

"Na ja", flüsterte Lila gedehnt, "so'n Unschuldslamm bist du ja auch nicht gerade, wenn ich daran denke, wie

du Bregard vor den Kopf gestoßen hast, als du mit Eotan angebändelt hast."
Camilla wurde rot und sah Lila zornig an. "Das war ja wohl 'was völlig anderes!"
"Ach ja?"
"Ja, ich ... " Camilla sprach nicht weiter, weil jetzt Beate wieder herauskam und sich neben die Elfen setzte. Ihr bedenklicher Blick zu Meike und Garmin verriet Lila, daß sich Kathrin Beate vermutlich auch anvertraut hatte.
"Komm, Meike", forderte sie ihre Freundin auf, als Garmin sich anschickte, tatsächlich den Arm um sie zu legen, "wir machen hier erst einmal Ordnung und räumen die Reste ab!"
Meike stand auch sofort auf und ging Beate zur Hand, während Garmin mißmutig vor sich hinstarrte. Lila kicherte. "Geil gemacht von Bea, nicht wahr?"
"Das kann man wohl sagen!" grinste Camilla, "ich glaub', der wollte gerade anfangen, an Meike 'rumzufingern."
"Die arme Kathrin, vielleicht sollten wir uns mal ein bißchen um sie kümmern!"
"Gute Idee, mal seh'n ob wir sie ein bißchen auf andere Gedanken bringen können."
Als sie in die Hütte flogen, mußten sie noch an Beate vorbei, die auf Meike einredete. Die Elfenmädchen sahen, wie Meike einen roten Kopf bekam, und hörten im Vorbeiflug noch: " ... du blöd?! Ich doch nicht! So 'was mach' ich nicht! Ich hab' das gar nicht bemerkt! Ich ... "
"Na ich schätze, da wird der gute Garmin wohl auf Granit beißen!" lächelte Camilla zufrieden. Drinnen hatte sich Kathrin unterdessen einigermaßen gefangen und war mit dem Essen beschäftigt. Einzig ihre geröteten Augen zeugten noch von ihrem Kummer.
"Alles klar, Kathy?"
"Na ja, so la la", nickte sie und lächelte tapfer, "ist Garmin denn immer noch bei ... ?"

"Nein, nein! Und ich hab' gehört, als Beate und Meike sich eben unterhielten, daß Meike nicht das geringste Interesse an Garmin hat."
Kathrins verkrampfter Gesichtsausdruck löste sich ein wenig, und sie entspannte sich sichtbar. Später kamen auch Beate, Meike und Garmin herein, und sie unterhielten sich noch eine Weile, wobei sie es aber krampfhaft vermieden, das pikante Thema noch einmal aufzugreifen. Garmin beteiligte sich so gut wie gar nicht an ihrem Gespräch, und den Mädchen entging nicht, daß er seine Annäherungsversuche anscheinend noch nicht endgültig aufgegeben hatte. Als sie sich schließlich zu Bett begaben und Lila und Camilla nach Hause flogen, sorgte Beate dafür, daß sie zwischen Garmin und Meike zu liegen kam, denn dieser hatte sich auf der Innenseite des Bettes postiert, so daß Kathrin außen zu liegen kam und er vermutlich hoffte, daß sich Meike neben ihn legen würde. Sein Plan war also vereitelt, aber nichtsdestotrotz war auch Kathrin klar, was Garmin vorgehabt hatte. Tief verletzt drehte sie sich zur Wand und war für niemanden mehr ansprechbar. Auch Garmin drehte sich muffelig von Beate weg. Diese und Meike sahen sich bedeutungsvoll an, bevor auch sie sich schlafen legten: Das würde noch viel psychologischer Arbeit bedürfen, bis die Geschichte wieder im Reinen war, so sich die Beziehung von Garmin und Kathrin überhaupt noch kitten ließe.

15

Lila drehte sich unruhig hin und her. Immer wenn sie die Augen schloß, drängten sich ihr die schrecklichen Ereignisse in schlimmen Bildern vor die Augen. Sie versuchte alles, um einzuschlafen, doch es wollte ihr nicht gelingen. Wieder wechselte sie die Körperhaltung. "Oh, Lila, nun bleib doch mal ruhig liegen!" nuschelte Camilla verschlafen, "du weckst mich dauernd auf!"
"Tut mir leid, das wollte ich nicht", entschuldigte sich Lila und versuchte fortan still zu liegen. Doch sie merkte schon sehr bald, daß es hoffnungslos war. So leise es ging, stand sie auf und verließ das Haus. Sie hatte einfach das Bedürfnis, sich irgendwie abzulenken und zu bewegen. Sie landete vor dem Baum, auf dessen Ast ihr Haus gebaut war, und ging zu Fuß entlang des Biberteiches auf und ab. Plötzlich meinte sie Schritte hinter sich zu hören. Hastig drehte sie sich um und breitete die Flügel aus, um zu fliehen, doch es war nur Boron, der gemächlich auf sie zukam.
"Kannst du nicht schlafen, Lila?"
"Nö, ich krieg immer Alpträume. Geht es dir auch so? Kannst du auch nicht schlafen?"
"Oh doch, ich könnte schon, wenn ich nur Zeit dazu hätte! Aber ich muß meine Arbeit schnellstens beenden; am besten, bevor Meliolantha hier auftaucht oder sonst etwas Unvorhergesehenes passiert. Aber nach so langer konzentrierter Arbeit brauche auch ich einmal eine Verschnaufpause, sonst unterlaufen mir womöglich noch unverzeihliche Fehler."
"Du sagtest heute Mittag, du stündest vor dem Durchbruch; was hast du denn herausgefunden?"
"Ich habe einen Virus gezüchtet, der die Pilzfäden angreift und zum Vertrocknen bringt. Versucht jemand, der dies Virus in sich trägt, den Pilz an andere weiterzugeben, überträgt er gleichzeitig auch den Virus. Der Virus braucht etwa zwei Tage, so schätze ich mal, einen befallenen Elf von dem Pilz zu befreien. Auch nicht mit dem Pilz infizierte Lebewesen können den Virus an befallene weitergeben, wenn ich sie vorher

damit impfe; doch leider werde ich nicht genügend Serum zusammenbekommen, um dies durchzuführen. Am besten wäre es, den Virus direkt an der Quelle des Übels, an der Gehirnzentrale des Pilzes auszubringen, dann würde das Wesen selbst für die Verbreitung sorgen und sich dabei selbst zerstören."

"Das wäre doch super!" rief Lila, "dann sollten wir uns möglichst schnell auf den Weg machen!"

"Lila, Kindchen, so einfach ist das nicht; erstens weiß ich nicht sicher, ob diese geringe Menge, die ich bisher habe, reicht, und zweitens weiß ich nicht, ob und welche Nebenwirkungen auftreten. Vielleicht werden Elfen, Gumben oder Menschen auch krank von dem Virus. Bisher habe ich zwar bei den Mäusen, mit denen ich experimentiere, keine derartigen Beobachtungen gemacht, aber das muß nichts heißen."

"Wieviel hast du denn von dem Zeugs?"

"Nur ein winziges Fläschchen voll. Es steht auf meinem Schreibtisch. Lavia und ich hüten es wie einen Schatz. Es könnte immerhin unsere letzte Rettung bedeuten!"

"Ich wünschte, das alles wäre endlich vorbei!" seufzte Lila, "diese ständige Angst nervt; besonders jetzt, nachdem das mit Meli passiert ist."

"Meli? Ach so, du meinst die Zauberin Meliolantha! Ja, das ist furchtbar!" pflichtete Boron bei. Dann schaute er auf den schon langsam sinkenden Mond. "Ich würde mich gern länger mit dir unterhalten, Lila, aber es ist schon spät, und ich muß noch so viel schaffen!"

"Kann ich dir etwas helfen?" bot Lila an, die keine große Lust verspürte, wieder mit ihren Ängsten alleine zu sein.

"Nein, Lila, dabei kannst du mir leider nicht behilflich sein. Außerdem habe ich ja auch noch Lavia, die sich mittlerweile sehr gut eingearbeitet hat. Also, bis morgen."

"Gute Nacht, Boron!" murmelte Lila. Dann fiel ihr ein, daß das wohl nicht so ganz passend war; eine gute Nacht würde Boron vermutlich kaum vor sich haben. Innerlich noch immer so aufgewühlt, daß sie sicher war, nicht schlafen zu können, setzte sie sich an das Ufer des Biberteiches und starrte gedankenverloren auf das stille Wasser. Sie wußte nicht, wie lange sie dort gesessen hatte, als sie durch ein Summen aufgeschreckt wurde. Sie mußte doch tatsächlich im Sitzen eingeschlafen sein! Sie sah in die Richtung, aus der das Summen kam. Die Dämmerung hatte bereits eingesetzt, und das aufkommende Tageslicht ließ einiges der Umgebung erkennen. Doch bevor sie die Ursache des Geräusches ausmachen konnte, brach es ab. Es war ihr, als sei es aus der Nähe der Hütte gekommen, wo die vier jungen Menschen schliefen. Wahrscheinlich war es nur einer der wachhabenden Elfen gewesen, überlegte Lila. Trotzdem lief sie zu dem Bauwerk hinüber, um nachzusehen; man konnte ja nie wissen. Sie sah, daß in dem einen Raum, der nicht zum Schlafen genutzt wurde, Licht brannte. Außerdem war die Tür nicht geschlossen. Lila sah durch das Fenster. Es war Garmin, der offenbar ebenfalls nicht schlafen konnte. Er hatte sich eines der Gläser, die Bernhard und Martha einmal mitgebracht hatten auf den Tisch gestellt und goß sich soeben Mineralwasser ein, das auch von Bernhards letztem Besuch übriggeblieben war. Das erinnerte Lila daran, daß auch sie einen trocknen Hals hatte und ziemlichen Durst verspürte. Garmin würde ihr sicher etwas abgeben. Gerade wollte sie hinein, als sie meinte, die Flügelspitzen einer Elfe gesehen zu haben, die sich auf dem Boden befinden mußte. Hier vom Fenster aus konnte Lila aber nicht mehr erkennen. Sie sah, daß sich Garmin zu der Elfe hinabbeugte, dann erschrocken zusammenzuckte und eine abwehrende Handbewegung machte. Ein Plumps in der Nähe der Tür war zu vernehmen, dann huschte eine Gestalt hinaus. Sie hörte Garmin drinnen fluchen, dann wurde es still. Durch das Fenster konnte sie ihn jetzt nicht mehr sehen. Sie wartete eine Zeit, aber Garmin tauchte nicht wieder auf. Also flog sie zur Tür und schlüpfte hinein. Garmin hatte sich anscheinend auf der Bank zum Schlafen gelegt. Das Glas stand unberührt auf dem Tisch. Lila flog auf den Tisch hinauf, landete neben dem Glas und beugte sich vor, um etwas zu

trinken. Sie hatte noch kaum einen Schluck genommen, da wurde sie plötzlich von riesigen Fingern an den Seiten gefaßt, während ein weiterer ihren Kopf in das Glas drückte. Lila versuchte verzweifelt, dagegenzuhalten, aber was war schon die Kraft einer zwölfjährigen Elfe gegen die eines Menschen?! Sie kreischte so laut sie konnte. Der Schrei wurde natürlich von dem Mineralwasser gedämpft, und außerdem mußte sie nun einatmen, was zur Folge hatte, daß sie das Wasser in die Lunge bekam. Ihr wirbelte es schon vor den Augen, als ein harter Stoß das Glas unter ihr traf und es mit lautem Klirren zu Bruch ging. Lila stürzte vornüber und fiel in die Scherben. Hinter ihr tobte ein wildes Gerangel, dann kehrte Ruhe ein. Eine sanfte Hand hob sie auf.
"Oh Gott, Lila, sag doch was! Lebst du noch?" vernahm sie Meikes Stimme. Lila würgte, hustete und spuckte den größten Teil des Wassers aus.
"Ja, ... hhm, mmh, ... , es geht schon wieder", krächzte sie. Beate und Meike standen bei ihr am Tisch und sahen sie besorgt an. Garmin lag bewußtlos am Boden. Irgendjemand von ihnen mußte ihn niedergeschlagen haben. Neben ihm hockte Kathrin mit verwirrtem Blick, weil sie sich Garmins Verhalten beim besten Willen nicht erklären konnte.
"Nimm mal die Hände da weg!" sagte Beate zu Lila. Diese hob die Hände, die sie reflexartig auf die schmerzenden Stellen an ihrem Bauch gelegt hatte. Entsetzt stellte sie fest, daß sie blutig waren.
"Du hast da ein paar ganz schön tiefe Schnitte", erklärte Beate, "da müssen wir schnell etwas machen!" Meike nahm ein Papiertaschentuch und legte es vorsichtig auf die Wunde. "Halt das fest, Lil!" ordnete sie an, "sag mal, wo kriegen wir denn jetzt richtiges Verbandsmaterial her?"
"Am besten bei Boron", antwortete Lila, "der ist schließlich unser Arzt, aber meine Mama müßte sonst auch 'was haben."
"Ich kann es gerne holen", erbot sich Meike, "wo hat denn Boron sein Haus?"

"Es ist das letzte, auf der rechten Seite, zum See hin. Es ist oben in einer alten Eiche", gab Lila Auskunft. Doch noch ehe sich Meike auf den Weg machen konnte, erschollen erst ferne, dann immer näherkommende Rufe.
"Was ist da denn los?" wunderte sich Beate.
"Vielleicht haben sie Forn entdeckt", vermutete Lila, "der war es bestimmt, der Garmin angesteckt hat! Ich hatte das vorhin nur nicht schnell genug kapiert. Ich hatte Flügel eines Elfen, aber nicht die Person selbst gesehen. Der ist rausgerannt, ohne daß ich ihn erkannt habe. Als ich dann rein bin und Garmin auf der Bank lag, dachte ich, er schliefe, dabei war es die Bewußtlosigkeit, die so einer Ansteckung immer folgt. Allerdings hat sie bei Garmin nur extrem kurz gedauert und ... "
"Waas!" unterbrach Kathrin in ungläubigem Entsetzen, "du meinst, Garmin ist jetzt auch von dem Pilz befallen?!"
"Ganz sicher!" sagte Lila bestimmt, "sonst hätte er mich ja auch nicht angegriffen oder mit euch herumgekämpft!"
"Aber doch nicht Garmin, das kann einfach nicht sein!" wollte Kathrin das Furchtbare nicht wahrhaben, nahm aber die Hände instinktiv von Garmins Kopf weg, wo sie die dicke Beule betastet hatte, die von Beates Schlag mit einem Brett verursacht worden war. Hin und hergerissen zwischen ihrer Liebe zu Garmin und der Furcht vor dem Pilz kniete sie schluchzend am Boden und preßte die Hände vor den Mund. Meike zog das Mädchen hoch und schloß sie in die Arme.
"Nicht verzweifeln, Kathrin!" sagte sie leise und drückte die Zitternde an sich, "du darfst die Hoffnung nicht aufgeben! Guck mal, Boron hat doch gestern noch gesagt, er stünde kurz vor dem Durchbruch; bestimmt hat er es bald geschafft oder ist sogar jetzt schon soweit. Wenn ich Verbandszeug von ihm hole, kann ich ihn ja gleich danach fragen." Meike geleitete sie zu einem der Stühle, auf den Kathrin niedersank und den Kopf zwischen den Armen barg.

"Also, ich gehe jetzt; ich komme so schnell zurück, wie es geht. Bea, es ist vielleicht besser, wenn du Garmin irgendwie festbindest, damit er euch nichts anhaben kann, wenn er wieder zu sich kommt!"
Beate blickte sich sogleich nach geeignetem Material um, mit welchem sie Garmin fesseln konnte, während Meike die Tür öffnete, um zu Boron zu laufen. Doch sie verließ sie Hütte nicht, sondern wich mit einem Schreckenslaut zurück, die Tür hinter sich zuziehend.
"Was ist los, Meike?" wollte Lila wissen.
"Psst, nicht so laut! Ich weiß nicht genau, aber da liegen etliche Elfen bewegungslos herum, und es fliegen eine ganze Reihe unheimlich großer Wespen oder Hornissen zwischen den Bäumen umher!"
Lila und Beate eilten zum Fenster, und auch Kathrin schloß sich ihnen an.
"Großer Gott! Die sind ja fast so groß wie wir!" entfuhr es Lila. "Als wäre Urkalan wiederauferstanden und hätte von neuem solche Horrorkreaturen geschaffen!"
Einem plötzlichen Einfall folgend hielt Lila die Amethystscheibe, die Boron ihr gegeben hatte, vor das Auge. Als sie nun zwei der Wespen in ihr Blickfeld bekam, die sich vor dunklem Laub aufhielten, erkannte sie den die Insekten umgebenden Schimmer.
"Sie sind infiziert!" rief Lila erregt aus, "und alle, die sie ergreifen oder stechen, werden ebenfalls angesteckt! ... Oh nein! Sie haben Milla!!!"
Lilas Fingerzeig folgend konnten die Mädchen eine der Wespen sehen, die unterhalb des Einganges zu dem Baumhaus hing, in dem Lila und Camilla mit ihren Müttern wohnten. Das Tier hielt sich mit dem hintersten Beinpaar fest. Mit den vier anderen Beinen umklammerte sie die sich wild wehrende Camilla. Mit Grauen sahen sie dann, wie die Wespe ihren Hinterleib krümmte und ihren Stachel in dem Leib der Elfe versenkte. Camilla zuckte vor Schmerzen heftig zusammen und wehrte sich noch heftiger. Doch nur Sekunden später verkrampfte sich ihr Körper, um dann zu erschlaffen. Danach ließ das Insekt das Mädchen einfach fallen. Aus der großen Höhe des Baumhauses

taumelte die bewußtlose Elfe dem Boden entgegen. Zum Glück dämpfte das dichte Blattwerk auf dem Grund unter dem Baum wachsenden Krautes ihren langen Fall. Ansonsten hätte sie der Sturz vermutlich das Leben gekostet. Lila beobachtete das Geschehen mit hilflosem Entsetzen. Als die Wespe Camilla gestochen hatte, war es Lila, als spüre sie selbst den furchtbaren Schmerz. "Jetzt ist alles aus! Es ist alles zu spät!" flüsterte sie. Mit brennenden Augen verfolgten auch Meike, Beate und Kathrin, wie eine Elfe nach der anderen dem Angriff zum Opfer fiel. Etliche waren noch im Schlaf überrascht worden, aber auch die anderen entkamen den schnell fliegenden Angreifern nicht. Kathrin hatte die Hände zusammengepreßt und betete, daß wenigstens Boron entkommen mochte, doch sie hatte den Gedanken noch kaum zu Ende gedacht, als es auch den Arzt der Elfen traf. Er war zwar einer der letzten gewesen, aber auch er entging dem grausamen Schicksal nicht. Die meisten Wespen kümmerten sich nicht länger um ihre Opfer, sondern verschwanden oder suchten nach neuen Zielen.
"Das ist bestimmt Meliolanthas Werk!" meinte Lila verbittert, "niemand sonst wäre in der Lage, die Tiere derart zielgerichtet zu einem solchen Überfall zu veranlassen!"
"Höchstens dieses Pilzwesen selbst vielleicht noch", überlegte Meike "aber egal wer oder was es war, was wird jetzt aus uns? Über kurz oder lang haben sie auch uns gefunden. Spätestens wenn Meliolantha hierherkommt, ist es auch um uns geschehen. Hat jemand von euch eine Idee, wie wir hier ungesehen wegkommen?"
"Nee, ich hab' keinen blassen Schimmer!" zuckte Beate ihre Schultern und bemühte sich vergeblich, Ruhe auszustrahlen, doch ihre Stimme bebte vor Angst bei der Vorstellung, ebenfalls von diesem widerwärtigen Pilz durchdrungen zu werden, "wir könnten uns ja in dem kleinen Vorratskeller unter uns verstecken."
"Da finden sie uns auch, wenn sie uns suchen ..., hm, ja, WENN sie uns suchen! Ich habe da eine Idee!"

unterbrach sich Lila selbst, "hat jemand von euch was zum Schreiben da?"

"Ja, ich habe Papier und auch einen Stift", erklärte Kathrin, die immer wieder zu dem bewußtlosen Garmin sehen mußte, "aber warum sollen wir denn etwas schreiben, und wozu soll das gut sein?"

"Mach einfach! Aber schnell, ich glaube, Meli kommt auf die Hütte zu!"

Umständlich und mit ungeschickten, weil zitternden Fingern, kramte Kathrin die Schreibutensilien hervor, während Lila ungeduldig auf ihrer Unterlippe kaute.

"Schreib: 'Tut uns leid, daß wir uns nicht mehr verabschiedet haben, aber wir konnten nicht schlafen und sind schon heute Nacht aufgebrochen, um Hilfe zu holen. Bis bald!' Und dann unsere vier Namen. Hast du das alles, Kathy?"

"Moment, gleich! O.k., und jetzt?"

"Häng' es ans Fenster, nee warte, besser an die Tür! Gib mal her, ich mach das schon, ich bin nicht so groß und falle nicht so auf! Halt die Tür einen Spalt auf!"

Beate öffnete die Tür langsam eine Handbreit, und Lila lugte vorsichtig hinaus. Als sie sich einen Moment unbeobachtet wähnte, huschte sie hinaus und befestigte den Zettel in (Menschen) Augenhöhe an einem Holzsplitter, der aus der Tür ragte.

"So und jetzt schnell in den Keller und Daumen drücken, daß sie den Schrieb wahrnehmen und nicht genauer nachforschen!"

"Aber was ist mit Garmin? Wir können ihn doch nicht einfach so da liegen lassen!" klagte Kathrin.

"Doch, genau das müssen wir leider!" sagte Meike entschieden und zog Kathrin zu der kleinen Luke, die in den engen Vorratsraum hinabführte. "Im Augenblick können wir gar nichts für ihn tun!"

Widerstrebend folgte Kathrin Meike in das kühle, enge Versteck. Beate drehte noch einmal um, als Kathrin sie nicht mehr sehen konnte und schlug Garmin zu Lilas Entsetzen noch einmal das Brett über den Kopf.

"Warum hast du das gemacht? Hast du ihn erschlagen?!" wisperte sie verstört.

"Nein, ich habe ihn nicht erschlagen!" gab Beate ebenso leise zurück, "nur seine Betäubung erneuert. Damit er, falls er vielleicht doch etwas mitbekommen hat, uns nicht verraten kann!"
Draußen vor der Hütte waren Schritte zu vernehmen. Das mußte Meliolantha sein! Hastig ließ sich Beate in den Keller rutschen und schloß die Falltür, als auch Lila bei ihnen angelangt war.
"Jetzt heißt es beten!" flüsterte Meike. Die Mädchen faßten sich an den Händen. Oben verstummten die Schritte. Meike fühlte, wie sich Beates und Kathrins kalte, schweißnasse Hände um die ihren krampften. Jetzt wurde auch ihr vor Angst übel, als sie hörte, wie sich oben die Tür öffnete.
"Nein, nein, nein!" hörte Lila Kathrin dicht an ihrem Ohr hauchen. Ihr Herz setzte einen Schlag lang aus, als ein Tritt die Falltür vibrieren ließ und Sand in ihre Haare rieselte. Dann vernahmen sie Meliolanthas Stimme: "Mist, zu spät! Ach was soll's, so wichtig waren die auch nicht! Hauptsache, daß Boron erledigt ist."
Alle vier, die unter Meliolantha in dem dunklen Loch hockten, spürten eine deutliche Erleichterung nach diesen Worten, die allerdings sofort wieder in an Panik grenzende Angst umschlug, als die Zauberin ihr Selbstgespräch fortsetzte: "Oder sollte ich lieber mit meiner Kristallkugel nachspüren, wo die Mädchen sich aufhalten? ... Nein, das kostete mich zuviel Kraft; ich schicke ihnen ein paar Wespen nach. Sie können ja eigentlich nur auf dem Weg nach Hause sein."
An den Schritten konnten sie erkennen, daß Meliolantha die Hütte wieder verließ. Bei Garmin schien sie kurz stehenzubleiben, wahrscheinlich um nachzusehen, ob er noch lebte, dann ging sie hinaus. Unten in dem engen Keller gab es ein lautes Pusten und Keuchen, denn alle vier hatten die Luft angehalten, als Meliolantha in der Hütte war, und mußten jetzt wieder zu Atem kommen.
"Puh, das war knapp!" stöhnte Meike, "was für ein Glück, daß du den Einfall mit dem Zettel hattest, Lila!"

↑

"Wir sind noch längst nicht aus dem Schneider!" warnte
Beate, "wir müssen jetzt sofort hier heraus, bevor
Garmin zu sich kommt!" Sie hob die Klappe über sich
ein wenig an. "Die Luft ist rein, kommt!"
"Laßt uns lieber aus dem Hinterfenster steigen!" schlug
Meike vor, "das ist vom Dorf abgewandt, dort wird man
uns nicht so leicht sehen!"
So leise es ging, schlüpften sie aus dem Häuschen und
verbargen sich in dem dahinter anschließenden
Gesträuch. In ihrer Nähe bemerkten sie keines der
feindlichen Wesen, also krochen sie langsam zwischen
den Büschen fort, bis sie einigen Abstand gewonnen
hatten. Erst danach wagten sie es, sich aufzurichten
und zu laufen. Lila hatte sich bis dahin von Kathrin
tragen lassen, um kein verräterisches Summen der
Flügel hören zu lassen.
"Was meint ihr, wohin können wir uns denn nun
wenden?" stellte Beate die Frage, die sie alle innerlich
schon bewegt hatte.
"Auf jeden Fall nicht zurück zu uns nach Hause!" stellte
Meike klar, "denn in die Richtung wollte Meli ja die
Wespen schicken."
"Ich meine, wir sollten zur Hochebene, dort warten ja
auch noch Gnumba und Gezzo auf Hilfe", erinnerte Lila.
"Eine tolle Hilfe werden wir denen sein!" murmelte
Meike, "aber der Weg ist wohl so gut wie sonst
irgendeiner, außer, daß wir da dem Zentrum dieser
Pilzpest wieder näherkommen."
Da weder Beate noch Kathrin Einwände geltend
machten, führte Lila sie um das Dorf herum in Richtung
der Steilschlucht. Sie waren noch nicht allzuweit
gekommen, da stoppte Lila abrupt ab und schlug sich
mit der Hand vor die Stirn.
"Was ist, Lila, wieso fliegst du nicht weiter?" fragte
Kathrin überrascht, die als erste hinter Lila lief.
"Wartet mal kurz hier, ich habe etwas Wichtiges
vergessen! Ich bin gleich wieder da!"
Ehe sie noch weitere Fragen stellen konnten, flog Lila
zum Dorf zurück. Je näher sie kam, desto vorsichtiger
mußte sie sein, denn nun waren zwar die meisten

Wespen weg, aber dafür hatten fast alle Elfen das Bewußtsein wiedererlangt und waren für Lila fast ebenso gefährlich. Die letzten paar dutzend Meter lief sie zu Fuß, bis sie die Wurzeln der Eiche angelangt war, in dessen Krone sich Borons Haus befand. Den dicken Stamm als Deckung zwischen sich und dem Dorf belassend, flog Lila mit möglichst sachten Flügelschlägen hinauf. Ob Boron und Lavia im Haus waren? Sie lugte durch eines der Fenster. Drinnen war keine Bewegung auszumachen. Ganz vorsichtig arbeitete sich die kleine Elfe zur Vorderfront des Hauses vor, in der sich die Tür befand. Doch dort konnte sie nicht hinein, denn diese Hausseite lag zu offen im Blickfeld der im Dorf befindlichen Elfen. Nacheinander probierte sie die Fenster auf der Rückseite, aber leider waren alle geschlossen. Lila war der Verzweiflung nahe; warum mußte denn nur immer alles schief laufen! Eilig ließ sie sich auf den Boden herabsinken und suchte rasch die Umgebung ab. Dann hatte sie gefunden, wonach sie gesucht hatte: Einen scharfkantigen Stein, mit dem in der Faust sie binnen kurzem erneut an einem der Fenster auftauchte. Ohne lange zu zögern, schlug sie die Scheibe ein. Das Scheppern war unangenehm laut, und einige der Scherben fielen am Baum hinab und schlugen unten klirrend auf. Lila hielt die Luft an. Wenn das nur keiner gehört hatte! Sollte sich entgegen ihren Hoffnungen jemand im Haus aufhalten, hätte er es nicht überhören können. Doch nichts regte sich. Lila öffnete das Fenster und schlüpfte hinein. Sie war im Labor gelandet; um sie herum hörte sie das Rascheln und Fiepen der Versuchsmäuse. Sie sah sich suchend um. Nein hier gab es keinen Schreibtisch! Also lief sie in den nächsten Raum. Ja, dort war der mit allerlei Krimskrams überladene Schreibtisch Borons. Und da stand auch die kleine Flasche, von der Boron ihr vergangene Nacht erzählt hatte. Zum Glück gab es nur diese eine Flasche hier, sonst hätte sie nicht gewußt, welche sie mitnehmen sollte! Lila schnappte sich das kleine gläserne Behältnis und wollte das Haus auf gleichem Wege verlassen, wie sie gekommen war, da hörte sie, wie die Tür geöffnet wurde.

" ... es baldigst vernichten!"

"Genau, bevor es IHR gefährlich wird!"

Das waren Boron und Lavia! Lila rannte zum Fenster hinter dem Schreibtisch, riß es auf und sprang hinaus. Bis kurz über dem Boden ließ sie sich einfach fallen, bevor sie die Flügel ausbreitete und zwischen den niederen Pflanzen davonjagte. Völlig aus der Puste kam sie bei ihren Freundinnen an.

"Kommt, schnell, wir müssen weg! Es kann sein, daß ich verfolgt werde!"

Die Mädchen sprangen auf und liefen hinter Lila her.

"Wo warst du denn?"

"Was hast du überhaupt gemacht?"

"Was ist das für'n Fläschchen, was du da mitgebracht hast?"

"Immer mit der Ruhe, eines nach dem anderen! Ich muß erst einmal wieder richtig zu Atem kommen, dann erzähl ich es euch!"

Nachdem sie eine gute halbe Stunde in hohem Tempo unterwegs gewesen waren und sich an jeder geeigneten Stelle umgesehen hatten, ob sie verfolgt wurden, waren sie sich einigermaßen sicher, vorläufig entkommen zu sein.

"Ich brauch' jetzt glaub' ich mal 'ne Pause!" schnaufte Meike kurzatmig und erntete von allen Seiten Zustimmung. Da sie sich gerade auf einer weiten Wiese befanden, wo sie die Annäherung eventueller Feinde sofort sehen konnten, ließen sie sich einfach da, wo sie standen, in das weiche Gras fallen.

"Puh, das tut gut!" gähnte Beate und streckte sich, "nun erzähl aber mal, was du da vorhin so Heimliches gemacht hast, Lil!"

Bereitwillig berichtete Lila von ihrem Treffen in der Nacht mit Boron, was dieser ihr von seinen Forschungsergebnissen erzählt hatte, wie sie dann in sein Haus eingedrungen und schließlich glücklich entkommen war.

"Und das hier", präsentierte sie die unscheinbare kleine braune Flasche, "das ist das Einzige, was uns noch vor diesem Alptraum retten könnte!"
"Wenn wir doch Garmin etwas davon geben könnten!" Kathrin seufzte, "ich wünschte, er wäre wieder bei mir!" Doch dann schüttelte sie etwas zweifelnd den Kopf und schränkte ein: "Sagen wir mal, ich wünschte, er wäre zumindest wieder gesund; ob ich ihn wirklich bei mir haben möchte, nach dem, wie er sich zuletzt verhalten hat ... ?"
"Typisch Jungs!" meinte Meike, "die können wohl nicht anders, als hinter allen Mädchen her zu sein! Ich hatte ganz kurz auch mal einen Freund, der war genauso, da hatte ich dann auch ganz schnell keine Lust mehr!"
"Wißt ihr was?" wechselte Beate das Thema, "wir sind ganz schöne Trollos!"
"Wieso?"
"Weil wir uns in dem Vorratskeller versteckt hatten und dann, schlau und vorausschauend wie wir sind, überhaupt nichts zum Essen oder Trinken daraus mitgenommen haben!"
"Ach du ahnst es nicht! Stimmt; sind wir blöd!"
"Zumindest etwas zu essen wäre nicht schlecht gewesen. Zu trinken gibt es hier ja eigentlich genug saubere Bäche."
"Ich hoffe du, hast recht, Kathy! Aber wenn darin vielleicht auch Pilzfäden oder -sporen herumtreiben?"
"Oh nee! Mußtest du das unbedingt sagen?" rief Kathrin, "jetzt traue ich mich überhaupt nicht mehr, das Wasser zu trinken!"
"Ich glaube, in der Schlucht sind ein paar Quellen", steuerte Lila bei, "ich bin sicher, daß wir da, wo sie aus den Felsen kommen, ruhig daraus trinken dürfen."
"Na ein Glück! Ich habe schon nur vom Denken daran einen trockenen Mund bekommen! Raffen wir uns auf, ich habe wirklich Durst!" Kathrin erhob sich, und die anderen folgten ihrem Beispiel. Schon weniger als eine Viertelstunde darauf hatten sie den Einschnitt vor sich und begannen mit dem anstrengenden Aufstieg über die senkrechten Felsabstürze. Je höher sie kamen,

desto häufiger mußten sie von der Idealroute abweichen, weil ihnen von dem Pilz befallene Pflanzen den Weg versperrten. Als sie die schwierigste und kräfteraubendste Stelle, die fast hundert Meter hohe Steilwand in der Mitte der Schlucht, hinter sich hatten, führte Lila ihre Gefährtinnen zu einer Nische in der Seitenwand der Schlucht, wo ein kleiner klarer Quell zwischen den Felsen entsprang. Da in der näheren Umgebung keine Anzeichen des Pilzes zu sehen waren, tranken alle vier gierig von dem kühlen Naß. Danach ging es erfrischt und mit neuem Mut weiter.
"Was willst du denn jetzt mit den Viren anstellen, Lila? Hast du dir da schon etwas überlegt?"
"Nur so ungefähr, Meike. Boron hat zu mir gesagt, daß die einzige erfolgversprechende Chance sei, die Viren im Gehirnzentrum des Pilzes auszubringen, weil ansonsten die Menge nicht ausreicht, oder so ähnlich. Also werden wir, oder zumindest ich, dort unten in diese unterirdische Stadt hinabmüssen, um das Zeug dort über den Pilz zu schütten. Jedenfalls hoffe ich, daß es so und nicht anders gemacht werden muß."
"Wir kommen natürlich mit", sagte Kathrin sofort, "wir lassen dich doch jetzt nicht allein! Schließlich ist es ja genauso auch in unserem Interesse, daß diesem Ungeheuer der Garaus gemacht wird."
Bevor die Gruppe sich daran machte, die vorletzte Gesteinsstufe zu erklimmen, machten sie noch eine kurze Verschnaufpause an einem weiteren klaren Quellteich in der Schlucht.
"Zu dumm, daß wir nicht einmal ein Gefäß dabei haben, um etwas von dem Wasser mitnehmen zu können!" ärgerte sich Meike und beugte sich über den felsigen Rand des Teiches, der am Abfluß eine ziemlich starke Strömung aufwies. Das ließ darauf schließen, daß auch die Quelle recht groß war. Meike wollte sich schon abwenden, da stutzte sie einen Moment und starrte konzentriert auf den Grund des Tümpels. Hatte dort nicht etwas geblinkt? Es war schwierig, etwas Genaues zu erkennen, weil die Reflexe der von der bewegten Wasseroberfläche gebrochenen Sonnenstrahlen Licht-

176

flecken in verschiedensten Formen über den Grund
tanzen ließen. Da, da war es wieder! Meike langte mit
dem Arm hinunter, doch das Wasser verzerrte die
Perspektive: Es war wesentlich tiefer, als Meike gedacht
hatte, und sie konnte den Boden mit der Hand nicht
erreichen. Kurz zögerte sie. Lohnte es, sich naß zu
machen? 'Ach, was soll's', dachte sie bei sich, 'ich
werde bei dem Wetter ja schnell wieder trocken.' Sie
zog ihr T-Shirt aus, ignorierte die verwunderten Blicke
ihrer Gefährtinnen, legte sich auf dem Bauch ganz dicht
an den Rand und tauchte mit Kopf und Oberkörper in
das kalte Wasser. Sie hatte sich vorher die Stelle
gemerkt, an welcher ihr das Blinken aufgefallen war
und fand sie schnell wieder. Sie nahm das kleine Teil
zwischen die Finger und tauchte schnell wieder auf.
"Brr, ist das eisig!"
"Hast du irgendwelche Anfälle geistiger Umnachtung,
oder wolltest du uns nur beweisen, wie abgehärtet du
bist?" fragte Beate spöttisch.
"Bla, bla, bla! Sehr witzig! Ich hatte da etwas entdeckt
und wollte halt sehen, was es ist." Meike öffnete die
Hand und betrachtete das Fundstück. Es war ein
winziges, goldenes Rosenblatt.
"He, das kenne ich!" rief Lila aufgeregt, "das stammt
von einer Armkette, die Gnumba in der Stadt gefunden
hat. Da, wo ich auch diesen Ring herhabe", sie zeigte
auf das Schmuckstück, welches sie am Band um den
Hals trug, "Gnumba muß es sich wahrscheinlich in der
Höhle unten, ohne es zu merken, abgerissen haben."
"Dann muß diese Quelle eine Verbindung zu der
unterirdischen Stadt haben", schlußfolgerte Kathrin.
"Das ist gut möglich", stimmte Lila zu, "in der Höhle
gab es einige kleinere Seen und dann auch noch eine
ganz, ganz tiefe Spalte."
"Vielleicht ... ?"
"Was vielleicht, Meike?"
"Ach, nichts, war nur so 'ne Schnapsidee. Geh'n wir
weiter!"
Sie überwanden die letzten Kletterstücke und
marschierten dann in flottem Tempo über die kahle

Hochebene auf den rechts in der Ferne sichtbaren Waldstreifen zu. Zwischendurch hatten sie überlegt, ob sie direkt zu der Ruinenstadt laufen sollten, doch war Lila der Meinung, man könne die beiden Gumben nicht länger im Ungewissen lassen. Zudem war es Gezzo, der am sichersten in der Lage schien, sie zum 'Kopf' des Pilzwesens zu führen. Überdies hatten sie bei dem Gumbendorf die Möglichkeit, etwas zu trinken, und vielleicht gab es gar Gefäße, in denen sie Wasser mitnehmen konnten. Als sie den Waldrand erreicht hatten, mußten sie zu ihrem Unbehagen feststellen, daß ein Großteil der Bäume und Büsche mit grauem Gespinst überzogen war.

"Iiihh!" rief Lila und zeigte auf eine knorrige Verdickung an einem der größeren Bäume, "das ist das gleiche, wie an dem Überhang, wo wir von Gezzo getrennt wurden. Wenn man dagegen kommt, bricht es auf, die grüne Pampe quillt 'raus und Fäden schießen nach allen Seiten!"

"Bäh, da geh' ich ganz bestimmt nicht rein!" sträubte sich Kathrin.

"Da bist du nicht die einzige!" schüttelte sich auch Beate, "da kriegen mich keine zehn Pferde hinein!"

"Ich schätze, darauf ist keiner von uns scharf", sagte Lila, "wir können am Rand, außerhalb des Waldes, entlanggehen und dann erst kurz vor dem Gumbendorf abbiegen."

"O.k., aber nur, wenn es dort nicht genauso schlimm aussieht!"

Müde von dem langen, anstrengenden Weg liefen sie unter der brennenden Sonne neben den schattenspendenden, aber todbringenden Bäumen einher.

"Bald müßten wir eigentlich in den Wald abbiegen", informierte Lila und sah frustriert in das undurchdringliche Geflecht der Fäden, die sich überall kreuz und quer zwischen Ästen und Zweigen spannten. Auch der sonst so angenehme Geruch des Waldes war einem stickigen, übelriechenden Muff gewichen.

"Tja, das können wir wohl vergessen", stellte Beate fest, "und wenn Gnumba und Gezzo sich tatsächlich noch dort befinden, was ich nicht glaube, sind sie sowieso verloren."

"So eine hundsgemeine Sch... !" rief Lila wütend, "ich hatte soviel Hoffnung auf Gezzo gesetzt! Er hatte uns gesagt, daß zumindest eine der Höhlen, die diese Würmer gegraben haben, direkt zum Zentrum des Pilzes führt."

"Ach so! Und da wolltest du rein?" Beate machte ein bedenkliches Gesicht, "ich war ja schon einmal mit Gnumba in solch einer Höhle, das müßte ich nicht noch einmal haben! Diese Röhren sind so eng, daß man dauernd damit rechnen muß, steckenzubleiben. Ich wäre letztes Mal um ein Haar erstickt! Und wenn man dann auch noch einem dieser Würmer begegnet ... . Nee, lieber nicht!"

Lila sah ihre Freundin gequält an: "Aber irgendwie müssen wir doch da hinunterkommen, und die Wege, die wir in der Stadt kannten, sind auch alle zugewuchert."

"Da haben wir ein echtes Problem!" stöhnte Meike, "und an das Wasser bei dem Gumbendorf kommen wir nun auch nicht mehr heran. Und das bei dem Brand, den ich habe!"

"'Was zwischen die Zähne wäre auch nicht schlecht, sonst komme ich nicht mehr allzu viel weiter. Mmmh, so'n richtig schönen kühlen, saftigen Apfelkuchen und 'ne eiskalte Cola, das wär's!"

"Hör auf, Kathy!" Meike preßte sich die Hände auf die Ohren, "mir läuft schon total das nicht mehr vorhandene Wasser im Mund zusammen!"

"Ich finde, wir suchen uns erst einmal eine schattige Stelle, wenn es hier so etwas überhaupt gibt, ruhen uns aus und überlegen dabei, wie es weitergehen soll", schlug Beate vor.

"Ich schau mal, ob ich etwas finde. Solange könnt ihr schon mal eure müden Beine erholen."

Lila startete und flog in größerer Höhe ein paar Kreise, bis sie eine kleinere Ansammlung von Felsen gefunden hatte, die wenigstens ein bißchen Schatten

versprachen. Sie führte die drei dorthin, wo sie sich sogleich im Schutz der Steine ausstreckten.
"Wie ist es nun? Hat eine von euch einen Vorschlag, wie wir in die unterirdischen Gänge kommen, ohne gleich ein Teil von ... ? He, hallo, ich rede mit euch!"
"Gib dir keine Mühe, Lila!" lächelte Kathrin, "die pennen schon! Das würde mir wahrscheinlich kaum anders ergehen, wenn ich nicht dauernd an Garmin denken müßte. Wie es dem Armen geht? Ob sich das schrecklich anfühlt, mit diesem Pilz in sich? Oder merkt man gar nichts davon, wenn es erst einmal geschehen ist?"
"Ich weiß nicht. Ich stelle es mir lieber nicht vor!"
"Weißt du was? Ich finde, wir sollten versuchen, auch ein bißchen zu schlafen. Ich glaube nicht, daß uns hier Gefahr droht, und etwas besprechen oder machen können wir so oder so erst, wenn Meike und Bea wieder wach sind."
"Du hast recht, Kathy, versuchen wir es."
Und tatsächlich gelang es Lila, und wenig später sogar Kathrin, einzuschlafen.

16

Die Anstrengungen und Aufregungen der letzten Tage und Stunden zeigten Wirkung: Als Kathrin als erste der vier die Augen aufschlug, konnte sie an den Schatten sehen, daß sie mehrere Stunden geschlafen haben mußten. Sie rüttelte ihre Freundinnen wach.
"Wie wär's, wenn ihr auch irgendwann einmal wieder aufstehen würdet? Ich bin schon seit Stunden auf!"
"Klar doch!" spöttelte Meike, die sich auf die Ellenbogen aufgestützt hatte und Kathrin ins Gesicht sah, "schade nur, daß man die Abdrücke der Steine, auf denen du gepennt hast, auf deiner Backe noch sehen kann! ... Wange meine ich natürlich, du Träne!" setzte sie hinzu, als Kathrin ostentativ nach hinten an sich herabsah.
"War ja auch nur 'n Scherz", gab Kathrin zu, "aber wir haben wirklich ziemlich lange geschlafen und sollten allmählich zusehen, daß wir mit unserer Aufgabe weitermachen!"
"Ein wahres Wort!" gähnte Beate, "hast du denn inzwischen die Erleuchtung gehabt, wie wir an unser Ziel gelangen sollen?"
Kathrin schüttelte bedauernd den Kopf: "Dazu ist mir leider nichts eingefallen. Aber ich war ja auch noch nie hier und kenne darum die Wege und Örtlichkeiten gar nicht."
"Ach ja, stimmt, dann müssen wir anderen drei uns wohl darüber die Köpfe zerbrechen!"
"Vielleicht sollten wir es doch mit dem Haupteingang versuchen", meinte Lila unsicher, "mir fällt nichts anderes Gescheites ein!"
"Aber du hast doch erzählt, daß schon ihr vier, du, Milla, Gnumba und Gezzo, da schon kaum durchgekommen seid, und wir sind um ein Vielfaches größer. Außerdem ist das mittlerweile ja auch schon eine geraume Zeit her, so daß der Gang jetzt bestimmt völlig zu ist."
"Dann weiß ich auch nicht weiter! Könntet ihr den Weg nicht mit irgendetwas, zum Beispiel Stöcken oder so, freimachen?"

"Nee, ganz sicher nicht!" rief Kathrin, "wenn das so dicht ist, kann man da nicht nah herangehen! Ich erinnere mich noch, wie schnell diese Fäden waren, als ich meinen Schuh verloren habe. So schnell können wir das Zeug gar nicht wegkriegen, wie die Fäden uns einspinnen würden!"
"Vielleicht mit Feuer!" grübelte Beate.
"Oh, oh, unsere Pyromanin spricht!" bemerkte Meike, "aber so 'n Feuer kann ja manchmal richtig Wirkung zeigen, wenn ich an den Wald denke, den du letztesmal abgefackelt hast!"
"Dann laß dir doch was Besseres einfallen!"
"Ich weiß nicht", schaltete sich Lila ein, "ich halte die Idee gar nicht für so schlecht! Wenn jede von euch einen Arm voll Holz mitnimmt und wir es vor der Sperre da unten aufstapeln und anzünden, könnte ich mir vorstellen, daß wir den Weg damit freikriegen könnten."
Nach einigem hin und her einigten sich die Mädchen darauf, den Versuch zu wagen. Sie gingen zum Waldrand zurück und sammelten soviel totes Holz zusammen, wie sie erreichen konnten, ohne dem Pilzgespinst zu nahe zu kommen, und machten sich dann schwerbepackt auf den Marsch zu der Ruinenstadt. Zuerst hatten sie noch überlegt, erst dort Brennmaterial zu sammeln, aber einerseits wuchs dort noch nie sehr viel und andererseits wußten sie nicht, inwieweit das, was sie dort an Brennbarem finden würden, bereits von dem Pilz bewachsen war. Lila flog ein Stück voraus, hoch über ihnen, um sie rechtzeitig warnen zu können, sollte sich eine Gefahr nähern. Schon nach den ersten paar hundert Metern war Beate gar nicht mehr sicher, ob ihre Idee wirklich so gut gewesen war, denn die Last der Äste und Zweige auf ihren Schultern wog schwer und drückte unangenehm hart. Immer wieder wechselte sie ihr Bündel von einer Seite auf die andere, ohne auch nur einen Hauch von Erleichterung zu verspüren. Der Schweiß lief ihr in die Augen, die dadurch noch mehr brannten als ohnehin schon. Von den Holzstücken bröselten Sand, Staub und Rindenstücke, die ihr in Augen, Ohren und in die Haare

fielen. Die Kopfhaut begann zu jucken; am liebsten hätte sie sich gekratzt, zumal sie den Verdacht hegte, daß nicht nur totes Material auf ihren Kopf fiel, sondern sich dort mittlerweile vermutlich auch einige Spinnen, Käfer oder Zecken tummelten. Plötzlich schreckte sie auf: Beinahe wäre sie auf Meike aufgelaufen, die offenbar die gleichen Probleme beschäftigten, denn sie hatte bei dem Versuch, sich zu kratzen, ihr Holz nicht festhalten können, zu Boden fallen lassen und mußte alles mühsam wieder einsammeln. Auch Kathrin war stehengeblieben. Beate hörte ihr Keuchen und einen halb unterdrückten Fluch. Endlich hatte Meike ihr Holz wieder zusammen und taumelte weiter. Beate schien es, als seien Ewigkeiten vergangen, als sie Lila heranfliegen hörte. Ah, dann waren sie wahrscheinlich fast da!
"Ihr habt schon die Hälfte hinter euch!" hörte sie die zarte Stimme der Elfe. Oh nein! Die Hälfte erst?! Das würde sie nie durchhalten!
"Ich kann nicht mehr!" drang Kathrins Jammern wie durch einen dichten Schleier in ihr Bewußtsein. Doch keine von ihnen blieb stehen; verbissen kämpften sie sich durch die Gluthitze des Sommertages. Dann, als Beate ihren Körper schon kaum mehr fühlte und sie glaubte, sich zu keinem weiteren Schritt mehr zwingen zu können, bemerkte sie in den Augenwinkeln die ersten Ruinen. Am liebsten hätte sie vor Erleichterung geweint, aber ihr ausgetrockneter Körper gab keine Flüssigkeit mehr her.
"Wartet mal einen Moment hier, ich fliege vor und sehe nach, ob die Luft rein ist."
Keines der drei Mädchen antwortete; fast synchron sanken sie nieder und ließen ihre Lasten fallen.
"Ich glaub', nochmal krieg ich das Zeug nicht hoch", flüsterte Kathrin mit heiserer Stimme.
Meike hob müde den Kopf: "Ich schätze, ich krieg mich nicht mal selber wieder hoch! Ich muß unbedingt 'was zu trinken haben!"
"Nnn ...... !" Resigniert schüttelte Beate den Kopf. Ihre Kehle war trocken und schmerzte so stark, daß sie kein

Wort herausbrachte. Kathrin ließ sich flach auf den Rücken fallen. Mit dieser kaputten, demoralisierten Truppe wollten sie den Pilz besiegen?! Sie biß sich auf die Lippen. Einmal noch zusammenreißen, sonst war Garmin verloren und sie wahrscheinlich auch. Kathrin zwang sich hoch; bliebe sie jetzt länger liegen, hätte sie nicht mehr den Willen, aufzustehen. Da kam Lila auch schon wieder.
"Die Luft scheint rein, ich habe niemanden bemerkt!"
"Bea, Meike, bitte kommt hoch, noch ein einziges Mal!" flehte Kathrin, "wir schaffen es, los!"
Wortlos quälten sich die Angesprochenen auf die Füße, griffen je einen Teil des Brennholzes und schlurften hinter Kathrin her. Lila führte sie um einige Mauerreste und durch kaum noch erkennbare Straßenzüge bis zu einem verfallenen Haus neben dem Sockel dessen, was ehedem ein Turm gewesen sein mochte.
"So, ab hier geht es nach unten", sagte Lila, "habt ihr Taschenlampen oder so etwas?"
"Oh nein, ich habe meine liegenlassen!" rief Meike erschrocken.
"Ich hab' meine noch!"
"Ich auch!"
Wieder mußten sie ihr Holz niederlegen, diesmal, um die Lampen hervorzuholen. Mit den Taschenlampen in der Hand konnten sie nicht alles Holz wieder aufnehmen, aber das, was sie mitnahmen, sollte eigentlich reichen. Mit jedem Meter, den sie tiefer kamen, wurde die Luft kühler und brachte ihren sonnenverbrannten, erhitzten Körpern Linderung. Ihre Zuversicht wuchs allmählich, allerdings nicht sehr lange, dann beunruhigte sie das immer stärker werdende fluoreszierende Schimmern der Pilzflecken an den Wänden. Ein paar dutzend Meter weiter tauchten auch die ersten Fäden auf, die von der Decke hingen. Die Mädchen mit ihrer Last wichen ihnen aus, so gut es ging, bis Lila sie stoppte.
"Weiter geht es nicht, da paßt ihr nicht mehr durch!"
Von ihrem Standort aus war auch schon der Riß in der Wand zu erkennen, aus dem die dicke grüne Masse

quoll. Dort war der Gang inzwischen so zugewachsen, daß selbst die Gumben oder Elfen keinesfalls mehr unbeschadet hindurchgekommen wären.
"Und wie sollen wir das Holz jetzt dicht genug an diese Stelle heranbekommen?" wollte Meike wissen.
"Wir müssen es werfen", entschied Beate, "hoffentlich gehen die Flammen beim Wurf nicht immer aus!"
"Na dann los!" Kathrin warf ihren ersten Stock in Richtung der lebenden Barriere. Der Wurf war zu kurz, und das Holz blieb auf halber Strecke liegen.
"Mist, ich hab' einfach nicht mehr genug Kraft!"
Jetzt probierten es auch Meike und Beate. Ihre Versuche fielen schon besser aus, und die Äste, die die Wand aus Fäden trafen, sorgten dort für erheblichen Aufruhr. Die Mädchen warfen jetzt immer abwechselnd, wobei sie jedes dritte Stück Holz vorher anzündeten. Zwar erloschen etliche durch den Luftzug des Wurfes, aber es kamen noch genug brennend an, um auch das schon dort liegende Holz in Brand zu setzen. Es zischte und qualmte an dem Pilz, und die leuchtende Masse versuchte, den Flammen zu entgehen, doch war sie dafür nicht beweglich genug.
"Ich glaube, es funktioniert!" rief Lila und klatschte erfreut in die Hände.
"Scheint so", krächzte Kathrin, "aber nicht schnell genug; bis das weggebrannt ist, sind wir erstickt!"
Der Rauch des Feuers breitete sich immer schneller in dem Gang aus, so daß die vier sich eilig zurückzogen, um nicht von den dichten Schwaden vergiftet zu werden.
"Lassen wir es brennen", hustete Beate, "wenn sich der Rauch verzogen hat, gehen wir wieder hinein und durch."
Hastig stolperten sie die Treppen hinauf, bis sie der verqualmten Unterwelt entflohen waren und sich draußen schweratmend an eine der stehengebliebenen Hausmauern lehnten. Es dauerte über eineinhalb Stunden, bis der Rauch sich soweit verflüchtigt hatte, daß sie glaubten, es wagen zu können, die Gänge erneut zu betreten. Hier draußen war die Sonne

inzwischen untergegangen, und ein letzter rötlicher Schimmer tauchte die Ruinen in ein unheimliches Licht. Es kostete die drei Menschenmädchen immer mehr Überwindung, sich zum Weitergehen zu zwingen, denn sie waren überanstrengt und hatten seit vielen Stunden nichts gegessen oder getrunken. Der rauchige Gestank war immer noch überwältigend stark und mit absoluter Sicherheit alles andere als gesund, aber diesen Gedanken verdrängten sie vorerst. Gleich mußten sie die Stelle erreicht haben, wie sie an den rußgeschwärzten Wänden und Decken erkannten. Dann kam der Schock: Hinter den hier und da noch glühenden Holzresten verschloß eine zwar angebrannte und geschwärzte, aber immer noch absolut undurchdringliche Mauer aus Pilzgeflecht den Weg! Zutiefst deprimiert sahen sich Lila, Meike und Beate an, während Kathrin vor ihnen in die Knie sank und immer wieder in hilfloser Verzweiflung den Kopf schüttelte.
"Das war's dann ja wohl!" murmelte Beate, "schmeiß die Flasche doch gleich hier in den Pilz! Ist doch eh alles egal!"
Lila selbst war so frustriert, daß sie das Fläschchen mit den Viren tatsächlich beinahe weggeworfen hätte. Sie hatte schon zum Wurf ausgeholt, als sie sich darüber klar wurde, daß sie damit endgültig die letzte Rettungsmöglichkeit vernichtet und sich selber aufgegeben hätten.
"Nein, wir dürfen nicht aufgeben!" knirschte Lila mit zusammengebissenen Zähnen, "das sind wir uns, unseren Freunden und Verwandten schuldig!"
"Du hast ja recht, Lila! Aber was sollen, was können wir denn noch tun?!" stimmte Meike leise zu, "höchstens, ganz vielleicht ... "
"Ja, was denn? Du hast schon mal so eine Andeutung gemacht, Meike! Nun rück schon raus damit!"
"Wahrscheinlich wird es gar nicht gehen."
"Trotzdem! Ich will es jetzt wissen!"
"Also, na gut. Mir ist die Idee gekommen, als wir bei der einen Quelle in der Schlucht waren, weißt du, wo ich dieses kleine goldene Rosenblatt gefunden habe; da

dachte ich, ob man nicht vielleicht da hindurchtauchen, und so in die Höhle gelangen könnte, von der du erzählt hast."

"Au weia, Meike, das ist aber wirklich eine fabelhafte Idee!" entsetzte sich Beate, "wie willst du denn herauskriegen, wie weit man da tauchen muß? Das kann ja theoretisch kilometerlang sein! Oder willst du uns vorher ein U-Boot bauen?"

"Manno, mir steht der Sinn jetzt nicht nach doofen Scherzen!" ärgerte sich Meike, "ich hab' ja gesagt, daß es vermutlich sowieso nicht geht, aber Lila wollte es ja unbedingt wissen!"

"Wir sollten den Einfall nicht gleich von vornherein verwerfen!" mischte sich Kathrin ein, die sich aus ihrer Lethargie befreit hatte, "wir müssen auch die abwegigsten und unmöglichsten Lösungen in Betracht ziehen. Ich finde, es könnte einen Versuch wert sein. Wir können ja dort ein kleines Stück hineintauchen - nur so weit, daß es uns auch noch möglich ist umzukehren - und nachsehen, ob eine Chance besteht, da durchzukommen."

"Na, wenn du meinst! Obwohl ich glaube, daß ich, bis wir da sind, gar nicht mehr die Kraft habe, überhaupt noch einen Zug unter Wasser zu machen."

"Ich finde, das überlegen wir alles lieber, wenn wir dort sind; erstmal sollten wir uns hier aus dem Staub machen", warf Lila ein, "abgesehen davon, daß die Luft hier drin mir Hals und Lunge verätzt, kommt auch dies Scheusal wieder angekrochen!" Sie zeigte auf aus der verkohlten Masse hervordringende Auswüchse, die sich in ihre Richtung orientierten und schnell näherkamen. Zusätzlich fühlten die Mädchen erste Anzeichen der psychischen Beeinflussung durch den Pilz, der sie am Fortgehen hindern wollte. So beeilten sie sich, Abstand zu gewinnen, ehe die Kraft des Wesens zuviel Macht über ihre Gedanken bekam.

"Wenn wir gleich hinausgehen, müssen wir äußerst vorsichtig sein!" warnte Lila, "der Pilz hat unsere Gegenwart gespürt, und es könnte sein, daß er

irgendwelche Wesen hinter uns herschickt, die unter seiner Kontrolle stehen."
Unterdessen schwanden die Kräfte der Jugendlichen zusehends, so daß es ihnen bereits schwerfiel, die letzten Stufen der langen Treppe hinaufzugelangen. Als sie letztlich in die laue Nacht hinaustraten, zitterten Kathrin die Beine vor Schwäche. Auch Meike und Beate schien es, folgte man ihren unsicheren Bewegungen, nicht besser zu ergehen.
"Jetzt ein weiches Bett, und dann vierundzwanzig Stunden durchschlafen!" seufzte Meike.
"Ja, und vorher noch ein großes Buffet!"
Einen großen Teil der folgenden Stunden, die sie sich über die Hochebene schleppten, drehten sich ihre Gespräche um Essen, Trinken und Schlafen. Schließlich aber verstummte eine nach der anderen, weil ihnen selbst das Sprechen zu anstrengend erschien. Sie brauchten dieses Mal erheblich länger als sonst für die gleiche Strecke und erreichten die Schlucht erst, als sich schon der nächste Morgen mit dem ersten Licht ankündigte. Von einer Verfolgung hatten sie bis dato nichts bemerkt. Mit weichen Knien machten sie sich ohne weitere Pause an den Abstieg zu dem Quellteich, angespornt von dem Gedanken, endlich etwas trinken zu können. Es zeigte sich schnell, daß hier nun Gefahren lauerten, mit denen sie nicht gerechnet hatten, denn bedingt durch ihre Schwäche, hatten die drei alles andere als sicheren Halt an den steilen Felsen, und mehr als einmal geriet die eine oder andere ins Rutschen, so daß man von Glück sagen konnte, als sie alle halbwegs wohlbehalten auf der Stufe angekommen waren, wo sich der besagte Teich befand. An dessen Ufer ließen sie sich erschöpft fallen und tranken das kalte Wasser in langen Zügen.
"Puh, bevor wir da hineintauchen, muß ich mich erstmal ein bißchen ausruhen", ächzte Kathrin und rieb sich die schmerzenden Füße. Die Sandalen waren nicht eben das geeignetste Schuhwerk für derartige Gewalttouren, aber ihre anderen Schuhe hatte sie ja an den Pilz verloren. Beate hatte ihre Schuhe auch ausgezogen und

kühlte ihre mit dicken Blasen an Zehen und Hacken bedeckten Füße.

"Schade, daß wir unsere Pferde nicht bei uns hatten", sagte Meike, "dann ginge es uns mit Sicherheit erheblich besser!"

"Sagt mal, da fällt mir gerade etwas ein ", fing Lila an, "... bööaps, äh, Tschuldigung, das kam vom vielen Wasser; was ich fragen wollte: Wie wollen wir da unten denn etwas sehen? Oder sind eure Lampen wasserdicht?"

"Also, meine ist wasserdicht", stellte Beate klar.

Kathrin kramte ihre Taschenlampe hervor und betrachtete sie eingehend. "Ich denke, die hier dürfte auch dicht sein. Wart mal, ich probiere es lieber einmal aus." Sie knipste die Lampe an und hielt sie ins Wasser. "Kein Problem, sie funktioniert!"

"Wer von euch gibt mir denn mal seine Taschenlampe?" fragte Meike, "ich tauche erst einmal alleine, bevor wir uns alle in Gefahr begeben, schließlich war es ja auch meine Idee."

"Wenn du unbedingt willst!" Beate reichte ihrer Freundin die Lampe, "möchtest du dich nicht lieber auch noch ein bißchen ausruhen?"

"Nö, mir geht's schon wieder besser. Nur Bauchschmerzen habe ich bekommen - bestimmt habe ich zu schnell zu viel von dem kalten Wasser getrunken."

Mit noch recht müden Bewegungen zog sie Schuhe, Strümpfe und die staubigen Jeans aus und stieg in das wunderbar klare Wasser.

"Hhh, hhh, ist das eisig!" japste Meike, obwohl sie doch erst bis knapp über die Waden naß geworden war. Mit winzigen Schritten ging sie ganz langsam tiefer. Dann beugte sie zaghaft die Knie, bis Oberschenkel und Po naß wurden.

"Oh nee!" bibberte sie und kam ein Stück wieder aus dem Wasser heraus, "das ist dermaßen schweinekalt, das hält man ja nicht aus!"

"Warmduscherin, hä?!" feixte Beate, "stell dich man nicht so an!"

"Geh doch selber!" rief Meike und tauchte die Hände ein, als wolle sie Beate naßspritzen. So müde und schlapp diese gerade noch gewirkt hatte, so quicklebendig fuhr sie nun hoch und sprang ein paar Schritte beiseite.
"Untersteh dich! Ich könnte einen Schock bekommen!"
"Fast olympiareif!" kommentierte Meike trocken und unternahm ihren zweiten Abkühlungsversuch. Diesmal überwand sie sich und tauchte kurz mit dem Kopf unter. Bevor sie richtig tauchte, kam sie aber noch einmal hoch und schnappte hektisch nach Luft.
"Könnt euch schon drauf freuen, das ist so kalt, daß es den Kopf zusammenzieht und einem die Luft nimmt!"
Sie atmete ein paarmal tief durch, dann warf sie sich nach vorn und schwamm mit kräftigen langen Zügen unter den Fels. Es war nicht einfach, gut zu sehen, denn Meike hatte die Taschenlampe in der Hand und deshalb schwenkte der Lichtkegel bei jedem Schwimmzug wild hin und her. Über sich sah sie nur Felsen. Erst ein ganzes Stück weiter schien sich die Decke zu heben. Sollte sie es riskieren? Das Unangenehme dabei war, daß sie auch noch gegen die nicht unerhebliche Strömung anschwimmen mußte. Ihre Angst niederkämpfend, arbeitete das junge Mädchen weiter vor. Endlich kam sie an die Stelle, an der die sich Höhlendecke nach oben zurückwich. Meike machte einen kräftigen Armzug nach oben ... und prallte hart mit dem Kopf gegen die Felsen. Ihr Herz begann in Panik zu rasen. Sie wußte, daß sie sich zu sehr verausgabt hatte und es nicht zurück schaffen würde. Sie schob sich noch ein bißchen vor, dort schien sich eine Wölbung über die Wasseroberfläche zu heben. Zu ihrem Glück hatte sie sich nicht getäuscht; allerdings war es nur ein kleiner Hohlraum, in welchem sich eine große Luftblase gesammelt hatte. Zumindest konnte sie hier soviel einatmen, um zurücktauchen zu können. Einen Augenblick lang hielt sich Meike dort noch fest, um ihren Puls etwas zu beruhigen, dann tauchte sie erneut unter. Bevor sie sich auf den Rückweg machte, glitt ihr Blick noch einmal tiefer in die

Höhle hinein. Waren das nicht Luftblasen, die da hinten von einem Strudel an einem Felsvorsprung in die Tiefe gezogen wurden? Dann müßte sie dort eigentlich auch auftauchen können. Meike schätze die Strecke ab, bevor sie noch einmal in die Luftblase über sich zurückkehrte, um mehr Luft zu schöpfen. Sie spürte, daß sie sich beeilen mußte, denn ihre Gliedmaßen wurden von der Kälte allmählich gefühllos. Mit kräftigem Beinschub drückte sie sich an den Felsen ab und schwamm so schnell es die Gegenströmung erlaubte, auf den Strudel zu. 'Bitte, Gott, gib, daß ich dort auftauchen kann!' schickte sie ein Stoßgebet gen Himmel. Sie atmete einen Teil der Luft aus, weil der Auftrieb sie ständig gegen die Decke drückte. Jetzt kam sie besser voran. Der Strahl der Taschenlampe glitt an der Decke entlang und fuhr dann ins Leere. Meike tauchte auf. Diesmal war es nicht nur eine Luftblase, sondern eine geräumige Höhle, die sich nach hinten im Dunkel verlor. Meike schwamm noch ein paar Züge, bis sie eine Stelle fand, wo sie aus dem Wasser klettern konnte. Erst nach mehreren Versuchen gelang es ihr, mit den steifen Fingern genug Halt an den glitschigen Steinen zu finden, um sich hochzuziehen. Dann hockte sie bibbernd auf den teilweise scharfkantigen Felsen. Wenn sie hier wirklich weiter hinein wollten, mußten sie unbedingt die Schuhe anbehalten, ansonsten würden sie sich binnen kurzem die Fußsohlen aufgerissen haben. Meike fror erbärmlich. Die Lufttemperatur hier in der Höhle war kaum höher als die des Wassers und nicht dazu angetan, ihrem Körper die Wärme zurückzugeben. Meike stand auf und überlegte, ob sie die Höhle noch ein Stück weit erkunden sollte, ob dort nicht vielleicht ein weiterer Siphon den Weg versperrte. Doch schließlich entschied sie sich dagegen: Abgesehen davon, daß sie dabei ihre Füße vermutlich so zerschneiden würde, daß sie hernach selbst in Schuhen kaum laufen könnte, wollte sie die anderen auch nicht zu lange warten lassen. Sie ließ sich ins Wasser gleiten, atmete tief durch und tauchte los. Zurück, stellte sie fest, war es wesentlich einfacher, weil die Strömung sie unterstützte und sie nun die Strecke auch kannte. Meike stoppte diesmal bei der Luftblase auch nicht ab, sondern legte die ganze Strecke an einem Stück zurück. Um sie wurde es hell. Erleichtert durchbrach sie die Wasseroberfläche und schwamm ans Ufer. Sofort waren Beate und Kathrin zur Stelle und halfen ihr heraus.

"Iieeh, bist du kalt!" rief Beate und zog die Hände weg, "regelrecht frigide!" grinste sie, "guckt euch bloß mal ihre blauen Lippen an!"

"Die Fingernägel auch!" stellte Lila fest.

"Nun erzähl doch mal!" drängte Kathrin, "kommen wir da durch?"

"Ich hoffe es!" Meike beschrieb, was sie durch ihren Tauchgang in Erfahrung gebracht hatte.

"Dann nichts wie los, würde ich sagen!"

"Immer mit der Ruhe! Ich fände es nicht schlecht, wenn ich mich zuvor erst wieder aufwärmen könnte! Und wenn wir dann loslegen, denkt daran, eure Schuhe anzulassen. Ohne die kommen wir da drinnen nicht weit!"

"Ich glaube, ich behalte alles an", überlegte Beate, "dann muß ich in der Höhle nicht so frieren."

"Hm, ich schätze, mit der Jeans an könntest du Probleme kriegen, die Tauchstrecke zu schaffen", gab Meike zu bedenken, "und frieren wirst du in den nassen Klamotten genauso. Ich jedenfalls werde meine Hose hierlassen!"

"Was ist mir dir, Lila?" wollte Kathrin wissen, "du wirst da ja nicht alleine durchtauchen können. Willst du dich bei mir am T-Shirt festhalten?"

Lila nickte. Ihr war gar nicht wohl bei dem Gedanken, da unter Wasser derart hilflos auf die anderen angewiesen zu sein, doch eine andere Möglichkeit gab es nicht.

"Ach ja, noch 'was", fiel Meike ein, "diese Luftblase, von der ich euch erzählt habe, ist nicht sehr groß; es kann immer nur eine zur Zeit darin atmen. Das heißt, daß wir in Abständen durchmüssen, damit wir uns nicht in die Quere kommen!" Meike beschrieb ihnen noch einmal

genau die Lage der Blase. "Ich werde als erste tauchen, dann könnt ihr euch an mir orientieren."
"Meike?"
"Ja, Bea?"
"Wenn du durch bist, leuchtest du mir dann? Ich habe keine Lampe."
"Ach ja, richtig, ich habe ja deine. Klar, ich werde dir richtig heimleuchten!"
Die Mädchen lachten mehr über diesen spärlichen Witz, als sie es sonst getan hätten. Im Augenblick war alles recht, sich von der Angst vor dem riskanten Tauchgang abzulenken.
"Eigentlich gut, daß Garmin jetzt nicht da ist", sagte Kathrin und verzog das Gesicht zu einem schmerzlichen Grinsen.
Lila schaute überrascht auf: "Wieso?"
"Du mußt dir nur Meike ansehen, dann weißt du, was ich meine!"
Lila sah zu Meike hinüber und diese blickte auch selbst an sich hinunter und mußte lachen. Das durch die Nässe ziemlich durchsichtig gewordene T-Shirt klebte an ihrem Körper und offenbarte mehr, als es verbarg.
"Sexy, sexy!" schmunzelte Beate.
"Nun ist's aber auch gut!" Meike zog den nassen Stoff vom Körper weg, "außerdem seht ihr gleich nicht anders aus, dafür möchte ich wetten!"
Mit einigem Unbehagen bereiteten sich jetzt Kathrin und Beate auf das bevorstehende Erlebnis vor. Sie entledigten sich ihrer Hosen und zogen anschließend ihre Schuhe an, was Meike inzwischen ebenfalls getan hatte. Dann hieß es, sich abzukühlen. Dabei mußten sie vorsichtig sein, da sie von der anstrengenden Tour und der mittlerweile höherstehenden Sonne erhitzt waren.
"Bibber, wie hast du das bloß ausgehalten, Meike?!" rief Lila schlotternd, als sie sich bis zur Brust ins Wasser hatte gleiten lassen, "das ist ja tödlich!"
Sie nahm ihren Mut zusammen und tauchte den Kopf unter. sofort riß sie ihn wieder hoch, japste nach Luft und rieb sich die eisige Stirn. Beate und Kathrin ließen es wesentlich langsamer angehen und kühlten sich

Zentimeter für Zentimeter ab. Meike dagegen machte nicht viel Federlesen und sprang mit einem Satz in den Quellteich.

"Du alte Sau!" kreischte Beate, und auch Kathrin stand verkrampft mit aufgerissenen Augen da, als der kalte Schwall sie im Rücken traf. Lila lachte laut auf, als sie die Gesichter der beiden sah. Ihr hatte es nichts mehr ausgemacht, da sie ja schon komplett untergetaucht war. Der Vorteil von Meikes Aktion war, daß der Gewöhnungsvorgang nun erheblich beschleunigt wurde, denn Kathrin und Beate zögerten nicht mehr länger und ließen sich auch ganz untersinken. Einmal noch tauchten sie alle gemeinsam auf.

"Alles klar bei euch?"

"Ja, Meike, und vergiß nicht, mir zu leuchten!"

"Nein, nein, bestimmt nicht! Und ihr, denkt daran: Im Abstand von etwa zehn Sekunden, damit die Voranschwimmende genügend Zeit findet, zwischendrin zu atmen!" Mit diesen Worten knipste Meike die Taschenlampe an, tauchte ab und schwamm los. Beate zählte laut bis zehn und hechtete dann hinter ihrer Freundin her. Lila flog auf Kathrins Schulter und klammerte sich hinten an den Ausschnitt ihres Shirts. "Kathy, denk mal mit dran, daß du mir bei dieser Luftblase ein bißchen Platz läßt, damit ich auch Luft kriege, o.k.?"

Kathrin nickte und bewegte in stummem Gebet die Lippen. Dann ließ auch sie sich ins Wasser gleiten und schwamm, sich zu ruhigen Zügen zwingend, los. Es war schlimmer als erwartet, denn die Strömung war stärker, als sie es nach Meikes Beschreibung gedacht hatte. Kathrin mußte alle Kraft aufwenden, um überhaupt vernünftig vorwärts zu kommen. Wie hatte Meike das bloß geschafft, ging ihr durch den Kopf, die sah doch auch nicht kräftiger aus! Weit vor sich sah sie Meikes Licht und dazwischen Beate, als sich hektisch bewegenden Schatten. Das war ja noch unendlich weit! Das konnte man doch gar nicht schaffen! Sie holte das letzte aus sich heraus, der Druck auf ihrer Lunge wuchs, und der Drang zu atmen wurde übermächtig.

Da endlich tauchte die kleine Wölbung in der Decke auf. Ungestüm reckte sie ihren Kopf in die Luft, die schon ziemlich verbraucht schien, denn so heftig sie auch atmete, stellte sich doch keine allzugroße Linderung des Sauerstoffmangels ein. Plötzlich hörte sie neben ihrem Ohr ein würgendes Prusten. Ach du Schreck, ja, Lila! Sie rückte ein Stück zur Seite.
"Tut mir leid, Lil, war nicht mit Absicht!" keuchte Kathrin.
"Schon gut, ich lebe ja noch."
"Können wir weiter? Die Luft hier bringt's nicht mehr so recht."
"Meinetwegen!"
Lila ergriff wieder den Rand des T-Shirts, und Kathrin tauchte unter. Der Auftrieb drückte sie gegen die Felsen, und sie hatte alle Mühe, sich vorwärtszukämpfen. Nach etlichen bangen Sekunden, die Kathrin vorkamen wie Minuten, hatte sie es geschafft und tauchte bei Beate und Meike auf, die sie festhielten, damit sie nicht wieder unterging.
"Meine Güte, hast du lange gebraucht, wir hatten uns schon Sorgen ... !"
"Halt mal Beate! Du, Kathy, wo ist denn Lila?!!!"
Kathrin zuckte zusammen und griff nach hinten, aber von Lila keine Spur.
"Eben war sie doch noch da! Lilaaaa!" schrie sie und leuchtete nach hinten. Doch die Wasseroberfläche war leer.
"In der Luftblase war sie noch bei mir!" schluchzte Kathrin.
"Ich tauche zurück und suche sie!" rief Meike, "wartet hier, ich komme gleich wieder!"
Mit einem Kopfsprung tauchte sie unter und schwamm mit der Strömung zu ihrem Zwischenstop. Schon von unten konnte sie Lilas Beine sehen, sie war also noch am Leben, sonst hätte das Wasser sie schon weggetrieben. Meike stemmte sich gegen die Strömung, tauchte bei Lila auf und blickte in das aufgelöste Gesicht der kleinen Elfe.
"Was ist passiert, Lil, wieso warst du nicht bei Kathrin?"

"War ich ja", brachte Lila hervor, "aber Kathy ist so weit oben geschwommen, da bin ich gegen die Decke gestoßen und habe den Halt verloren. Ich konnte mich nur noch so gerade eben hier am Rand festhalten, sonst wäre ich bestimmt ertrunken!"
"Ich geb mir Mühe, tiefer zu schwimmen!" versicherte Meike, "halt dich gut fest!"
Lila klammerte sich mit aller Kraft an Meikes Hemd fest, als diese das letzte Stück zum mittlerweile fünften Mal zurücklegte. Die Freude Beates und ganz besonders Kathrins kannte kaum Grenzen, als Meike Lila am Ufer des unterirdischen Flusses absetzte.
"Ich finde, wir sollten keine längere Pause machen", sagte Meike und schlug die Arme um den Oberkörper, "wir müssen sehen, daß wir durch Bewegung wieder warm werden."
Frierend stapften die Mädchen neben dem unterirdischen Wasserlauf entlang. Manchmal waren sie gezwungen, hinderliche Gesteinsblöcke zu überklettern. Dabei wurde ihnen ein bißchen wärmer, was aber nicht lange vorhielt, da sie einige Abschnitte im hier brusttiefen Wasser zurücklegen mußten. Dann kamen sie an eine Barriere aus mächtigen Versturzblöcken, die nur so kleine Lücken offenließen, daß ein Mensch unmöglich darüberhin oder zwischendurch klettern konnte. Auch der Wasserweg war blockiert, es sei denn, sie wollten wieder tauchen. Meike ließ sich auf den Grund sinken und leuchtete unter den Felsen hindurch.
"Ich kann nicht erkennen, wie weit es ist", sagte sie achselzuckend, als sie wieder hochkam, "wollen wir es trotzdem versuchen oder lieber umkehren?"
"Ich könnte ja einmal zwischen den Felsen durchkriechen", schlug Lila vor, "vielleicht kann ich erkennen, wie weit ihr tauchen müßtet, und ob es überhaupt weitergeht."
"Versuch es, Lila", meinte Kathrin, "auf jeden Fall aber muß es ziemlich schnell weitergehen, sonst krepieren wir an Unterkühlung."
Lila flog zu den übereinandergetürmten Brocken, ließ sich von Kathrin die eine Taschenlampe heraufreichen

und suchte sich mühsam einen Weg zwischen den Blöcken hindurch. Selbst für die nur sechzehn Zentimeter große Elfe war es an mehreren Stellen kaum möglich, sich voranzuarbeiten, zumal sie aufpassen mußte, ihre zarten Flügel nicht zu verletzen. Lila stöhnte gequält, als sie sich zwischen zwei Felsen hindurchquetschte und dabei ihre Bauchverletzungen, die von dem gestrigen Sturz in die Scherben des Glases herrührten, an den scharfen Graten der Steine aufriß. Trotz der schier unerträglichen Schmerzen kroch sie weiter, wobei sie die Taschenlampe vor sich herschob. Lila fühlte das warme Blut an sich herunterlaufen und stellte sich vor, wie sie hier zwischen den Felsen schwächer und schwächer wurde, bis sie nicht mehr weiterkonnte und keines der Mädchen ihr würde helfen können. Das durfte nicht passieren! Sie biß die Zähne zusammen und kämpfte sich vorwärts. Plötzlich verlor sich der Strahl der Taschenlampe im Dunkel einer weitläufigeren Höhle und sie rutschte von Lila fort. Die kleine Elfe versuchte zwar noch, sie festzuhalten, aber ihre blutverschmierten Hände rutschten an dem glatten Metall ab, und die Lampe fiel sich überschlagend in die Tiefe. Dort unten klatschte sie aufspritzend in das dunkle Wasser eines größeren Sees und sank auf den etwa zweieinhalb Meter tiefen Grund, wo sie brennend liegenblieb. Lila atmete auf; wäre die Taschenlampe auf einen der Felsen getroffen, wäre sie nun zerstört.
"Kathy!!?"
Lilas Stimme hallte in dem großen Gewölbe, und ein mehrfaches Echo drang an ihr Ohr.
"Kaaaathy, Beaaate, Meikeee!"
"Lilaa?"
Die Antwort klang schwach und verzerrt.
"Ihr könnt durchtauchen, es ist nicht weit!"
"Waaas?"
"Ihr ... könnt ... durch- ... tau- ... chen, ... es ... ist ... nicht ... weit!"
"Okeeeee, ... verstandeeeen!"
Erschöpft kletterte Lila nach unten und hockte sich an das Ufer des Höhlensees. Sie preßte beide Hände auf

ihren Bauch, um nicht noch mehr Blut zu verlieren, und starrte zu der versunkenen Taschenlampe hinab. Wenig später erschien ein zweiter Lichtfleck, der sich hin und herbewegte, dann tauchte Meike auf, die auch diesmal wieder die Vorreiterin gemacht hatte. Sie atmete ein paarmal tief durch und tauchte erneut ab, um den beiden anderen den Weg zu leuchten. Zwei Minuten darauf waren sie wieder glücklich vereint. Meike leuchtete nun zu Lila hinüber, die noch immer bewegungslos und zusammengekrümmt auf dem kalten Stein saß.
"Was ist mit dir, Lil?" fragte sie besorgt und trat näher. Dabei sah sie im Schein der Taschenlampe das Blut, welches unter Lilas Händen hervorquoll, an den Beinen herablief und schon eine große Lache zu ihren Füßen bildete.
"Ach du Scheiße!" entfuhr es ihr, "wie ist das denn passiert?! Zeig mal her!
Oh nein, die ganzen Wunden wieder aufgerissen!"
Nach dem sie den ersten Schock überwunden hatte, riß Kathrin, die bei Meikes Schreckensruf hinzugetreten war, einen schmalen Streifen Stoff von ihrem T-Shirt und verband die tiefklaffenden Schnitte in Lilas Bauch damit, nachdem sie sie mit klaren Wasser ausgewaschen hatte.
"So, und jetzt strengst du dich vorläufig nicht mehr an! Ich werde dich tragen. Hast du große Schmerzen?"
Lila nickte, im Augenblick zu keinem Wort fähig.
"Schaffst du es, dich eine kurze Zeit auf meinem Kopf festzuhalten? Wir können um den See nicht herumgehen, die Ufer sind zu steil, also müssen wir schwimmen."
Noch einmal nickte Lila, und Kathrin setzte sie auf ihren Kopf, wo sich die Elfe an den Haaren festhielt. Kathrin ließ sich ganz langsam ins Wasser rutschen und schwamm dem jenseitigen Ufer zu, wobei sie bemüht war, ihren Kopf so ruhig wie möglich zu halten. Beate und Meike schwammen zu ihren Seiten, beleuchteten den Weg und achteten darauf, daß Lila nicht herunterfiel. Schon ein ganzes Stück, bevor der See zu

Ende war, stieß Kathrins Knie gegen den Grund. Ab hier war das Wasser so seicht, daß sie waten konnten. Kathrin nahm Lila herunter und setzte sie auf ihre Hand. So war es wesentlich leichter für Lila, die der Blutverlust stark geschwächt hatte und die sich kaum selbst auf Kathrins Kopf hatte halten können. Endlich standen sie wieder auf dem Trockenen. Ab hier gab es auch keinen Wasserlauf mehr, also mußte der Zufluß irgendwo unter der Oberfläche liegen. Die Mädchen nutzten die Gelegenheit, noch einmal ausgiebig zu trinken, bevor sie dem weiteren Verlauf der Höhle folgten.

"Jetzt müßte man nur wirklich wissen, wo man ist, und wo man hin muß!" murmelte Meike vor sich hin.

"Wir können nur hoffen, daß diese Höhle auch dahin führt, wohin wir wollen", gab Lila ihren Zweifeln mit schwacher Stimme Ausdruck, "denn das goldene Blatt, daß Meike gefunden hat, muß ja irgendwie aus dieser unterseeischen Quelle gekommen sein, da Gnumba und wir anderen an diesem See gar nicht gewesen sind."

"Oh je, auch das noch! Das hat uns noch gefehlt, daß wir diese elende Taucherei ganz umsonst gemacht haben!" ärgerte sich Kathrin.

"Wartet's doch erst einmal ab, ich bin ziemlich sicher, daß wir schon einen Weg finden werden", beruhigte Beate die anderen, aber nicht zuletzt auch sich selbst. Sie waren nach dem letzten Tauchgang schon rund zwei Stunden unterwegs gewesen, ohne daß sie Abzweigungen oder Anzeichen, daß sie auf dem richtigen Weg waren, gefunden hätten.

"So allmählich müßte mal etwas passieren", meinte denn auch Meike mit Blick auf ihre zusehends schwächer werdende Taschenlampe, "denn erstens haben wir bald kein Licht mehr und zweitens kann ich mich auch nicht mehr allzulange auf den Beinen halten!"

Beate reagierte, indem sie ihre Taschenlampe ausschaltete. "Meine Güte, daran hätten wir unbedingt eher denken müssen!"

Müde trotteten sie weiter. Plötzlich hob Lila den Kopf. "Ich glaube, wir kommen der Sache schon näher", sagte sie und drehte sich herum.
"Wie kommst du darauf?"
"Ich rieche diesen fauligen Gestank, der von dem Pilz ausgeht", erklärte Lila.
"Hoffen wir, daß du recht hast, obwohl das ja nicht viel heißen muß: Den Pilz riechen und einen nicht versperrten Weg zu seinem 'Gehirn' finden, sind zwei Paar Schuhe!" gab Meike zu bedenken.
Lila sank enttäuscht in sich zusammen; Meike hatte Recht, es war sicherlich kein Grund zu verfrühter Hoffnung. Wie oft schon hatten sie nicht weitergekonnt, nachdem sie diesen Geruch wahrgenommen hatten! Als sie so wieder rücklings auf Kathrins Hand lag, registrierte sie, daß sich das Höhlenprofil änderte. Die Decke wich immer weiter nach oben zurück, bis sie eine schmale Spalte über sich hatten, deren oberes Ende nicht zu sehen war, weil ihr Licht so weit nicht reichte. Gleichzeitig sank die Temperatur noch mehr. Hatte sie schon zuvor nur etwa acht bis neun Grad betragen, näherte sie sich jetzt bedenklich dem Gefrierpunkt. Die Mädchen in ihren nassen Hemden und mit den bloßen Beinen froren entsetzlich. Nach so langer Zeit voller Anstrengungen und ohne Essen, hatten sie keine Reserven mehr. Zu allem Überfluß wurde die Spalte immer enger und verzweigte sich schließlich in zig Verästelungen, von denen keine einzige begehbar war. Mutlos sanken die Teenager zu Boden. Passend zu ihrer Stimmung erlosch nur wenige Sekunden später Meikes Lampe; es war alles aus!

17

Lila fühlte die Kälte durch Kathrins Hand dringen. Sie hatte Lila mit dieser bedeckt, damit das verletzte Elfenmädchen nicht noch mehr leiden mußte. Doch jetzt sank Kathrins Körpertemperatur, und ihre Hand strahlte praktisch keine Wärme mehr aus. Lila schob die steifen, kalten Finger beiseite. Sie mußte ihre Freundinnen aufrütteln. Schliefen sie jetzt ein, würden sie unweigerlich erfrieren! Aber wie sollte sie das anstellen? Womit konnte sie neue Hoffnung wecken, wo sie doch selbst keine mehr hatte? Da fiel ihr plötzlich ein, was Gezzo von seinem Weg zu dem Pilzzentrum erzählt hatte.

"Hey, Bea! Deine Taschenlampe geht doch noch, oder?"

"Ich denke schon", antwortete Beate matt und knipste die Lampe an, "wozu brauchst du denn jetzt noch Licht?"

"Gezzo hatte mir berichtet, er sei auf dem Weg zur Pilzmitte in eine Spalte geklettert, in der es extrem kalt gewesen sei. Schon deshalb sei er in das von ihm in der Wand der Spalte gefundene Wurmloch eingestiegen. Vielleicht sind wir ja in dieser besagten Spalte. Und da Gezzo am Spaltenende hinabgestiegen war, könnte sich der Gang irgendwo direkt über uns befinden. Leuchte doch mal die Wände da oben ab!"

Während Beate Lilas Vorschlag mit zitternden Händen folgte, regten sich auch Meike und Kathrin, die sich schon praktisch in ihr Schicksal ergeben hatten. Nach längerer, zuerst erfolgloser Suche erfaßte der unruhige Lichtstrahl weit über ihren Köpfen wirklich eine düstere Öffnung. Jetzt, wo sie wußten, um was es sich vermutlich handelte, erklärten sich auch die Stein- und Erdbrocken, die nur unterhalb dieser Öffnung auf dem Höhlenboden zu sehen waren. Aufgeregt mühten sich die Mädchen hoch.

"Das ist es!" rief Kathrin, "aber wie sollen wir da hochkommen? Ich fühle meine Finger und Zehen schon lange nicht mehr!"

Das war tatsächlich ein gravierendes Problem, zumal die senkrechten Wände nur wenige und sehr schmale Griff- oder Trittmöglichkeiten aufwiesen.
"Geht mir genauso, aber egal, es muß einfach gehen!" machte sich Meike selber Mut und trat an die Felsen heran, um sofort mit dem Aufstieg zu beginnen. Bereits nach den ersten Griffen merkte sie, daß es noch schlimmer war als befürchtet, denn nicht nur, daß sie kaum noch Kraft hatte, zuzugreifen und sich hochzuziehen oder -zuschieben, konnte sie die Stellen, an denen sie sich festhalten konnte, nicht einmal ertasten, da die Finger nahezu gefühllos waren. Deshalb ließ sich auch kaum beurteilen, ob der Griff fest genug war. Mehrfach glitten ihre Finger ab. Meike spürte nicht einmal, daß sie zwei ihrer Nägel abbrach und sich mehrere Fingerkuppen aufriß. Wie in Trance schob sie sich mit dem Mut der Verzweiflung immer höher, bis ihre Hände zu ihrer eigenen Überraschung über den Rand des Wurmloches glitten. Völlig geschafft und mit schwindelndem Kopf ließ sie sich in dem Gang fallen. Hier drinnen war es deutlich wärmer als in der Spalte, und ganz langsam erwachten ihre Lebensgeister wieder. Sie kroch an den Rand zurück, um die anderen zu rufen, doch das war nicht mehr nötig; Beate hatte es schon ebenfalls fast geschafft. Meike reichte ihr die Hand und half ihr über die Kante. Lila hatte es trotz ihrer Schwäche und der Schmerzen vorgezogen, heraufzufliegen, so daß nur noch Kathrin fehlte, die sich gerade erst mit den ersten Griffen weit unter ihnen abmühte. Plötzlich verlor sie den Halt, rutschte ab und stürzte hintenüber auf die harten Felsen.
"Kathy! Ist dir etwas passiert? Hast du dir weh getan?" schrie Lila hinunter. Kathrin bewegte sich. Stöhnend setzte sie sich auf.
"Nein, ich glaube, ich bin noch ganz!"
Sie erhob sich und wollte zur Wand treten. Doch da knickte sie mit einem Aufschrei ein.
"Au! Ich glaub' ich hab' mir den Knöchel gebrochen oder verstaucht!"

Beate, Meike und Lila sahen sich entsetzt an: Das hatte ihnen gerade noch gefehlt! Was nun?

Unten kroch Kathrin wieder zur Felswand und kämpfte sich, unbeholfen mit den beiden Händen und einem Bein die spärlichen Tritte nutzend, Zentimeter um Zentimeter nach oben. Ein klägliches Bild des Jammers!

"Wenn wir doch nur ein Seil hätten!" flüsterte Beate und verfolgte ängstlich mit brennenden Augen Kathrins qualvollen Aufstieg. Wie durch ein Wunder schaffte Kathrin selbst diese Tortour. Meike und Beate halfen ihr über das letzte Stück, so weit sie eben reichen konnten. Oben nahm Meike Kathrin in die Arme.

"Das war 'ne Leistung!" sagte sie, "die macht dir garantiert keiner nach!"

Kathrin schnupfte und biß die Zähne zusammen, als Beate ihren Knöchel betastete.

"Wird schon dick!" stellte Beate besorgt fest, "damit wirst du wohl längere Zeit nicht laufen können."

"Spielt doch keine Rolle", grinste Kathrin schief, "in diesem Tunnel kann man ja sowieso nur kriechen."

"Dann gehen wir es am besten gleich an", schlug Meike vor, "ich krieche mit Lila voran, dann du, Kathy, und Bea macht den Abschluß. Ist euch das recht?"

Da niemand Einwände hatte, begann Meike in den Gang hineinzukrabbeln. Sie ließ es bewußt langsam angehen, damit die gehandicapte Kathrin auch auf jeden Fall folgen konnte. Lila hielt sich auf Meikes Rücken fest, da der Tunnel nach oben dafür noch genügend Platz bot. Sie alle waren äußerst angespannt, denn im Gegensatz zu Gezzo wäre es ihnen nicht möglich, einem Wurm, der diesen Gang benutzte, auszuweichen. Doch ausnahmsweise schien das Glück einmal auf ihrer Seite zu sein; nichts regte sich, und kein Geräusch ließ eine Begegnung fürchten. Einziger Anlaß zur Sorge war Beates Taschenlampe, die auch nicht mehr mit voller Helligkeit brannte und immerhin ihre letzte Lichtquelle war. Aber die Mädchen wußten ja von Gezzo, daß sie in absehbarer Zeit wieder auf das Leuchten des Pilzes zählen konnten. Für Kathrin war es ein schlimmer Weg, denn obwohl sie ihren linken Fuß nicht direkt einsetzte,

blieben die heftigen Schmerzen im Knöchel nicht aus, was ihren Befürchtungen, dieser könnte gebrochen sein, neue Nahrung gab. Als zusätzliches Übel stellte sich die Beschaffenheit des Ganges heraus, dessen Wandungen aus relativ lockerem Material bestanden. Das führte dazu, das bei jeder kleinsten Erschütterung Sand und Erde auf sie herabrieselte, sich in ihren nassen Haaren und feuchten T-Shirts und Slips festsetzte und dort unangenehm scheuerte. Auch die Knie mußten einiges einstecken, da sie ihre langen Hosen gezwungenermaßen an dem Quellteich hatten zurücklassen müssen. So waren sie schon nach kurzer Zeit arg zerschunden, denn es befanden sich auch viele spitze und scharfkantige Steine im Boden. Endlich erreichten sie die Gabelung, an welcher Gezzo zum ersten Mal den Schimmer des Pilzes bemerkt hatte. Dort schaltete Meike die Taschenlampe aus, um die Energie zu sparen, und nach kurzer Pause, die ihre Augen brauchten, um sich an die neuen Lichtverhältnisse zu gewöhnen, schoben sie sich den rechten Gang hinunter. Das fluoreszierende Licht wurde zunehmend heller, als sie sich dem alten Labor näherten. Schon konnten Meike und Lila das Ende des Ganges erkennen. 'Bloß jetzt nicht noch so einen Wurm, der in den Gang hineinkriecht!' schoß es Meike durch den Kopf, als sie sich etwas quabbeliges, weißes an der Tunnelöffnung vorbeigleiten sah. Noch waren sie nicht bemerkt worden, und Meike schob sich langsam weiter vor. Ehe sie den Rand ganz erreicht hatte, fühlte sie eine Berührung am Fuß.
"Meike!" hörte sie Kathrin fast unhörbar hauchen. Sie hielt inne und drehte sich, soweit das möglich war, zu Kathrin um.
"Was ist denn?"
"Hast du schon mal darüber nachgedacht, wie wir wegkommen sollen, wenn Lila die Viren ausgebracht hat? Durch das Labor können wir nicht, denn die Viren brauchen Tage, wenn nicht gar Wochen, um den Pilz fertigzumachen und in diesem Gang kommen wir nur

ganz langsam zurück, weil wir uns nicht umdrehen können!"

"Dammich, da hast du nicht ganz unrecht! Aber was sollen wir denn machen?"

Da schaltete sich Lila ein: "Ich denke, das schaffe ich alleine. Ihr kriecht rückwärts bis zu der Gabelung, dort könnt ihr euch umdrehen, dann macht ihr euch auf den Rückweg zur Spalte. Ich warte, bis ihr genug Vorsprung habt, und komme dann nach."

"Glaubst du wirklich, du bist dafür noch kräftig genug, nach dem Blutverlust?" erkundigte sich Kathrin besorgt.

"Ich schaff' das schon," versicherte Lila, "es gibt keine andere Lösung!"

"Wir drücken dir die Daumen, Lila! Viel Glück!"

Lila sprang von Meikes Rücken hinab. Obwohl sie die Landung mit den Flügeln abbremste, verursachte selbst diese leichte Erschütterung bereits heftige Schmerzen in ihren Wunden. Mit größter Selbstbeherrschung gelang es Lila, ihre Gesichtszüge unter Kontrolle zu behalten, damit ihre Freundinnen es sich nicht doch noch anders überlegten. Sie zwang sich zu einem Lächeln und winkte den dreien, die begannen, sich langsam rückwärts zu entfernen. Als Lila sie nicht mehr sehen konnte, wandte sie sich dem Labor zu. Vorsichtshalber öffnete sie schon einmal die kleine Flasche, falls sie gleich entdeckt und angegriffen werden sollte und aus diesem Grund keine Zeit mehr dazu finden würde. Jetzt lugte sie um die Kante des Ganges in den von der leuchtenden Pilzmasse erhellten Raum. Der Anblick der eingesponnenen Gumben versetzte ihr einen ziemlichen Schock, obwohl sie im Prinzip darauf vorbereitet gewesen war. Doch davon hören und es real vor sich zu haben, war schon ein gewaltiger Unterschied. Und als Lila dann auch noch erst Killy und dann Gnumba und Gezzo unter den Opfern erblickte, war es um ihre Selbstbeherrschung fast geschehen. Sie mußte sich abwenden und tief durchatmen, um nicht vor Verzweiflung loszuschreien. Plötzlich spürte sie das ihr schon bekannte und ebenso verhaßte mentale Vortasten des Pilzes. Noch war es ungezielt und diffus, aber das Wesen hatte offensichtlich ihre Anwesenheit registriert. Jetzt war schnellstes Handeln erforderlich: Bräche die psychische Kraft des Pilzes erst mit voller Kraft über sie herein, bedeutete das völlige Handlungsunfähigkeit. Das hieß, ab sofort verbot sich langsames, vorsichtiges Vorgehen; nur noch Schnelligkeit war gefragt. Bevor Lila sich nun in die Luft erhob, benetzte sie ihren Zeigefinger mit der Virenflüssigkeit und leckte ihn anschließend ab. Sie hoffte, daß die Viren sie möglichst schnell befreien würden, denn ein Entkommen schien nicht mehr möglich. Lila sprang vom Rand des Ganges ab und flog in das völlig vom Pilz in Anspruch genommene Labor. Ihr Ziel war die fette Hauptmasse des Wesens, die pulsierend und sich wie von Atemzügen bewegend, dicht vor den eingesponnenen Gefangenen befand. Die kleine Elfe hatte kaum die ersten Flügelschläge getan, als sie die überwältigende Macht des Wesens, daß sie nun 'geortet' hatte, zu spüren bekam. Ihr Kopf begann heftigst zu schmerzen, und betäubendes Dröhnen und Rauschen in den Ohren ließ sie schwindeln. Lila schrie in Panik, näherte sich aber trotzdem weiter ihrem Ziel. Da wurde sie abrupt herumgerissen - in ihrer stark beeinträchtigten Wahrnehmungsfähigkeit hatte sie einen der herabhängenden Fäden nicht bemerkt und sich darin verfangen. Hastig zerrte sie an dem klebrigen Ausläufer, während ihr Bewußtsein zusehends schwand. Der Tentakel riß und Lila schoß vorwärts. Unter sich machte sie verschwommen die Hauptmasse des Wesens aus. Sofort kippte sie das Fläschchen und verspritzte die Flüssigkeit über die qualligen Blasen. Noch bevor die letzten Tropfen unten ankamen, fühlte sie sich rechts und links gepackt. Lila glaubte noch, Wira und Welard zu erkennen, konnte aber bereits nicht mehr klar sehen oder denken. Die beiden Elfen zerrten sie zu den übrigen Opfern und drückten die sich kaum noch Wehrende zu Boden. Binnen Sekunden angelten neue Verbindungsfäden nach Lila, drangen in sie ein und

löschten die letzten bewußten Gedanken des Mädchens
aus.

18

Beate, Kathrin und Meike hatten sich bis zu der letzten Gabelung zurückgeschoben und lagen so, daß sie jetzt vorwärts weiter konnten.

"Ich finde, wir sollten nicht weiterkriechen", war Kathrins Meinung, "immerhin ist Lila ziemlich schwer verletzt, und wir müssen verhindern, daß der Weg für sie zu lang wird, sonst schafft sie es nicht, uns zu einzuholen."

Sie warteten und warteten, doch Lila kam nicht.

"Ob ihr etwas zugestoßen ist?" fragte Beate.

"Ich weiß nicht", murmelte Meike, "gehört habe ich zumindest nichts. Vielleicht muß sie nur lange auf eine günstige Gelegenheit warten."

"Hoffen wir es!"

Je länger sie in dem fast völlig dunklen Gang lagen, desto unruhiger wurden sie. Als sich nach einer knappen Stunde noch immer nichts getan hatte, riß Meike endlich der Geduldsfaden.

"Also, so lange kann das einfach nicht dauern! Ich krieche zurück und sehe nach, was mit Lila ist! Ihr bleibt am besten hier, damit wir im Ernstfall schneller wegkommen!"

"Sei vorsichtig, Meike, daß du Lila, falls sie doch noch nichts unternommen hat, nicht durch Geräusche verrätst!"

"Hältst du mich für blöd? Ich bin schon vorsichtig!"

Zuerst schnell, dann immer behutsamer näherte sich Meike dem Labor. Um wirklich etwas zu sehen, mußte sie sich bis fast in die Tunnelöffnung vorschieben. Von dort sah auch sie nun zum ersten Mal das furchtbare Bild der durch die Fäden vernetzten, wie Mumien dasitzenden Gefangenen. Und da, ganz am Rand, Lila!! Auch sie reglos und starr wie die anderen. Meike drehte sich der Magen um, vor Furcht, Mitleid und Verzweiflung. Sie konnte ihrer kleinen Freundin nicht mehr helfen! Hatte Lila noch die Viren ausgebracht? Meike ließ ihre Blicke durch den nach Fäulnis stinkenden Raum wandern. Dann sah sie die kleine

braune Flasche, die ohne Verschluß in einer Mulde der grünlichen Masse lag. Immerhin ein winzigkleiner Hoffnungsschimmer, der Meike aber nicht im Geringsten über den Verlust der geliebten Elfe hinwegtrösten konnte. Sie registrierte, daß die schon länger dort eingesponnenen Gumben krank und eingefallen aussahen. Wenn ihnen nicht bald Hilfe zuteil wurde, dürfte ihr Tod nur noch eine Frage weniger Tage oder gar Stunden sein. Meike konzentrierte sich auf die Hauptmasse des Pilzwesens, besonders in der Umgebung des Fläschchens, ob sich dort eventuell eine von den Viren hervorgerufene Veränderung zeigte, aber sie konnte zu ihrer Enttäuschung nichts dergleichen feststellen. Doch andererseits, rief sie sich in Erinnerung, brauchte so eine Infektion und der daraus resultierende Krankheitsverlauf sicher seine Zeit. Wenn sie irgendwelche Bakterien oder Viren einatmete oder sich sonstwie infizierte, sähe man ihr dies auch nicht gleich an. Es könnten Tage vergehen, bis die Viren den Pilz signifikant veränderten, da die Menge der Erreger, verglichen mit der Masse des Pilzes, ja verschwindend gering war. Das hieße, daß sich die Viren zuerst einmal rasant vermehren mußten, um überhaupt etwas ausrichten zu können. Das Grausame daran war, daß die Gefangenen, zumindest die, die dem Pilz schon länger als Zusatzgehirn dienten, diese Zeit nicht mehr hatten. Meike zermarterte sich ihr Hirn, wie sie ihnen helfen könnte, aber ihr fiel nichts ein, was auch nur einen Hauch von Erfolg versprach. Deprimiert kehrte sie zu Kathrin und Beate zurück, die sie sofort ungeduldig bedrängten zu erzählen, was mit Lila geschehen war. Als Meike ihnen das Gesehene geschildert hatte, herrschte bedrücktes Schweigen.
"Ich habe keine Ahnung, was wir jetzt machen sollen", brach Meike die Stille, "eigentlich muß sofort etwas geschehen, aber was?!"
"Hätten wir doch nur mehr von den Viren gehabt, dann könnten wir die infizierten Elfen draußen und besonders Meli behandeln, und die wiederum könnte uns danach hier helfen!"

"Haben wir aber nicht, Kathy, uns muß schon was anderes einfallen!"

"Als erstes sollten wir hier hinaus, ehe uns der Pilz oder die Würmer erwischen!" war Beates Ansicht, "zumal wir unbedingt bald etwas zu essen brauchen, sonst können wir uns alle weiteren Pläne eh abschminken, weil wir keine Kraft mehr haben!"

Der nun folgende Rückweg durch die Gänge, die Spalte und die Höhlen war noch weit schlimmer als der Hinweg, denn jetzt machte ihnen nicht nur ihre physische Schwäche zu schaffen, es war auch die fehlende Motivation, die sie mangels eines konkreten Zieles erlahmen ließ. Auch Kathrins verstauchter Knöchel war ein erhebliches Hindernis auf dem beschwerlichen Weg. Erst eine knappe Stunde vor Sonnenuntergang tauchten sie aus dem kalten Wasser des Quellteiches auf und zogen sich an Land. Da lagen sie dann, unfähig sich zu Aktionen jedweder Art aufraffen zu können. Meike drehte sich zu Kathrin. Ihre Blicke gingen zu dem verletzten Fuß, an dessen Zehen sich zu Meikes Beunruhigung erste leichte Erfrierungsanzeichen bemerkbar machten; die Kälte hatte bei Kathrin leichteres Spiel gehabt, da sie nur Sandalen trug und die Durchblutung des Fußes durch die Schwellung im Knöchel eingeschränkt war. Meike krabbelte auf allen vieren zu Kathrin hinüber und griff nach dem Fuß.

"Nicht anfassen!" rief Kathrin alarmiert und setzte sich auf.

"Ich bin ganz vorsichtig, aber da muß 'was gemacht werden! Guck ihn dir doch an: Dein Knöchel ist noch dicker geworden, und die Zehen sind erfroren!"

Behutsam öffnete Meike die Schallen der Sandale und streifte sie herunter. Kathrin ballte die Fäuste und zog die Luft hörbar zwischen den zusammengebissenen Zähnen ein, solche Schmerzen bereitete ihr selbst diese vorsichtige Handlung Meikes. Diese begann ganz sanft Kathrins Zehen zu massieren, um die Durchblutung wieder in Gang zu setzen. Derweil überwand auch Beate ihre Lethargie und holte ihre Hosen aus der

→

Felsnische, in der sie sie vor der Tauchpartie verborgen hatten. "Die sollten wir unbedingt wieder anziehen", sagte sie, "sonst werden wir krank!"
"Das werden wir bestimmt sowieso", vermutete Meike, "aber du hast recht. Nur für Kathy sehe ich da schwarz: Die Jeans bekommen wir nie über diesen geschwollenen Klumpen!"
"Laß mich mal ran, ich krieg das schon hin!"
"Sei bloß vorsichtig!" warnte Kathrin, "sonst schreie ich, daß die Vögel tot vom Himmel fallen!"
Beate schnappte sich Kathrins Jeans und riß kurzerhand das rechte Hosenbein bis fast ganz oben auf. Dann hieß sie Meike Kathrins Bein hochzuhalten und bugsierte die Hose nahezu berührungslos über Fuß und Knöchel. Als Kathrin die Hose ganz anhatte, band sie - in Ermangelung von Nähzeug - das Hosenbein mit von ihrem T-Shirt abgerissenen Stoffstreifen an drei Stellen zusammen.
"Besser geht's vorläufig nicht!"
"Ist doch super", urteilte Kathrin über Beates Werk, "ich fühle mich schon wesentlich besser!"
Beate und Meike zogen sich ebenfalls die Hosen an, während sie ihre ausgewrungenen T-Shirts zum Trocknen über die noch warmen Steine breiteten.
"So weit so gut", seufzte Beate, "aber wie nun weiter?"
"Wir müßten Bernhard hierhaben", überlegte Meike, "der wäre bestimmt in der Lage, aus dem Pilzkörper welche von den Viren zu isolieren und zu züchten, mit denen wir dann unsere Freunde heilen könnten."
"Vorausgesetzt, der Virus wirkt tatsächlich so, wie Boron sich das gedacht hat", schränkte Beate ein, "und noch was: Wie sollen wir zu ihm hinkommen? Wir sind völlig fertig, und Kathrin kann ja nicht einmal laufen. Dann dauert der Weg schon im Normalfall mindestens drei Tage hin und drei Tage zurück. Danach ist es für die Lila, Killy und die Gumben zu spät."
"Wir können doch die Pferde nehmen", warf Kathrin zaghaft ein.
"Erstmal hinkommen! Erklär' mir mal, wie du mit deinem Klumpfuß diese Kaskaden 'runterklettern willst!

Und ob die Pferde überhaupt noch da sind, steht auch
in den Sternen."
Kathrin ließ den Kopf hängen und begann zu weinen.
"Dann geht wenigstens ihr beiden!" schluchzte sie, "ich
weiß ja, daß ich euch nur ein Klotz am Bein bin!"
"So mein' ich das doch gar nicht!" wehrte Beate
entrüstet ab, "ich wollte nur deutlich machen, daß
Bernhard zu holen zwar schön wäre, es aber aus
verschiedensten Gründen kaum machbar ist."
"Leider nur zu wahr!" stimmte jetzt auch Meike zu,
"dazwischen sind ja auch noch all die infizierten Elfen
und Meliolantha. Daran vorbeizukommen, dürfte allein
schon ein Problem für sich sein. Und wie lange brauchte
Bernhard dann noch, um an die Viren zu kommen und
sie danach zu vermehren? Nein, so kommen wir nicht
weiter."
"Vorläufig können wir auch gar nichts unternehmen",
brach Beate die Diskussion ab, "es wird gleich dunkel,
dann können wir die Felswände nicht hinunterklettern,
ohne abzustürzen oder uns an verpilzten Pflanzen zu
infizieren, die wir nicht sehen. Ich finde, wir suchen uns
eine geschützte Stelle und pennen erstmal 'ne Runde!"
"Da können wir ja gleich hierbleiben. Hier ist es doch
genügend geschützt, und sauberes Wasser haben wir
auch."
Die drei Freundinnen machten es sich am Ufer der
Quelle so bequem, wie es die Umstände erlaubten, und
streckten sich auf den harten Steinen aus. Doch selbst
diese Unbequemlichkeit sollte sie nicht daran hindern,
zu schlafen, so erschöpft waren sie. Dicht
aneinandergedrängt, um nicht noch mehr auszukühlen,
schlummerten sie unter den Sternen der klaren Nacht.
Sie hatten nicht einmal mehr daran gedacht, Wachen
einzuteilen, doch störte kein lebendes Wesen ihre Ruhe.
Erst am Morgen wurde Kathrin von dem Schmerz in
ihrem Knöchel und den ersten Sonnenstrahlen auf
ihrem Gesicht geweckt. Meike und Beate lagen zu ihren
Seiten, um ihr Wärme zu spenden, und schliefen noch
fest. Ganz vorsichtig nahm Kathrin Meikes Arm, der
über ihrer Brust lag, zur Seite und richtete sich auf.

Meike brummelte irgendetwas Unverständliches, drehte sich um und schlief weiter. Langsam rutschte Kathrin zwischen Beate und Meike heraus und nahm auf einem in der Sonne liegenden Stein Platz. Zaghaft versuchte sie nun ihren Fuß zu bewegen. Es ging, tat aber tüchtig weh. Also war der Knöchel wahrscheinlich wirklich nur gestaucht oder die Bänder gedehnt und nicht gebrochen. Etwas erleichtert stand sie auf und hüpfte auf einem Bein zum Teich, um sich frisch zu machen. Als sie niederkniete und sich zur Wasseroberfläche vorbeugte, meinte sie ein Summen gehört zu haben. Kathrin hob den Kopf und lauschte. Ja, da war es wieder! Es klang noch recht fern, doch für Kathrin stand außer Zweifel, daß es sich um Elfen handeln mußte. Es war ihr klar, daß es infizierte sein mußten, denn andere gab es vermutlich nicht mehr. Hoffentlich waren es nicht so viele, daß sie sie nicht abwehren konnten! Den Schmerz ignorierend humpelte sie eilig zu ihren Gefährtinnen zurück und schüttelte sie.
"Meike, Bea, aufwachen! Ich glaube da kommen Elfen!"
Erstaunlich schnell waren Beate und Meike hellwach.
"Ja, ich höre auch etwas summen", erklärte Beate, "stellen wir uns mit den Rücken aneinander. Und denkt daran, wer auch immer von den Elfen es sein mag, ihr dürft keine Rücksicht nehmen, und wenn es noch so gute Freunde waren, jetzt sind sie Teil des Pilzes!"
Kathrin war übel; gegen wen würden sie sich wehren müssen? Unruhig drückten sie sich aneinander und hielten Ausschau. Noch war nichts zu sehen, weil die Ankömmlinge noch von der nächsten Felsstufe verdeckt wurden. Das Summen wurde deutlicher. Gleich mußte etwas zu sehen sein.

19

Lila öffnete die Lider. Ihr Kopf schmerzte furchtbar, und an allen möglichen und unmöglichen Körperstellen fühlte sie ein unangenehmes Zerren und Reißen. Vor ihrem Gesicht zogen sich die Pilzfäden. Sie hob die Hand, um zu versuchen, sie fortzureißen. Doch kaum berührten ihre Finger das Geflecht, zerfielen die grauen Stränge zu Staub. Lila riß überrascht die Augen weit auf und sah sich um. Durch diese Kopfbewegung fielen weitere Verbindungsfäden ab. Lilas Herz schlug schneller. Sollte dies das Werk der Viren sein? Bei den meisten der anderen Gefangenen wirkte das Gespinst noch intakt, nur in ihrer direkten Umgebung war es brüchig oder schon ganz zerfallen. Ihr Blick schweifte über den Pilzkörper. Auch dieser hatte sich stark verändert. Von der Stelle ausgehend, wo sie die Flasche entleert hatte, war er nicht mehr länger grün, sondern zeigte eine grau-braune Färbung. Auch war dort die Haut des Pilzes brüchig und runzelig und an vielen Stellen gerissen. Die schleimige Masse, die daraus hervorquoll, war aschgrau, leblos und stank erbärmlich. Lila konnte erkennen, daß der Pilz noch versucht hatte, zerstörte Stellen durch Einschnürungen abzutrennen, aber es war ihm offensichtlich nicht gelungen. Selbst die Teile, die noch die ursprüngliche Farbe hatten, zeigten längst nicht mehr soviel Aktivität wie zuvor. Auch spürte Lila kaum noch etwas von der vormals so überwältigenden mentalen Beeinflussung. Zwar war da noch etwas, aber die ehedem eindeutigen Befehle waren einem verwirrenden Sammelsurium von unverständlichen Gedankenfetzen gewichen, die höchstens noch eine unterschwellige Vorstellung von Hilflosigkeit und Furcht vermittelten. Lila befreite sich von den letzten Resten der Fäden und wandte sich den übrigen Gefangenen zu. Diese saßen auch nicht mehr still, sondern bewegten sich leicht, und über allem verbreitete sich immer mehr Unruhe. Lila trat zu Gnumba, die ihr zunächst saß, und griff nach den Fäden, die aus ihrem Nacken austraten, und versuchte sie zu entfernen. Diese waren jedoch noch frisch, und Gnumba quittierte Lilas Versuch mit gequältem Schreien. Außerdem angelten einige der peripheren Ausläufer nach Lilas Hand, wenngleich nicht mehr mit der rasanten Geschwindigkeit, die sie sonst an den Tag legten. Lila zog die Hand zurück. Es war eindeutig noch zu früh für eine Befreiung; die Viren waren anscheinend noch nicht bis hierher vorgedrungen. Nun, das einzige, was sie machen konnte war, daß sie die Sache ein wenig beschleunigte. Dies ließ sich allerdings nur bei Gnumba machen, die ganz am Rand saß. Die anderen waren so dicht eingesponnen, daß sie nicht an sie herankam. Lila beugte sich zu Gnumba nahm deren Arm und biß so hinein, daß sie gerade eben ihr Blut schmeckte. Obwohl schon wieder Tentakel nach ihr angelten, ließ sie den Mund noch einen Augenblick auf Gnumbas Haut und preßte etwas Speichel in die kleine Wunde. Danach zog sie sich zurück. Mehr konnte sie vorerst nicht tun. Auf jeden Fall war zu hoffen, daß sich die Viren jetzt auch schnell in Gnumbas Blut vermehrten und die Gumbin von dem Pilz befreiten. Plötzlich hörte Lila das Summen von Elfenflügeln. Das mußte Welard oder Wira sein! Da sie sich nicht sicher sein konnte, wie diese sich jetzt verhielten, gab es für sie nur eines: Schnellstens weg hier! Welches war noch der Gang, von dem Gezzo gesprochen hatte, durch den er entkommen war? Ach ja, es mußte der oben, am Ende des Regales sein! Lila spreizte die Flügel und hob ab. Sofort machte sich ein schlimmes Schwindelgefühl in ihr breit, und sie hatte den Eindruck, als kreisten winzige Sterne um ihren Kopf. Nur mit äußerster Mühe gelang es ihr, das Gleichgewicht zu halten und nicht abzustürzen. In diesem Moment kamen auch die erwarteten Wira und Welard herein. Sie wirkten unsicher und desorientiert. Doch Lila wollte nichts riskieren. So schnell es ihre geschwächte Physis zuließ, flog sie in den von ihr erwählten Tunnel hinein. Sie beeilte sich, außer Reichweite des Pilzes zu gelangen, war sie doch noch längst nicht sicher, ob er denn tatsächlich nachhaltig besiegt war. Bald mußte sie ihre

Geschwindigkeit drosseln, nicht weil sie zu schwach war, sondern weil mit jedem Meter, den sie zurücklegte, das Licht schwächer wurde. Schließlich sah sie gar nichts mehr. Nachdem sie mehrfach mit den Flügeln die Wandungen des Ganges berührt hatte, landete sie lieber und setzte ihren Weg zu Fuß fort. Erst als der Gang sich senkrecht emporzuschrauben begann, verließ sie sich wieder auf ihre Flügel. Lila gewann nur sehr langsam an Höhe, weil sie sich immer mit vorgestreckten Händen an der Wand entlangtasten mußte, doch letztlich schaffte sie auch dieses unangenehme Teilstück und landete in der verlassenen Gumbenwohnung. Bevor sie nach draußen flog, fiel ihr ein, daß sie schon lange, lange nichts mehr gegessen hatte. Wie lange, konnte sie nicht einmal genau sagen, da sich eine Erinnerungslücke auftat, die jene Zeit umfaßte, die sie sich in der Gewalt des Pilzes befunden hatte. Dabei konnte es sich um Stunden, aber genausogut auch um Tage gehandelt haben. Zu ihrer großen Freude fand sie nach kurzer Suche etliche unverdorbene Lebensmittel in der Vorratskammer der Wohnhöhle. Auch Getränke fehlten nicht, so daß Lila zum ersten Mal seit dem überhasteten Aufbruch aus dem Elfendorf wieder zu einer richtigen Mahlzeit kam. Während des Essens fiel Lila ihre Bauchverletzung ein. Besorgt sah sie an sich herunter und betastete die Kruste; Gottlob war diese nicht neuerlich aufgebrochen, sondern hatte die Flucht gut überstanden. Nach den schmackhaften Stärkungen fühlte sich Lila wieder ziemlich fit. Sie öffnete die Tür und trat nach draußen. Es war offensichtlich früher Morgen, denn die Sonne war noch nicht aufgegangen, und es zeigte sich soeben erst ein erster Anflug der Dämmerung. Das spärliche Licht reichte jedoch, um die Umgebung einigermaßen erkennen zu können. Die Wiese aus hohem Gras, wie auch der sie umgebende Wald waren völlig mit dem grauen Geflecht des Pilzes überzogen. Es wirkte unverändert frisch und intakt, also war der Virus noch nicht bis hierher vorgedrungen. Lila hockte sich hin, stützte den Kopf in die Hände und grübelte über ihr

weiteres Vorgehen. Wohin sollte sie sich wenden? Sie hatte Beate, Meike und Kathrin nicht als Gefangene des Pilzes in dem Labor gesehen, das hieß, daß sie vermutlich entkommen waren. Da sie keinen anderen Weg in dem Bereich kannten, würden sie vermutlich den gleichen zurück genommen haben, den sie auf dem Hinweg gekommen waren. Deshalb beschloß die kleine Elfe, die Suche nach ihren Freundinnen in der Schlucht zu beginnen, in der die Quelle lag, wo sie ihre Tauchtour begonnen hatten. Sie flog sehr hoch, um möglichst viel Abstand zu dem verpilzten Wald zu haben, denn selbst wenn sie den Virus in sich trug, schützte sie das nicht vor den Attacken des Pilzes, sondern nur vor den späteren Folgen. Und dieses schmerzhafte Erlebnis des Eindringens der Pilzfäden wollte sie auf keinen Fall noch einmal durchmachen müssen. Allmählich fühlte sich Lila besser. Die Schwindelgefühle und Kopfschmerzen hatten stark nachgelassen, und die steigende Sonne gab ihr neuen Mut. Einzig in ihrem Magen rumorte es. Lila vermutete, daß es daran lag, daß sie nach so langer Zeit ohne Nahrung derart viel auf einmal gegessen hatte. Doch diese kleine Beeinträchtigung ließ sich ertragen; Lila ignorierte es einfach. Vor sich sah sie die Felsformationen auftauchen, die den Anfang der Schlucht markierten. Lilas Herz schlug schneller; würde sie ihre Freundinnen dort wiederfinden? Kaum hatte sie die Stufe überflogen, die den Quellteich verbarg, sah sie die Mädchen auch schon vor sich. Diese hatten sie offensichtlich bereits gehört, denn alle drei blickten in ihre Richtung. Sie standen Rücken an Rücken und hatten die Hände abwehrbereit gehoben.
'Ach ja, richtig!' schoß es Lila durch den Kopf, 'die müssen ja damit rechnen, daß es jemand infiziertes sein könnte!'
"Hallo, Bea, Meike, Kathy! Ich bin es, Lila! Ihr braucht euch keine Sorgen zu machen!"
"Bleib auf Abstand!" rief Meike ihr zu, "oder wir müssen dir Gewalt antun!"

"Aber wieso?!!" fragte Lila ungläubig, "was habe ich denn Falsches gemacht?"
"Wir wissen, daß du in der Gewalt des Pilzes bist! Ich habe gesehen, wie du eingesponnen warst!"
Kein Wunder, daß sie Angst vor ihr hatten!
"Ich bin nicht mehr befallen," versicherte Lila, "ich habe vorher ein bißchen von den Viren geschluckt, das hat mich von dem Pilz befreit!"
Lila konnte an den Mienen der drei ablesen, daß sie ihr nicht so recht über den Weg trauten.
"Meine Güte!" rief sie verzweifelt, "ich bin wirklich frei davon! Wie kann ich euch das denn nur beweisen?!"
"He, ich weiß etwas!" rief Kathrin plötzlich, "die Amethystscheibe! Lila, darf ich dich bitten, einmal in diese dunkle Nische dort zu fliegen?"
Lila folgte der Bitte sofort, und Kathrin humpelte näher, den dünngeschliffenen Stein vor ihr Auge haltend.
"Da ist tatsächlich nichts!" rief sie Beate und Meike freudig zu, "Lila hat recht, die Viren wirken also wirklich!"
"Das tun sie", bestätigte Lila noch einmal, "ein großer Teil der Pilzmasse in dem Labor ist auch schon abgestorben, aber es wird vermutlich noch eine ganze Weile dauern, bis alles da unten ausgetrocknet ist. Als ich wegflog, konnte ich die anderen Gefangenen jedenfalls noch nicht losbekommen. Nur bei Gnumba kam ich so weit heran, daß ich ihr den Virus direkt übertragen konnte."
Kathrin streckte die Hand nach Lila aus, ließ sie darauf landen und kehrte zu Meike und Beate zurück. Jetzt mußte Lila natürlich erst einmal genauer berichten, was sich da unten zugetragen hatte.
"Endlich geht es mal wieder bergauf!" gab Meike einen erleichterten Stoßseufzer von sich, "jetzt müssen wir uns also nur noch überlegen, wie wir den Virus möglichst schnell verbreiten können."
"Vielleicht sollte Lila den Virus vorsichtshalber als erstes an uns weitergeben, dann sind wir nicht mehr so gefährdet und können ihn gegebenenfalls auch selbst verbreiten", überlegte Kathrin, "du kannst gleich bei

mir den Anfang machen. Wenn es geht, mußt du mich ja nicht unbedingt beißen, wie du es bei Gnumba gemacht hast, ich denke ein etwas intensiverer Kuß sollte wohl reichen!"
Lila war dazu natürlich gerne bereit. Also führte Kathrin ihre Hand, auf der Lila noch saß, zu ihrem Gesicht und Lila gab ihr einen feuchten Kuß auf die geöffneten Lippen.
"Dann tue das bei uns auch, wenn es dir nichts ausmacht", bat Beate. Lila folgte der Bitte und so durften sich die Mädchen nun ein kleines bißchen sicherer fühlen.
"Ich hätte da noch eine Idee, wie wir die Geschichte eventuell beschleunigen könnten", murmelte Meike und starrte auf einen fetten Brummer, der sich erdreistet hatte, ihr Knie als Rastplatz zu gebrauchen, "wir könnten doch ein paar Viecher einfangen und sie mit deiner - und später, wenn sich der Virus bei uns genug vermehrt hat, hat auch mit unserer - Spucke infizieren."
"Und was soll das bringen? Wir wissen doch gar nicht, ob die mit dem Pilz befallen sind."
"Ist doch völlig egal! Hauptsache ist, daß sie den Virus dann an etliche Pflanzen und vielleicht auch andere Tiere weitergeben und er sich dadurch schneller verbreitet."
"He, dann müßten ja auch die Mücken den Virus verbreiten können", fiel Meike ein, "hier gibt es ganz schön viele, und wir sollten ihnen möglichst viel Hautfläche anbieten."
"Ich hätte mir nie vorstellen können, daß ich einmal über Mückenstiche glücklich sein könnte", meinte Kathrin belustigt, während sie die Ärmel des T- Shirts hochschob und die Hose an dem gesunden Bein hochkrempelte.
"Ich schätze, dafür dürfte es noch ein bißchen zu früh sein", meinte Lila, "so schnell verbreitet sich der Virus nicht in eurem Blut. So etwas lohnt sich bestimmt erst ab morgen."

"Dann sollten wir uns auch besser erst morgen in die Nähe des Elfendorfes begeben, da können wir uns dann vielleicht auch Einzelne schnappen und kurieren."
Kathrin wiegte bedenklich den Kopf: "Es ist euch ja wohl klar, daß das verdammt gefährlich werden kann?!"
"Wieso? Wenn uns einer von denen infizieren will, wäre das doch gar nicht so schlimm, höchstens etwas unangenehm!"
"Wenn es nur das wäre! Aber habt ihr Meliolantha vergessen? Was ist, wenn sie sich nicht damit begnügt, uns infizieren zu wollen? Wenn sie ihre tödlichen Zauberkräfte gegen uns anwendet? Da hilft es uns überhaupt nichts, daß wir den Virus in uns tragen!"
Betroffen sahen sich die anderen an; daran hatte tatsächlich keine von ihnen gedacht.
"Und noch was", fügte Kathrin hinzu, "ich persönlich würde mich lieber erst irgendwohin wagen, wo ich eventuell schnell reagieren können muß, wenn ich vorher etwas zu essen bekommen habe. Ich denke schon die ganze Zeit immer wieder: Dies ist der letzte Schritt, ich kann nicht weiter! Über kurz oder lang ist es wirklich soweit, und ich klappe einfach zusammen!"
Meike nickte. "Ganz mein Denken! Ich frage mich nur, was kann man denn hier essen? Lila, weißt du denn nicht etwas? Du lebst doch immer hier draußen und kennst dich besser aus!"
"Hm, zu dieser Jahreszeit gibt es nicht viel. Ihr könntet höchstens versuchen, unten im Kartal im Bach Fische zu fangen. Da gibt es ziemlich viele."
"Und wie sollen wir die kriegen?" wollte Beate wissen, "etwa mit bloßen Händen?"
Lila zuckte die Achseln: "Warum nicht?"
Beate schüttelte den Kopf. "Wir sind doch keine Urmenschen! Ich kann mir nicht vorstellen, daß ich auf diese Art und Weise einen erwischen würde."
"Ach, das klappt schon irgendwie", war Meike überzeugt, "versuchen wir erstmal heil die Schlucht hinunterzukommen, dann sehen wir weiter!"
Unter großen Anstrengungen und mit bangen Minuten, als die fußlahme Kathrin die hundert Meter hohe

Felswand hinunter mußte, bewältigten sie schließlich auch diese schwierige Aufgabe. Unten angekommen, führte Lila sie nach links vom Elfendorf fort zum Karbach, der hier nur etwa zweieinhalb Meter breit war. Lila flog über das Wasser und hielt Ausschau.

"Also, hier schwimmen so einige Fische herum. Seht mal, allein hier, unterhalb dieser Steinschwelle, sind mindestens fünf, sechs Stück."

Beate und Meike zogen sich aus, während Kathrin sich wegen ihres kaputten Knöchels ausruhen durfte.

"Na denn: Weidmannsheil!" unkte Beate.

"Du meinst wohl Petriheil."

"Is' doch Wurst, Hauptsache wir kriegen einen!"

Sehr schnell stellte sich heraus, daß Beates Bedenken hinsichtlich ihrer Jagdgeschicklichkeit nicht aus der Luft gegriffen waren. So oft sie und Meike es auch probierten, sie bekamen keinen einzigen der schnellen Wasserbewohner zu packen.

"Es hat keinen Zweck!" resignierte endlich auch Meike, als Beate sich schon frustriert ans Ufer zurückgezogen hatte.

"Vielleicht können wir uns ja eine Angel bauen", schlug Lila vor.

"Wie willst du die denn machen?" erkundigte sich Beate, "Stöcke gibt es hier ja genug, aber woraus willst du eine Schnur, und wie den Haken machen?"

"Ich hab' schon eine Idee. Könnt ihr mir welche von den Binsen da abflücken?"

"Kein Problem!"

Nach wenigen Minuten hatten Beate und Meike einen ganzen Armvoll vor Lila angehäuft.

"Und was jetzt?"

Lila griff sich einen der Halme und zerlegte ihn in einzelne Fasern, aus denen sie eine durchaus stabile Leine zu flechten begann. Kathrin griff sich nach Lilas Vorbild ebenfalls Halme und reichte Lila dann die Fasern, die sie herauszog, weiter. Schon nach relativ kurzer Zeit hatte Lila eine annähernd drei Meter lange Leine fertiggestellt. Zum Schuß flocht sie an einem Ende mehrere Akaziendornen ein und befestigte das andere Ende an einem Stock, den Meike von einem nahen Busch abgebrochen hatte.

"So, fertig! Jetzt braucht ihr nur noch ein paar Würmer oder so etwas!"

Das war kein Problem. Würmer, Käfer und Tausendfüßler fanden sie zuhauf unter Steinen, die sie umdrehten, und auch Raupen gab es genug. Beate versah die provisorischen Angelhaken mit Ködern und hielt sie anschließend ins Wasser. Dabei stellte sich heraus, daß die Angel doch noch nicht so ganz perfekt war, denn die Leine mit den Dornen und Ködern schwamm an der Oberfläche.

"Wir müssen noch ein Gewicht mit dranmachen", stellte Beate fest und holte die Angel ein. In dem Moment, als sie sie aus dem Wasser zog, schnappte ein Fisch nach dem Köder und blieb an einer der Dornen hängen. Flugs war er an Land gezogen, wo Beate ihn vom Haken löste und mit einem Stein tötete. Es war ihr zwar äußerst zuwider, ein Tier zu töten, und innerlich schüttelte sie sich vor Abscheu und Mitleid, aber sie hatten ja keine andere Wahl. Während Beate die nun mit einem Stein als Gewicht versehene Angel erneut auswarf, zeigte Lila Kathrin, wie sie den Fisch ausnehmen mußte. Anschließend machte sie sich mit Meikes Hilfe daran, eine zweite Angel herzustellen. Im Verlauf der nächsten Stunde gelang es ihnen, mit ihren 'hochwertigen' Fanggeräten insgesamt zwölf Fische an Land zu ziehen. So viele waren auch nötig, denn sie waren allesamt ziemlich klein. Zu guterletzt entzündete Meike ein kleines Feuer, über dem sie die auf Stöcke gespießten Fische brieten. Heißhungrig verschlangen sie ihr erstes Mahl nach langer Zeit, bis nichts mehr übrig war. Zwar konnte keine von ihnen behaupten, daß es ein wirklich schmackhaftes Essen gewesen war, denn schließlich hatten sie keinerlei Gewürze - nicht einmal Salz - gehabt, aber ihren gröbsten Hunger hatte es doch gestillt. Nach dem Essen beschlossen sie, vorläufig hier am Ufer des Karbaches zu bleiben und sich dem Elfendorf erst morgen zu nähern, wenn sie sicher sein konnten, daß sich die Viren in ihrem Blut ausreichend vermehrt hatten. Den Rest des Tages verbrachten sie damit, sich Spiele auszudenken und damit von den Gedanken an die bevorstehenden Gefahren abzulenken.

20

Gnumba schrak zusammen; hätte sie nicht längst aufstehen sollen? Lila, Camilla und Gezzo warteten bestimmt schon, sie wollten doch heute in die unterirdische Stadt! Hastig sprang sie, die Augen öffnend, aus dem Bett, stolperte und fiel der Länge nach hin. Verdutzt sah sie sich um. Schwaches grünliches Dämmerlicht umgab sie. Sie war gar nicht in ihrem Bett gewesen! Schlagartig kam die Erinnerung zurück, als sie ihre eingesponnenen Leidensgenossen neben sich erblickte: Sie hatte mit Gezzo in einer der Gumbenhöhlen auf die Rückkehr Lilas und Camillas gewartet. Dort war sie irgendwann erschöpft eingeschlafen und erst wieder erwacht, als sie Gezzo schreien hörte. Sie hatte noch gesehen, wie er von einer dieser abscheulichen Wurmkreaturen gepackt und fortgeschleift worden war und versucht zu entkommen, als ein zweiter Wurm erschien. Vermutlich hätte sie es auch geschafft, wären nicht in dem Moment Welard und Wira hinter ihr aufgetaucht, die sie ergriffen und hinter dem ersten Wurm her zu dem alten Labor geschafft hatten. Dann hatten die beiden Elfen sie neben Gezzo zu Boden gedrückt und gewartet, bis die Pilzfäden in sie eindrangen. Gnumba lief es kalt den Rücken hinunter, als sie sich an die entsetzlichen Schmerzen erinnerte, die das Vordringen der Fäden in ihrem Körper verursacht hatte. Erst jetzt wurde ihr richtig klar, daß sie ja für sich selbst dachte und sich ihrer selbst wieder bewußt war. Was also war geschehen? Die Reste der Fäden, die sie mit den anderen verbunden hatten, fielen wie Staub von ihr ab, als sie sie berührte. Mit vom langen Sitzen unsicheren Beinen erhob sie sich, um einen besseren Überblick zu gewinnen. Dabei wäre sie fast ausgerutscht. Angeekelt stellte das Gumbenmädchen fest, daß sie in einer grauen, schmierigen und extrem widerwärtig stinkenden Masse stand, die teilweise von Bruchstücken brauner Kruste bedeckt war. Das war einmal ein Teil des Pilzes gewesen, wurde ihr klar, als sie jetzt den Rest des ehemals so mächtigen Wesens betrachtete. Nur noch in zwei Ecken des Labors gab es noch aufgeblähte Klumpen, die einen Rest des grünen Leuchtens abgaben, ansonsten war alles tot und in Verwesung begriffen. Von den Würmern, wie auch von Grond, Wira oder Welard war nichts zu sehen. Was war hier passiert? War das das Werk von Freunden, oder war der Pilz von sich aus erkrankt? Gnumba löste ihre Füße aus der klebrigen Pampe und kniete neben Gezzo nieder, der sich unruhig atmend mit geschlossenen Augen etwas bewegt hatte. Vorsichtig versuchte sie das Pilzgeflecht, welches ihn hielt, zu entfernen. Es setzte ihren Bemühungen kaum Widerstand entgegen. Das meiste zerbröselte zwischen ihren Fingern, alles übrige ließ sich mit relativ geringem Kraftaufwand abreißen. Dies schien Gezzo allerdings Schmerzen zuzufügen, denn er stöhnte und öffnete schließlich die Augen. Genau wie Gnumba blickte auch er verwirrt und ziemlich desorientiert in die Runde. Er brauchte wesentlich länger als Gnumba, um in die Gegenwart zurückzufinden, denn bei ihm waren noch nicht alle in ihn eingedrungenen Pilzteile vollständig abgestorben. Doch langsam wurden auch Gezzos Augen klarer, und er erkannte seine Freundin. Überglücklich schloß er sie in seine Arme.

"Wass hat ssich hier nur in der Zswischenzseit zsugetragen?" fragte er, als sie sich nach Minuten innigster Umarmung voneinander lösten.

"Ich habe keinen blassen, öh, Schimmer", zuckte Gnumba die Achseln, "ich bin nur kurz vor dir zu mir gekommen, und da war alles schon genauso wie, öh, jetzt."

"Vielleicht haben Lila und Camilla ess ja gesschafft, Meliolantha zsu holen, und die hat den Pilzs verhext."

"Könnte schon sein", stimmte Gnumba zu, "aber wir sollten jetzt nicht zu lange darüber grübeln, wie das zu erklären ist, sondern lieber schnell hier hinausgelangen, denn ich schätze, es wird nicht mehr lange dauern, dann sehen wir hier gar nichts mehr. In der kurzen Zeit, in der ich bei Bewußtsein bin, ist dieser

Restschimmer des Pilzes schon deutlich, öh, dunkler geworden."

"O.k., hoffen wir, daßs er auch in den Gängen und draußsen tot isst. Bevor wir abhauen, ssollten wir aber noch nachssehen, wen von den anderen wir noch mitnehmen können."

Nacheinander befreiten sie nun alle Mitgefangenen von den Tentakeln des Pilzes, bei denen die Fäden nicht noch zu frisch waren. Das waren immerhin fast die Hälfte. Allerdings waren die meisten von ihnen derart geschwächt, daß sie zu kaum einer Bewegung fähig, geschweige denn in der Lage waren, aus eigener Kraft den Weg in die Freiheit anzutreten. Nur drei von ihnen, allesamt noch nicht von Anfang an in der Gewalt des Pilzes, nämlich Killy, Grapp und Gnessa, hatten noch genug Kraft, sie zu begleiten. Die Freude Gnumbas darüber, daß es ausgerechnet ihren Eltern noch einigermaßen gut ging, läßt sich leicht nachempfinden. Nachdem sie es den anderen, die nicht so gut dran waren, so bequem gemacht hatten, wie es die Umstände erlaubten, und ihnen versichert hatten, so schnell es ihnen möglich war, mit Hilfe zurückzukommen, kletterte Gezzo voran in den Gang, durch den er bereits einmal entkommen war. Just als Killy, die den Schluß machte, hinter Grapp den Gang betreten wollte, hörte sie das Summen von Elfenflügeln. Ihr Herz schlug schneller, und Hoffnung keimte auf, doch dann erkannte sie Wira und Welard, die mit unsicheren Bewegungen in das Labor geflogen kamen.

"Halt, Wira und Welard sind gerade gekommen!" flüsterte Killy nach vorne, "wir müssen sehen, was sie vorhaben. Wir dürfen nicht zulassen, daß sie den Wehrlosen etwas antun!"

Still beobachteten sie die zwei Elfen. Doch im Gegensatz zu ihren Befürchtungen schien von den beiden keine Gefahr mehr auszugehen. Sie wirkten völlig desorientiert und verstört. Vermutlich waren sie nicht von dem Befall geheilt, aber das 'Gehirn' des Pilzes, das ihr Denken verändert und gesteuert hatte,

war nahezu vollkommen zerstört, und die mentale Restbeeinflussung verwirrte sie eher noch mehr, da das Wesen sich ja nicht einmal mehr selbst unter Kontrolle hatte. Aber so lange das Pilzgeflecht in ihrem Gehirn noch lebte, konnten sie ihr eigenes Bewußtsein nicht wiedererlangen und irrten deshalb hilf- und ziellos zwischen den sterbenden Resten ihrer 'Königin' umher. Sie schienen nicht einmal zu bemerken, daß ein großer Teil der Gefangenen frei war und andere sich auf der Flucht befanden. Hätten Gnumba, Killy oder einer der anderen gewußt, was der Grund für ihre Befreiung und den langsamen Tod des Ungeheuers war, hätten sie Wira und Welard relativ einfach helfen können, da sie sie ja nur ebenfalls hätten infizieren müssen, doch es war niemand da, der sie von der Natur ihrer Rettung in Kenntnis setzen konnte. So überließen sie das verwirrte Pärchen vorläufig sich selbst und setzten ihre Flucht fort. Nachdem sie den anstrengenden Weg bis in die Gumbenhöhle hinter sich gebracht hatten, hielten sie es wie schon Lila vor ihnen und stärkten sich an dem, was die kleine Elfe übriggelassen hatte. Anschließend betrachteten sie geschockt, was der Pilz draußen angerichtet hatte.
"Das ist ja furchtbar!" rief Gnessa aus, als sie die wie in graue Watte gepackte Landschaft um sie herum erblickte, "das sieht ja bald schlimmer aus als damals nach dem Feuer!"
Grapp nickte. "Alles total zugewachsen! Wir sind zwar von da unten entkommen, aber hier oben kommen wir nicht fort."
"Außer Killy, die könnte schon", setzte Gnumba hinzu.
"Machen wir das Beste daraus", sagte Gnessa, "wir, die wir hier nicht wegkönnen, schaffen Lebensmittel und Getränke nach unten, damit sich die Schwächsten dort erholen können. Derweil kann Killy zusehen, ob sie Hilfe herbeiholen kann."
"Vielleicht kann ich ja meinen Falken herbeirufen", schlug Gnumba vor, "der könnte uns nacheinander von hier, öh, fortbringen. Ich könnte ihn lenken, während er jeweils einen zweiten Gumben trägt."

"Dass isst eine gute Idee!" freute sich Gezzo über den Einfall seiner Freundin, "obwohl ich ein bißschen Bammel hab', mich sso hoch durch die Lüfte tragen zsu lasssen."

Gnumba steckte die Finger in den Mund und stieß einen langen, schrillen Pfiff aus. Sie warteten eine Weile, und als sich nichts tat, wiederholte sie den Pfiff. Doch ihr Falke tauchte nirgends am Himmel auf.

"Ich schätzse, er isst entweder auch ein Opfer des Pilzses geworden, oder er ißt sso weit fortgeflogen, daßs er dich einfach nicht hören kann."

"Es steht zu befürchten, daß Ersteres zutrifft, mein Kind", sagte Gnumbas Vater und legte tröstend den Arm um ihre Schultern, "schließlich dürften alle seine möglichen Beutetiere ebenfalls von dieser Seuche befallen sein und er sich damit spätestens beim Fressen angesteckt haben."

"Dann ist es wohl allein an mir, etwas ausfindig zu machen, was euch hier heraushelfen kann", seufzte Killy, "obwohl ich noch nicht die geringste Idee habe, was es sein könnte. Drückt mir die Daumen! Bis bald!"

"Viel Glück!"

"Ach, halt, warte, Killy!" rief Gnumba, als sich die Angesprochene gerade in den sommerlichen Himmel emporschwang, "wenn du in Richtung eures Dorfes fliegst, achte unterwegs darauf, ob du Lila, Camilla und Meliolantha entdecken kannst. Die beiden wollten sich nämlich auf den Weg zu ihr machen, als wir uns getrennt haben und wir hier von den, öh, Würmern überrascht wurden, während wir auf sie warteten."

"Meliolantha? Das wäre jetzt tatsächlich die größte, wenn nicht gar einzig mögliche Hilfe! Ich werde zusehen, ob ich sie ausfindig machen kann."

Killy flog los. Die am Boden Bleibenden sahen, daß sie in der Luft innehielt, als sie eine größere Höhe erreicht hatte, einen großen Bogen in Richtung der Ruinenstadt flog und dann noch einmal zu ihnen zurückkehrte.

"Was gibt es noch?" fragte Gnessa neugierig und sah gespannt in Killys Gesicht.

"Ich meinte eine Veränderung an den Pflanzen in jener Richtung gesehen zu haben, und es war wirklich so: Je näher man zu der Stadt kommt, desto mehr von dem Pilzgewebe scheint dort krank oder schon abgestorben zu sein; so ähnlich, wie in dem Labor. Vielleicht löst sich das Problem also schon von selbst, und der Pilz stirbt auch hier. Ich werde mich trotzdem beeilen, Meliolantha zu holen, zumal ich natürlich auch meine Milla und Lila wieder bei mir haben möchte!"
Sie startete nun endgültig und flog rasch nach Südwesten, während sich die anderen daran machten, den geschwächten Opfern unter Tage die lang entbehrte Nahrung zu bringen. Killy fühlte sich dank der reichhaltigen Mahlzeit gut gestärkt, und in der Hoffnung auf ein baldiges Wiedersehen mit ihrem Kind und ihrer Nichte kam sie sehr schnell vorwärts. Sie machte nur einmal in der Schlucht eine kurze Rast, um zu trinken, danach eilte sie ihrem Ziel in Höchsttempo entgegen. Unten im Tal angekommen, bog sie gleich nach Westen zum Elfendorf ab. So entging ihr auch die Gruppe der vier Mädchen, die ein Stück weiter nach Osten am Karbach lagerten. Nur wenig später tauchte der kleine Wald am Rande des Biberteiches auf, in dem sich ihr Dorf befand. Voller Vorfreude steigerte Killy noch ihre Geschwindigkeit und war alsbald zwischen den ersten Häusern. Überraschte Rufe wurden laut, dann kamen die Elfen auf sie zu. Eine der ersten war Camilla, die sich aber etwas unbeholfen bewegte, als sei sie verletzt. Hastig flog Killy zu ihr hin, den seltsamen Ausdruck in den Augen ihrer Tochter nicht bemerkend. Sie breitete die Arme aus und drückte Camilla fest an sich. Diese hob den Kopf und preßte ihren Mund auf den ihrer Mutter. Fast augenblicklich spürte Killy das widerwärtige Vordringen der Pilzfäden, die in ihre Zunge, ihre Lippen und den Gaumen eindrangen. Sie versuchte Camilla von sich zu stoßen, doch diese hielt sie krampfhaft umklammert. Resigniert gab Killy die Gegenwehr auf, denn natürlich wollte sie ihr Kind nicht verletzen, auch wenn sie sich noch so feindlich verhalten mochte. Schon kurz darauf spürte

sie die obligatorische Ohnmacht kommen, die einer Infektion stets folgte. Camilla löste ihren eisernen Griff, ließ ihre Mutter achtlos auf den Boden fallen und wandte sich emotionslos ab. Nachdem Killy infiziert war, interessierte sich auch keine der übrigen Elfen weiter für die neu Angekommene; man ließ sie unbeachtet im Gras liegen. Die Bewußtlosigkeit Killys dauerte nur kurz, dann kam sie wieder zu sich. Doch im Gegensatz zur letzten Infektion war diesmal ihr Denken nicht völlig von dem Pilz beherrscht. Im letzten Winkel ihres Hirnes hielt sich hartnäckig das Wissen, was und wer sie war und daß der Pilz weiterhin ihr Todfeind war. Killy konnte förmlich spüren, wie dieser Teil ihrer selbst immer mehr die Oberhand gewann, bis von Fremdgedanken nichts mehr zu erahnen war. Dieser Prozeß lief nicht gerade schmerzfrei ab, aber sie war deshalb nicht weniger glücklich darüber, obwohl sie immer noch nicht wußte, woran dies liegen könnte. Killy war auf dem Boden liegengeblieben, um keine Aufmerksamkeit zu erregen, und rührte sich auch jetzt kaum. Sie wollte erst sichergehen, daß keiner um sie herum etwas von der Veränderung in ihr bemerkte. Erleichtert stellte sie fest, daß sie von den übrigen ignoriert zu werden schien. Irgendwie mußte sich in ihrem Körper so etwas wie eine Immunität eingestellt haben. Wenn sie doch Boron fände, er könnte vielleicht etwas damit anfangen; ihr womöglich nicht nur erklären, was genau dieses Phänomen war, sondern auch, wie er es benutzen könnte, um andere zu heilen. Doch dann fiel ihr ein, daß Boron wahrscheinlich, wie alle anderen hier, ebenfalls erkrankt war und gewiß nicht bereit wäre, ihr zu helfen. Unauffällig studierte sie ihre Umgebung, um einen geeigneten Zeitpunkt zu finden, das Dorf zu verlassen. Da durchfuhr sie ein eisiger Schreck: Inmitten einer Schar Elfen, unter denen sie auch Camilla entdeckte, sah sie die Zauberin Meliolantha, die zum Teich ging, um etwas zu trinken. Also war auch sie auf der falschen Seite. Wenn sie und Camilla befallen waren, war Lila diesem Schicksal sicherlich auch nicht entgangen, da sie ja Gnumba

zufolge mit Camilla zusammen die Magierin hatte holen wollen. Killy fühlte sich hohl und leer; ihre letzten Hoffungen zerstoben wie Staub im Wind. Trotzdem wollte sie nicht aufgeben. Aber bevor sie irgendetwas unternehmen konnte, mußte sie erst aus dem Dorf heraus. Vielleicht wäre es am besten, wenn sie sich einfach erhob und sich ganz unbefangen bewegte. Sie probierte es, stand auf, spreizte die Flügel und flog in gemächlichem Tempo zwischen den Bäumen davon. Ihr Herz schlug zum Zerspringen, als zwei Elfen, Meanmar und Dungan, ihren Weg kreuzten, doch die beiden beachteten sie nicht, und binnen kurzem war Killy außer Sichtweite des Dorfes. Sie flog noch ein Stück weiter nach Osten und landete dann zwischen einigen dichten Büschen, um sich von der unerträglichen Anspannung zu erholen. Müde rieb sie die Augen, als sie plötzlich eine Bewegung zwischen den Sträuchern wahrnahm. Sie nahm die Hände vom Gesicht und sah genauer hin. Es war eine Elfe, die auf sie zukam; Lila, um genau zu sein! Man war ihr also gefolgt und hatte sie gefunden. Killy sprang auf, wappnete sich innerlich für den unvermeidlich kommenden Angriff und schloß ergeben die Augen.
"Killy! Wie kommst du hierher? Hast du dich befreien können? Haben die Viren bei dir auch schon gewirkt? Ich dachte, du seiest noch immer eingesponnen im Labor!"
Killy öffnete erstaunt die Augen. "Du bist gar nicht befallen, Lila?"
"Nein, nicht mehr! Der Pilz hatte mich zwar auch eingefangen - mit Hilfe von Wira und Welard - aber ich konnte vorher noch das von Boron entwickelte Mittel an mir und dem Pilz anwenden."
"Boron hat es geschafft, ein Mittel zu finden?"
"Ja, und ich konnte es so gerade noch entwenden, bevor er es vernichtete, als er ebenfalls unter die Kontrolle des Pilzes geriet."
"Dann haben wir es dir zu verdanken, daß wir frei sind?"

"Nicht mir allein: Kathrin, Meike und Beate haben mir geholfen; ohne sie hätte ich es nie und nimmer schaffen können."
Lila flog kurz hoch und winkte, woraufhin die drei eben erwähnten aus den Büschen kamen und zu ihnen traten.
"Was ist mit den anderen, den Gumben, sind sie auch alle frei?" wollte Kathrin wissen.
"Also, als ich fortflog, waren noch nicht alle aus dem Gespinst befreit. Bei einem Teil von ihnen war es noch zu frisch, aber ich denke, mittlerweile werden Gezzo, Gnumba und ihre Eltern auch sie davon losgemacht haben. Die große Masse des Pilzes war jedenfalls so gut wie tot. Es fing sogar schon über der Erde an, sich auszubreiten. Aber die Elfen hier im Dorf sind alle befallen, sogar Meliolantha und auch Milla!" Bei diesem Gedanken kamen Killy die Tränen: "Als ich sie umarmte, hat sie mich geküßt, aber nur, um mir den Pilz zu übertragen!"
"He, das ist doch gut!" rief Meike, "dann hat Camilla jetzt auch die Viren in sich und wird bald geheilt sein!"
"Wirklich? Oh Gott, wenn das doch nur wahr wäre!"
"Es ist wirklich so!" bestätigte Lila, "und Milla hat dich noch einmal infiziert? Wie lange hat es danach gedauert, bis die Viren Borons dich davon wieder befreit hatten?"
"Hm, ich denke, so ungefähr fünfzehn Minuten."
"Wow, das geht ja schneller, als ich dachte! Dann ist es also gar nicht so schlimm, wenn es einem nochmal passiert?"
"Na ja, unangenehm ist es schon", dämpfte Killy Lilas Freude, "die Schmerzen, wenn diese Fäden eindringen, sind genauso schlimm wie beim ersten Mal!"
"Das ist ja auch nicht die größte Gefahr für uns", sagte Beate, "am meisten haben wir Meliolantha zu fürchten, wenn sie meint, ihre Zauberkräfte gegen uns einsetzen zu müssen."
"Eigentlich dürften die alle gar nicht mehr so richtig fies sein, wenn doch das Gehirn des Wesens tot ist, von dem aus sie gesteuert werden", überlegte Beate.

"Das war bei Wira und Welard da unten im Labor auch tatsächlich der Fall", erinnerte sich Killy, "die waren völlig verstört und wußten anscheinend überhaupt nicht mehr, was sie machen sollten, aber hier, bei den Elfen im Dorf, besonders bei Camilla, hatte ich diesen Eindruck nicht. Sie schienen alle noch völlig von dem Ding vereinnahmt."
"Vielleicht hat das Pilzviech ja irgendwie Untergehirne gebildet, die unabhängig vom Haupthirn arbeiten können", dachte Meike laut.
"Genau!" rief Lila aus, "diese dicken krustigen Wülste, die wir gesehen haben, die könnten so etwas sein!"
"Oh Gott, stellt euch vor, daraus bildeten sich lauter voneinander unabhängige Wesen, die sich immer weiter vermehren!" hatte Meike eine Horrorvision.
"Wir müssen zusehen, daß wir Boron zu fassen kriegen", sagte Lila, "der kann jetzt bestimmt leichter und mehr von diesen Viren zusammenbekommen. Dann können wir Elfen alle Stellen mit solchen Zentren anfliegen und vernichten."
"Und dann müssen wir auch versuchen, Meliolantha davon etwas abbekommen zu lassen. Vielleicht, wenn sie schläft."
"Gut, versuchen wir es."
Vorsichtig näherten sie sich dem Dorf. Meike, Beate und Kathrin blieben in etwas größerer Entfernung zurück, weil sie zu leicht gesehen werden konnten, während Lila und Killy gut gedeckt zwischen dem niederen Blattwerk auf das am Dorfrand gelegene Haus Borons zustrebten.
"Ob Milla auch schon gesund ist?" flüsterte Killy.
"Nein Tante, beim ersten Mal brauchen die Viren ziemlich lange, weil sie sich doch erst vermehren müssen", gab Lila leise zurück, "Milla wird wohl frühestens heute nacht oder sonst morgen wieder o.k. sein."
Killy und Lila waren jetzt am Fuß der alten Eiche angekommen, in deren Krone sich Borons Haus befand.
"Wie wollen wir denn da hineinkommen?" grübelte Killy, "der Eingang liegt vom Dorf aus direkt im Blickfeld."

Lila sah nach oben.

"Ich schätze, wir können durch das Fenster, das da, links. Ich hatte es zerschlagen, als ich das Fläschchen mit den Viren holte, und Boron hat es noch nicht repariert."

Lila flog voran, und mit Killy im Schlepptau näherte sie sich behutsam der kaputten Scheibe. Ein spähender Blick durch die unterste Ecke des Fensters verriet ihr, daß sich niemand in dem Labor befand. Flugs waren beide durch das Loch geschlüpft, verbargen sich hinter der Tür und lauschten. Aus dem Nebenraum waren schwach zwei Stimmen zu vernehmen.

"Das eine ist eindeutig Boron!" war sich Lila sicher.

"Die andere Stimme ist die von Lavia", ergänzte Killy, "was nun? Mit zweien gleichzeitig werden wir nicht fertig."

"Dann müssen wir halt warten, bis einer von ihnen mal hinausgeht. Auf ein paar Minuten oder auch 'ne Stunde kommt es jetzt ja auch nicht mehr an."

Sie mußten gar nicht so lange warten wie befürchtet. Bereits nach knapp fünf Minuten verstummte das Gespräch, und sie hörten die Schritte einer einzelnen Person, die sich dem Labor näherte.

"Das müßte Lavia sein", vermutete Killy, "ich halte sie von hinten fest, und du knebelst sie und suchst nach etwas zum Fesseln!"

Lila sah sich hektisch um; wo sollte sie so schnell etwas für diesen Zweck Geeignetes finden? Schon öffnete sich die Tür, Lavia betrat den Raum und ging auf einen der Tische zu. Sofort sprang Killy sie von hinten an, um sie an den Armen festzuhalten. Doch Lavia hatte im letzten Moment ein Geräusch der sich nähernden Elfe vernommen und wollte sich umwenden. Dadurch kamen Killy die Flügel Lavias ins Gehege und ihre Hände verfehlten das eigentliche Ziel.

"Killy, was soll das?!" rief Lavia und wehrte sich heftig, "du bist doch eine von uns ...., oh nein, du hast keine Aura mehr! Boron!!!"

"Lila, nun hilf mir doch!"

"Ich finde nichts zum Knebeln und Fesseln!"

Lavia schlug um sich und schrie immer wieder nach Boron. Lila gab die Suche auf, jetzt war es wichtiger, sich auf Boron zu konzentrieren. Sie schnappte sich einen steinernen Mörser und flog zur Tür. Gerade noch rechtzeitig, denn im selben Moment kam Boron herein.
"Was ist ... ?" Jetzt sah Boron die Kämpfenden und wollte sofort Lavia zu Hilfe eilen. Diese sah zu ihm hin: "Paß auf, Boron, hinter dir!"
Aber ehe Boron reagieren konnte, schlug Lila ihm den Mörser gegen die Schläfe. Der Arzt ging zu Boden und rührte sich nicht mehr. Lila blickte erschrocken nach unten. Hatte sie zu stark zugehauen?
"Lila!!!"
"Äh, was ... ?" Lila riß sich zusammen und stürzte sich endlich mit in den bis dahin ziemlich ausgeglichenen Kampf. Zu zweit schafften sie es dann endlich, Lavia niederzuringen. Nur, wie jetzt weiter? Es mußte schnell etwas geschehen, denn Lavia schrie ununterbrochen, und über kurz oder lang würde jemand aufmerksam werden; schlimmstenfalls sogar Meliolantha. Das Problem war, daß sich Lavia, wenn eine von ihnen sie losließe, wieder befreien und fliehen könnte. Da half nur noch die ganz fiese Tour, sagte sich Lila. Mit den Knien Lavias linken Arm auf den Boden drückend, umklammerte sie nun den Hals ihrer Gegnerin mit den Unterarmen und drückte so fest zu wie sie konnte. Lavias Schreie verstummten, und es war für eine Zeit nur noch ein unterdrücktes Gurgeln zu hören. Dann erlahmte ihre Gegenwehr, und ihr Kopf sank vornüber. Lila löste ihren Griff und ließ den Kopf der Bewußtlosen vorsichtig auf das Parkett gleiten. Schweratmend erhoben sich Tante und Nichte.
"Lila, sieh nach, ob auch niemand kommt, ich werde den beiden die Viren übertragen!"
Lila sah zuerst aus dem Fenster: Hier war niemand zu sehen. Dann huschte sie aus dem Labor und zum Eingang von Borons Haus. Behutsam öffnete sie die fensterlose Tür einen Spaltbreit und lugte hinaus. Anscheinend hatten sie Glück gehabt, und niemand war

durch das Geschrei aufmerksam geworden. Lila schloß die Tür, verriegelte sie und kehrte zu Killy zurück.
"Die Luft ist rein, keiner hat etwas mitbekommen."
"Gut, ich bin auch soweit."
"Was machen wir denn jetzt mit ihnen?" wollte Lila wissen, "wir können sie ja nicht einfach so hierlassen, denn bis die Viren gewirkt haben, könnten sie alles verraten. Dann geht Meliolantha gegen uns vor und vielleicht auch gegen Boron und Lavia, wenn sie keine andere Möglichkeit sieht, sie wieder dauerhaft unter die Kontrolle des Pilzes zu bringen."
"Oh je, das ist wahr, darüber hatte ich mir gar keine Gedanken gemacht."
"Ich auch nicht, ist mir gerade jetzt erst eingefallen. Und es muß auch noch schnell gehen, denn sie können ja jeden Augenblick wieder zu sich kommen!"
"Wir müssen sie vorläufig fesseln und knebeln, bis uns etwas Geeignetes einfällt", entschied Killy.
Nach kurzer Suche hatten sie reichlich Verbandsmaterial zusammen, mit dem sie die beiden Besiegten banden und knebelten. Es war höchste Zeit gewesen, denn Lavia schlug schon die Augen auf und kämpfte verbissen gegen ihre Fesseln an. Doch Killy und Lila hatten gute Arbeit geleistet, so daß Lavia den sinnlosen Befreiungsversuch bald aufgab. Anschließend mühte sie sich, durch den Knebel hindurch zu schreien, aber auch dies führte zu nichts, da die Laute zu stark gedämpft wurden. Als wenig später Boron zu sich kam, versuchte auch er das Unmögliche, bis er sich letztendlich in das Schicksal zu fügen schien.
"Vielleicht können wir sie aus dem Hinterfenster abseilen", schlug Lila vor, "wenn wir genügend Seile finden, müßten wir es schaffen."
"Versuchen können wir es", stimmte Killy zu, da ihr keine bessere Lösung einfiel. Nach knapp zehn Minuten hatten sie genug Seil beisammen, knoteten die Stücke, deren jedes einzelne zu kurz gewesen wäre, zusammen und befestigten das eine Ende an Borons Fesseln. Danach trugen sie den sich kaum wehrenden Arzt zum Fenster. Killy schlang sich das Seil um Schulter und

Hüfte und begann Boron hinunterzulassen. Zuerst ging auch alles gut. Lila kontrollierte von oben, ob Boron auch nirgends gegenstieß. Doch als der Elf sich schon gut die Hälfte ruhig hatte abseilen lassen, spreizte er unvermittelt die Flügel und flog, das Seil hinter sich herziehend, mal zur einen, mal zur anderen Seite hinter dem Baum hervor.

"Dammich!" schrie Lila unvorsichtig laut, "er fliegt hin und her, wir haben vergessen, auch die Flügel zu fesseln! Hol schnell das Seil ein, bevor er gesehen wird!"

Hastig kam Killy dem nach, und mit Lilas Hilfe hatten sie Boron, der sich heftig sträubte, wieder in das Labor gezogen und banden jetzt auch seine und dann Lavias Flügel zusammen. Hernach saßen sie in bangem Schweigen, wartend, ob Boron bemerkt worden war und ihm nun jemand zu Hilfe eilen würde. Nach einer endlos scheinenden Viertelstunde glaubten sie sich sicher, noch einmal davongekommen zu sein und unternahmen den zweiten Versuch, Boron auf den Boden hinabzulassen. Diesmal ging alles gut. Als Boron unten war, flog Lila hinab und knotete das Seil los. Nachdem sie Lavia auf die gleiche Weise hinausgebracht hatten, versteckten sie die Elfe im Laubwerk eines Busches und machten sich daran, Boron vom Baum fortzuschleifen. Es war eine harte, mühevolle Aufgabe, denn der Arzt machte es ihnen so schwer wie möglich. Zum Glück mußten sie nicht den kompletten Weg auf diese Weise zurücklegen, denn Beate, die sich Sorgen gemacht hatte, war ihnen ein Stück entgegengekommen. Ihr übergaben sie den Gefesselten und holten anschließend auch noch Lavia. Wieder bei den Menschenmädchen angekommen, verweilten sie nicht, sondern machten sich gemeinsam mit ihnen auf den Weg, Abstand zwischen sich und das Dorf zu bringen.

"Jetzt müssen wir nur noch warten, bis die Viren bei Boron wirken und er uns welche davon isoliert und in größeren Mengen züchtet, dann haben wir es geschafft", freute sich Lila.

"Ganz so einfach ist es wohl nicht", gab Kathrin zu bedenken, "denn zumindest einmal noch müßt ihr oder dann Boron zurück in das Dorf."
"Wieso das denn?"
"Ganz einfach, weil Boron hier ja überhaupt keine Gerätschaften hat, mit denen er so etwas bewerkstelligen könnte; ja, nicht einmal eine Spritze!"
"Wieso haben wir das Zeugs bloß nicht gleich mitgenommen!?"
"Ärgere dich nicht, Lila", sagte Killy beruhigend, "wir hätten ja gar nicht gewußt, was Boron für eine derartige Aufgabe wirklich alles benötigt, und die gesamte Laboreinrichtung hätten wir ja schließlich nicht mitnehmen können."
Sie verbrachten den Rest des Tages an einer gut versteckten Stelle am Ufer des Karbaches, ungeduldig darauf wartend, daß die Viren in den Körpern Borons und Lavias endlich Wirkung zeigten. Immer wieder Überprüften sie nach Einbruch der Dunkelheit abwechselnd die Aura der Infizierten mit Hilfe der Amethystscheiben. Doch erst in den frühen Morgenstunden konnten sie deutlich erkennen, wie der Boron und Lavia umgebende Schimmer erst langsam, dann immer schneller abnahm, bis schließlich nichts mehr davon zu erkennen war.
"Ich glaube, sie sind geheilt", verkündete Lila nach ihrer letzten Überprüfung, "ich finde, wir sollten sie wecken. Je eher Boron etwas unternimmt, desto besser."
Sie wartete die Meinung ihrer Gefährtinnen gar nicht erst ab, sondern schüttelte den tief schlafenden Elf. Der so aus den Träumen Gerissene setzte sich mühevoll auf und blickte irritiert um sich.
"Hmmm, gmnh ... !"
Killy kam hastig hinzu und löste als erstes den Knebel.
"Was ist passiert? Wo bin ich? Warum bin ich gefesselt?!"
In kurzen Worten setzten Killy und Lila Boron vom Stand der Dinge in Kenntnis.
"Das ist eine große Erleichterung für mich", freute sich Boron, "daß meine Forschungen nicht vergeblich waren,

sondern die von mir erhofften Wirkungen gezeigt haben! Und ihr habt keine irgendwie negativen Nebenwirkungen feststellen können?"
"Bisher nicht!" versicherten die Mädchen und Killy unisono.
"Um so besser! Dann kann ich mich ja ohne weitere Bedenken an die Arbeit machen. Was ist mit Lavia?" fragte er mit einem Seitenblick auf die schlafende Frau, "habt ihr sie gleichzeitig mit mir den Viren ausgesetzt?"
"Ja, sie zeigt auch keinen Schimmer mehr, wenn man durch den Amethyst schaut; sie ist also auch gesund."
"Ich werde sie brauchen", stellte Boron fest und weckte Lavia sanft auf. Auch sie hatte zuerst Schwierigkeiten, sich zurechtzufinden, wo sie war und was passiert war, fühlte sich jedoch bis auf leichtes Schwindelgefühl uneingeschränkt handlungsfähig.
"Als erstes müssen wir noch einmal in mein Labor", erklärte Boron, "kommt ihr beiden mit? Dann brauchen wir den Weg wohl nur einmal zu machen."
Natürlich waren Lila und Killy bereit zu helfen, und so flogen sie noch im Schutz der Dunkelheit los. Obwohl im Dorf einige Elfen umherflogen, gelang es ihnen problemlos, die erforderlichen Gerätschaften für Borons Arbeit aus seinem Haus zu holen und unbehelligt zu den Mädchen zurückzukehren. Diese waren in der Zwischenzeit nicht untätig gewesen und hatten eine Schutzhütte errichtet, damit Boron unabhängig von Sonne, Wind und Wetter arbeiten konnte. Der Arzt der Elfen verlor dann auch keine Zeit. Sobald er mit Lavias Hilfe ein provisorisches Labor eingerichtet hatte, setzte er eine hochkonzentrierte Nährlösung an, die er auf verschiedene Behältnisse verteilte. Dann nahm er von allen Blut ab, besonders natürlich von den Menschenmädchen, da diese schließlich über eine vielfach größere Blutmenge verfügten. Dieses mit Viren durchsetzte Blut gab er in die Behälter mit den Nährlösungen.
"So das hätten wir! Jetzt müssen wir noch zirka acht bis zwölf Stunden warten, dann haben wir eine ausreichende Menge des Gegenmittels beisammen. Die

Frage ist nur: Wie kommen wir nah genug an Meliolantha heran, um ihr etwas davon zu verabreichen, ohne daß sie denjenigen, der es versucht, vernichtet?"

"Vielleicht wenn sie schläft?" überlegte Kathrin.

Beate schürzte zweifelnd die Lippen: "Ich kann mir nicht vorstellen, daß sie sich unbewacht schlafen legt. Man müßte es aus größerer Entfernung schaffen."

"Mit Pfeil und Bogen zum Beispiel!" rief Lila dazwischen, "Milla, Gnummi und ich haben neulich ziemlich lange geübt; ich denke, ich könnte sie aus einer relativ sicheren Entfernung treffen!"

"Aber wie willst du die Virenflüssigkeit damit befördern? Willst du eine Spritze an den Pfeil binden? Dann fliegt er bestimmt nicht mehr dahin, wo du es gerne möchtest!"

"Eine Spritze wäre nicht unbedingt nötig", warf Boron ein, "wenn man die Pfeilspitze in die Flüssigkeit taucht und dann jemanden damit trifft, reicht das auch aus. Es geht wegen der geringeren Virenmenge nur nicht ganz so schnell."

"Hast du denn überhaupt einen Bogen, Lil?" wollte Kathrin wissen, "ich habe noch nie einen bei dir gesehen."

"Nee, hier habe ich auch keinen; ich müßte mir einen neuen bauen. Aber bis die Viren sich genug vermehrt haben, bleibt mir ja noch ausreichend Zeit."

Damit war diese Angelegenheit geklärt und Lila dazu ausersehen, die vermeintlich letzte große Gefahren-quelle auszuschalten. Lila machte sich sofort daran, einen geeigneten Stock zu suchen und schnitzte diesen zu einem brauchbaren Bogen zurecht. Killy half, indem sie gleichzeitig mehrere Pfeile zurechtschnitt und mit steinernen Spitzen sowie Federn am Ende versah. Meike und Beate gingen derweil wieder dem Fischfang nach, so daß sie auch nicht zu hungern brauchten. Am Nachmittag probierte Lila ihren neuen Bogen aus, um sich an diesen wie auch an die Pfeile zu gewöhnen, da die Bewaffnung naturgemäß nicht identisch mit jener geworden war, die sie neulich gebastelt hatte. Es dauerte nicht lange, dann fühlte sich Lila sicher genug, ein so großes Ziel wie Meliolantha mit größtmöglicher Wahrscheinlichkeit treffen zu können. Nachdem nun alle Vorbereitungen soweit abgeschlossen waren, ruhten sie sich für den letzen Kampf aus.

242

21

Vorsichtig näherte sich Lila dem Elfendorf. Den Bogen hielt sie mit eingelegtem Pfeil in der Linken. Die kleine Elfe brauchte sehr lange, da zu dieser frühen Stunde bereits viele der infizierten Elfen unterwegs waren und Lila es auf keinen Fall riskieren wollte, vorzeitig entdeckt zu werden. Als sie jetzt im Schutz der Baumkronen in Sichtweite des Rathauses kam, machte sie eine furchtbare Entdeckung: An dem Stamm der mächtigen Eiche hatten sich die bekannten dicken, borkigen Wülste gebildet und auf dem darüberliegenden Balkon hockten bewegungslos einige fertig eingesponnene Elfen. Der Pilz war dabei, tatsächlich ein neues zentrales Hirn aufzubauen! Es wurde also höchste Zeit, hier den Virus zu verbreiten. Von Meliolantha war nichts zu sehen. Vielleicht hielt sie sich in dem für Menschen gebauten Haus auf, sagte sich Lila und flog so unauffällig es ging in die neue Richtung. Gerade als die Hütte in Sicht kam, öffnete sich die Tür und die Hexe trat daraus hervor. Mißtrauisch blickte sie in die Runde. Lila hielt den Atem an. Ob Meliolantha ihre Gegenwart spüren konnte? Die Zauberin schloß die Augen und drehte sich konzentriert lauschend im Kreise. Dann hielt sie, das Gesicht in ungefährer Richtung zu Lila gedreht inne und hob langsam die Hände. Lila zitterte. Die Zauberin mußte sie wirklich irgendwie bemerkt haben. Das hieß, sie würde vermutlich nur noch sehr wenig Zeit haben zu handeln. Lila biß sich auf die Lippen; jetzt oder nie! Mit bebenden Händen hob sie den Bogen und spannte die Sehne. Die Hexe spreizte die Finger und Lila ließ den Pfeil schwirren. Das Geschoß zischte denkbar knapp an Meliolanthas Schulter vorbei und bohrte sich einige Meter weiter in das Erdreich. Meliolantha mußte den Pfeil gehört haben, denn sie öffnete die Augen. Hektisch legte Lila einen weiteren Pfeil ein und zielte diesmal sorgfältiger. Direkt bevor sie schoß, machte die Magierin eine Bewegung mit den Händen, als zöge sie einen Vorhang zu. Lila verfolgte gespannt die Flugbahn des zweiten Pfeils. Es kam ihr vor, als geschähe alles in Zeitlupe. Der Pfeil hielt exakt auf Meliolantha zu, bis er plötzlich etwa einen halben Meter vor der Zauberin in Flammen aufging und zu Boden stürzte.

"Nein, nein, nein!" flüsterte Lila, während sie den nächsten und übernächsten Pfeil einlegte und abfeuerte. Doch auch diese flammten vor Erreichen des Zieles auf und zerfielen zu Asche. Nun richteten sich Meliolanthas dunkle Augen direkt auf Lila. Dem Mädchen entglitten Bogen und der letzte Pfeil, und sie erwartete mit geballten Fäusten ihr furchtbares Ende. Doch es sollte anders kommen: Als die Zauberin ihre Hand auf Lila richtete, sah diese, wie ein kleiner Schatten auf Meliolantas Fuß zuhuschte. In dem Bruchteil der Sekunde, als sich das gewaltige Energiebündel von Meliolanthas Fingern löste, zuckte die Zauberin schmerzerfüllt zusammen. Dadurch verfehlte der brennendheiße Blitzstrahl knapp das anvisierte Ziel und fraß sich neben Lila zischend durch das Blattwerk. Überrascht schaute die haarscharf dem Tode Entronnene nach unten. Dort erkannte sie nun ihre Cousine Camilla, die den zuerst abgeschossenen Pfeil aufgelesen und ihn in das Bein der Zauberin gerammt hatte. Zornbebend schleuderte die Hexe Camilla mit einem kräftigen Tritt davon, der das zarte Mädchen aufschreien ließ. Dann richtete sie ihre Hand auf die verletzt und flugunfähig daliegende Elfe.

"Neiiiin!!!" kreischte Lila und schoß aus dem Laubwerk hervor. Wiederum wurde die Zauberin abgelenkt, und ihr nächster Energiestrahl, der Camilla unweigerlich zu einem Häufchen Asche verbrannt hätte, versengte stattdessen dem eben hinzukommenden Garmin die Zehen. Halb besinnungslos vor Schmerzen warf sich dieser auf die vermeintliche Gegnerin, rang sie nieder und drückte ihre Arme ins Gras, bevor sie erneut die Finger auf ihn richten konnte.

"Was soll das?!" donnerte er, "dienen wir nicht der selben KÖNIGIN?!"

Meliolantha antwortete nicht, sondern versuchte sich zu befreien. Dieses Gerangel gab Lila Zeit, zu Camilla zu

fliegen und ihre weinende Freundin in die nahen Büsche zu ziehen. Zum Glück achtete niemand der von dem Geschrei herbeigelockten Elfen auf die beiden, sondern konzentrierte sich das Interesse auf den Kampf zwischen Meliolantha und Garmin.

"Milla, wir müssen weg! Kannst du fliegen oder laufen?" Doch Lila gab sich die Antwort selbst; in diesem Zustand könnte Camilla aus eigener Kraft nirgends hinkommen. Ihr linker Unterschenkel war gebrochen und zeigte grotesk verdreht zu Seite. Ein spitzer Knochen hatte sich durch die Haut gebohrt und am Oberschenkel klaffte eine große Platzwunde. Zudem waren beide linken Flügel gebrochen und hingen nutzlos herab. Camilla klammerte sich wimmernd an Lilas Hände und starrte ihr mit glasigen Augen ins Gesicht. Lila schluckte und versuchte, nicht immer auf den aus dem Fleisch ragenden Knochen zu schauen. Ihr war übel. Was sollte sie bloß machen? Sie war nicht kräftig genug, um ihre Cousine alleine zu tragen. Plötzlich raschelte es neben ihnen. Lila fuhr zurück und hob abwehrend die Hände, doch es war kein Feind, sondern Camillas Mutter Killy. Entsetzt starrte sie auf die schrecklichen Verwundungen ihres Kindes, riß sich dann aber schnell zusammen.

"Milla, wir bringen dich jetzt hier weg. Leg die Arme um unsere Schultern."

Killy und Lila hockten sich neben Camilla, faßten sie von beiden Seiten unter den Armen und schleppten die Verletzte von dem Ort des Kampfes fort aus dem Gebüsch. Es wurde auch höchste Zeit, denn Meliolantha hatte Garmin mittels eines anderen Zaubers gelähmt und sich aus seinem Griff befreit.

"Wo sind sie", kreischte sie mit hysterisch klingender Stimme, "sucht sie, sie wollen SIE und uns vernichten!" Die anderen Elfen gehorchten sofort und schwärmten aus, um die Fliehenden aufzuspüren. Diese hatten es allerdings unter Aufbietung all ihrer Kräfte geschafft, sich in die Luft zu erheben und einen beachtlichen Abstand zwischen sich und das Dorf zu bringen.

"Geht es noch, Kindchen?" fragte Killy und sah ihrer Tochter besorgt in das Gesicht.

"Mhm", war das Einzige, was Camilla in der Lage war zu erwidern, doch die unablässig rinnenden Tränen und die zusammengekniffenen Lippen deuteten eher auf gegenteilige Empfindungen hin. Besonders schlimm waren die Schmerzen im Ansatz des oberen linken Flügels, da auf ihm der Druck von Killys Arm lastete, die Camilla von dieser Seite aus untergefaßt hatte. Lila merkte, wie allmählich ihre Kräfte nachließen. Es war alles andere als leicht, Camilla eine derart lange Strecke zu tragen, schließlich war Lila erst zwölf Jahre alt und zierlicher und kleiner als ihre drei Jahre ältere Cousine. Zudem erwies sich auch die Art, wie sie Camilla beförderten als nicht unbedingt günstig, da der Abstand zwischen Lila und Killy nicht sehr groß war und so ihre Flügel dauernd gegeneinanderstießen. Mehrmals geriet Lila dabei derart aus dem Rhythmus, daß sie um ein Haar abgestürzt wären. Jedenfalls war an ein schnelles Vorwärtskommen nicht zu denken. Ihr einziges Glück war, daß die sie suchenden Elfen die Sache sehr genau nahmen und quasi jeden Strauch, ja jede größere Pflanze nach ihnen absuchten und deshalb noch langsamer vorankamen als sie.

"Killy, ich kann nicht mehr!" stöhnte Lila, der sichtbar der Schweiß über das Gesicht lief, "wenn wir nicht bald eine Pause machen, stürze ich ab!"

"Gleich, Lila, noch eben bis hinter die Buschgruppe dort vorn!"

Noch einmal mobilisierte Lila ihre letzten Kräfte, und sie schafften es, Camilla in den Schutz der Sträucher zu schaffen. Dort ließen Lila und Killy sie vorsichtig hinunter und legten sie auf ihre unverletzte rechte Seite in das weiche Gras. Lila legte sich gleich daneben und versuchte keuchend wieder zu Luft zu kommen.

"Mammi, ich halte die Schmerzen nicht mehr aus!" klagte Camilla, die die Fäuste derart geballt hielt, daß sich die Fingernägel tief in die Handflächen gruben. Killy streichelte hilflos ihren Kopf. "Wir sind ja bald bei den anderen, da wird Boron dir schnell helfen!" versuchte sie zu trösten, doch es war deutlich zu sehen, daß Camilla so stark unter den Schmerzen litt, daß sie Killys Worte gar nicht richtig registrierte.

"Lila, meinst du, daß du noch Kraft genug hast, zu Boron zu fliegen und ihn und Lavia zu holen, damit wir Camilla transportieren können?"

Lila setzte sich auf. "Doch, klar, das schaffe ich schon!"

Sie erhob sich, lockerte noch einmal kurz Arme, Beine und Flügel und startete dann, die beiden anderen Elfen zu holen. Lila gab alles, um die Strecke so schnell wie möglich zurückzulegen, denn sie mußten damit rechnen, daß die sie suchenden Elfen bei ihren Kreisen immer näher an das Versteck von Camilla und Killy kommen würden. Völlig außer Atem platzte sie zwischen die gerade essenden Gefährten.

"Schnell, Boron, ... hhh, hhh, hhh, ..., Lavia, ihr müßt ... hhh, hhh ... helfen, Camilla ist verletzt und ich kann nicht mehr, ... hhh, hhh, hhh, ... , könnt ihr sie bitte tragen!?"

Die beiden Angesprochenen sprangen sofort auf, ließen den Fisch, den sie in den Händen gehalten hatten, fallen und erhoben sich in die Luft.

"Wir sind bereit, Lila, zeig uns, wo sie ist!"

Lila wischte sich schnell noch den Schweiß von der Stirn, der ihr in die Augen zu laufen drohte, und zwang dann ihre überanstrengten Flugmuskeln, sich noch einmal mit höchster Geschwindigkeit zu bewegen. Sie waren noch rund zweihundert Meter von den Büschen entfernt, in denen sich Killy und Camilla verbargen, als Lila weiter hinten die ersten suchenden Elfen auftauchen sah. Sie bremste ab, ließ sich bis dicht über den Boden sinken und bedeutete Lavia und Boron, das gleiche zu tun.

"Die Suchtrupps sind schon ziemlich nah!" rief sie ihnen zu, "wir müssen Milla ganz schnell holen!"

Immer irgendwelche Pflanzen als Sichtschutz benutzend, huschten sie dicht über den Boden dahin, bis sie das Gebüsch ungesehen erreicht hatten. Dort harrte Killy schon fiebernd ihrer Ankunft, denn auch sie hatte die sich nähernden Elfen bemerkt. Mit bedenklicher Miene betrachtete Boron die gräßlichen Verletzungen Camillas, als sie das stöhnende Mädchen, das vor lauter Schmerzen schon kaum noch bei Besinnung schien, anhoben. Lila bog die unteren Zweige zur Seite, damit sie aus den Büschen kamen, ohne daß die Äste die Verletzungen ihrer Freundin berührten. Dann sausten sie gemeinsam davon, so schnell es ihre Last zuließ. Weit hinter sich hörten sie etwas knallen und zischen. Das Geräusch wiederholte sich mehrmals, und als Lila sich umsah, erkannte sie grelle Lichtblitze und Qualm in der Nähe des Dorfes. Vermutlich bombardierte Meliolantha jedes verdächtige Gesträuch in ihrer Nähe, um so eventuell darin Verborgene hinauszutreiben oder zu töten. Lila ließ sich ein wenig zurückfallen; einmal, weil sie einfach zu erschöpft war, um das hohe Tempo der anderen mitzuhalten, zum anderen beobachtete sie genau das Terrain hinter sich, damit sie es rechtzeitig bemerkte, falls einer der Elfen sie entdecken und ihnen folgen sollte. Doch diese Befürchtung erwies sich bald als grundlos; die Suchenden waren zu sehr auf ihre nächste Umgebung konzentriert, als daß sie die kleine tieffliegende Gruppe bemerkt hätten. Wenig später waren sie schon so weit weg, daß man sie mit bloßem Auge nicht mehr erkennen konnte. Bei den drei Mädchen in der Behelfshütte angekommen, betteten sie Camilla auf ein Lager aus Moos und Gras, über das Kathrin, als sie die furchtbar zugerichtete Elfe erblickte, schnell noch ihr T-Shirt breitete. Geschockt starrten auch Meike und Beate zu der Verletzten, denn Lila war ja nicht dazu gekommen, ihnen zu berichten, was genau sich ereignet hatte und wie schwer Camilla verletzt war. Boron bereitet als erstes eilig eine Spritze vor, mit welcher er Camilla ein starkes Betäubungsmittel injizierte. Nachdem das Mittel wirkte, untersuchte er das narkotisierte Mädchen genauestens. Das Ergebnis war alles andere als ermutigend: Zu den offensichtlichen äußeren Verletzungen kamen noch mindestens drei gebrochene Rippen und möglicherweise auch innere Verletzungen. An den gebrochenen Rippen konnte Boron natürlich nichts machen, also konzentrierte er sich zuerst auf den offenen Bruch des Beines. Vorsichtig richtete er die Knochen, schiente das Bein und verband es, nachdem er eine entzündungshemmende Heilsalbe aufgebracht hatte. Anschließend stellte er auch die gebrochenen Flügel ruhig, damit sie wieder richtig zusammenwachsen konnten.

"So, mehr kann ich vorläufig nicht tun. Sollten innere Verletzungen vorliegen, muß ich das gemeinsam mit Camilla herausfinden, wenn sie wieder bei Bewußtsein ist. Ich hoffe nur, daß wir ihr mit dem Transport nicht noch zusätzlich geschadet haben!"

"Das mußten wir ja wohl oder übel in Kauf nehmen", seufzte Camillas Mutter, "anderenfalls hätte Meliolantha sie umgebracht."

"Was ist überhaupt passiert?" wollte Meike nun wissen, "habt ihr es nicht geschafft, der Zauberin die Viren zu übertragen? Und wie ist es zu Millas Verletzungen gekommen?"

In kurzen Sätzen erklärte Lila, was sich in dem Elfendorf zugetragen hatte. "Kurz und gut", schloß sie ihren Bericht, "hätte Milla nicht eingegriffen, wäre ich gescheitert und vermutlich geröstet worden. So aber dürfte Milla es geschafft haben, mittels des Pfeiles den Virus zu übertragen, hat aber dafür mit ihren entsetzlichen Verwundungen bezahlt."

"Meine Güte!" rief Kathrin aus, die während Lilas Erzählung ziemlich blaß um die Nase geworden war, "ganz schön mutig! Ich glaube, ich wäre vor Schiß kaum in der Lage gewesen, zu handeln! Und Garmin hat mit ihr gekämpft? Was ist denn mit ihm? Ist er ...?"

"Nein, nein, ich denke er ist nicht tot! Es sah eher so aus, als habe ein Zauberspruch Meliolanthas ihn irgendwie gelähmt."

"Hoffentlich ... !" flüsterte Kathrin mit zitternder Stimme.

"Müßten wir nicht sicherheitshalber Wachen aufstellen?" meldete sich Beate zu Wort, "ihr habt doch erzählt, daß

sie euch verfolgt haben; da könnte es doch ganz vielleicht auch passieren, daß sie bis hierher kommen!"
"Natürlich!" erschrak Killy, "das hätten wir sofort machen müssen!"
"Es ist ja noch nicht zu spät", beschwichtigte Boron, "ich kann gleich die erste Wache überneh ... "
"Nein, das machen wir!" unterbrach Meike entschieden, "wir konnten uns in der Zwischenzeit ausruhen, und außerdem könnte es ja jederzeit sein, daß Camilla dich braucht."
Die anderen nickten dazu, und Boron akzeptierte Meikes Entschluß dankbar. Diese entschied, daß es sicherer sei, immer zwei Wachen gleichzeitig aufzustellen, damit sie keinen Abschnitt um sich herum längere Zeit aus dem Auge verloren. Auf diese Weise konnten sich zwar nicht so viele zur selben Zeit ausruhen, aber Meike war der Ansicht, daß dies nicht so wichtig war, da sie damit rechnete, daß die Gefahr, die von Meliolantha ausging, nur noch für maximal zwanzig Stunden existent wäre. Danach sollten die Viren ihr Werk vollbracht haben, die Zauberin wieder Herrin ihrer Sinne sein und sie alle genug Gelegenheit haben, auszuschlafen. Es wurden lange Stunden, in denen sie mehrfach ihre Gefährten aufschreckten, es sich aber jedesmal als Fehlalarm herausstellte. Camilla war wieder bei Bewußtsein und litt schlimme Qualen, bis Boron es nicht mehr mitansehen konnte und ihr trotz einiger Bedenken ein extrem starkes Schmerzmittel verabreichte. Danach wurde Camilla ruhiger, war aber dank des Medikamenteneinflusses kaum ansprechbar. Mit Wacheschieben wechselten sie sich so ab, daß immer eines der Menschenmädchen mit einer der Elfen aufpaßte. Lange Zeit ereignete sich nichts Bemerkenswertes, so daß Lila und Kathrin, die jetzt frühmorgens dran waren, bereits weniger sensibel auf Bewegungen oder Geräusche reagierten. Das wäre ihnen beinahe zum Verhängnis geworden, denn Lila bemerkte die zwei sich nähernden Elfen erst sehr spät und wäre beinahe von ihnen überrumpelt und gepackt worden. Es gelang ihr mit einem zirkusreifen

Flugmanöver, dem nächsten Angreifer auszuweichen und einen lauten Warnruf auszustoßen. Sofort kam Kathrin eilends herbeigehumpelt, einen kräftigen Stock als Waffe schwingend, den sie sonst auch als Gehhilfe benutzte. Hinter ihr kamen in Sekundenabständen auch Meike und Beate angerannt, die aus tiefem Schlaf emporgeschreckt und eigentlich noch gar nicht so richtig bei sich waren. Die beiden Elfen, die sich herbeigeschlichen hatten, es waren übrigens Meanmar und Toldar, gaben auf und flohen in Richtung Dorf.
"Puh, ich hatte sie überhaupt nicht kommen hören!" schnaufte Lila, "ich war wohl irgendwie zu sehr in Gedanken."
"Egal, Lil, mach dir darüber kein Kopfzerbrechen, es ist ja nichts passiert", tröstete Kathrin, die sich innerlich eingestand, daß auch sie nicht ganz bei der Sache gewesen war.
"Da bin ich aber etwas anderer Meinung", widersprach Lavia, "noch ist zwar nichts Entscheidendes passiert, aber sie wissen jetzt genau, wo wir uns aufhalten, so daß uns die Magierin aus jeder beliebigen Entfernung vernichten kann, ohne daß wir auch nur den Hauch einer Chance hätten, uns zur Wehr zu setzen!"
"Das ist richtig", sagte Boron, "darum sollten wir dies Versteck verlassen und alles Wichtige, wie zum Beispiel das Virenserum, mitnehmen. Ich denke, ihr Mädchen seid durchaus in der Lage, alles zu tragen, oder?"
Beate nickte: "Na klar, für uns ist das ja nicht viel mehr als ein paar Handvoll."
In Windeseile packten sie die Laborutensilien zusammen und marschierten los. Beate hatte dabei Camilla auf die eine Hand genommen und trug sie so vorsichtig wie ein rohes Ei. Sie hatten sich so gerade ein paar hundert Meter von ihren Lagerplatz entfernt, als ein Lichtblitz sie aufschreckte. Im Umdrehen sahen sie, wie die gesamte Buschgruppe, in welcher sie die Hütte erbaut hatten, in Flammen aufging. Ihnen allen wurde ziemlich flau im Magen, als ihnen klar wurde, wie knapp sie dem Tod entgangen waren. Auf diese weite Entfernung war jetzt mehr zu ahnen als zu sehen, wie

einige Elfen zu den niederbrennenden Sträuchern flogen, um sich von dem Erfolg des gewaltigen Energieschlages der Hexe zu überzeugen.
"Sie werden gleich merken, daß wir nicht mehr da waren!" rief Killy, wir müssen uns schnell hier irgendwo verbergen, denn weiter können wir kaum, da in wenigen zig Metern ein weites, kaum bewachsenes Gebiet kommt."
Viel Auswahl hatten sie nicht; das einzige, was hinreichenden Sichtschutz zu bieten schien, war eine sandige, von dornigen Brombeerranken überwucherte Mulde. Hastig zwängte sich die drei großen Mädchen darunter, wobei ihnen die messerscharfen Dornen zahlreiche blutige Schnitte zufügten. Die Elfen hatten es da dank ihrer geringen Körpergröße wesentlich einfacher, ohne Blessuren in das Versteck zu gelangen. Schließlich aber war es geschafft, und sie lagen beieinander und beteten darum, unentdeckt zu bleiben. Leider zeigte sich nur zu bald, daß ihnen ein gravierender Fehler unterlaufen war, an den niemand von ihnen gedacht hatte. Sie hörten das Summen sich nähernder Elfen, dann auch ihre Stimmen: "Wir werden sie gleich haben. Sieh nur, die Spuren führen dort in die Brombeeren!"
Zutiefst erschrocken und entsetzt starrten sich die in der Falle sitzenden in die Augen; die Fußspuren in dem weichen Sand! Wie hatten sie das außer Acht lassen können!
"Sie müssen tatsächlich noch darinnen sein", hörten sie die quäkige Stimme Meanmars aus allernächster Nähe, "es führen keine Spuren von hier fort."
"Bestens, halt du hier Wache, ich hole die Hexe!"
"Kommt, wir müssen raus!" wisperte Boron, "das ist die letzte Chance. Mit Meanmar werden wir schon fertig."
So schnell es das verfilzte Geranke zuließ, arbeiteten sie sich ans Licht.
"Ha, haben wir euch!" rief Meanmar triumphierend, als er sie entdeckte.
"Abwarten, Meanmar, erstmal haben wir dich!" konterte Boron und schoß auf den Korbflechter zu.

"Halt, nicht so eilig!"
Boron überschlug sich fast vor Schreck in der Luft; das war Meliolanthas Stimme. Wo war die denn so schnell hergekommen?!
"Ihr habt unserer Sache genug geschadet!" Die Zauberin hob die Hand.
"Nein, nicht!" schrie Lavia, jagte zu Boron und deckte ihn mit ihrem Körper.
"Was soll das denn?" fragte Meliolantha verächtlich, "dann schlage ich eben zwei Fliegen mit einer Klappe!" Wieder hob sie die Hand. Ihre Fingerspitzen zitterten. Irritiert ließ sie die Hand sinken und schüttelte den Kopf. "Was verdammt, ist mit mir los?!" Die Magierin richtete nun die Finger der anderen Hand auf ihre Opfer, doch wiederum zögerte sie.
"Nun mach schon! Töte sie!" kreischte der neben ihr schwebende Meanmar. Doch die Zauberin reagierte nicht. Verwirrt griff sie sich an den Kopf. Dann zuckte sie wie unter plötzlichen Schmerzen zusammen. Ihre Pupillen weiteten sich, die aufgestaute Energie in ihren Händen löste sich unkontrolliert und verbrannte große Teile des Bodens um sie herum. Die Zauberin sank in die Knie und keuchte, immer wieder die Schläfen und die Augen betastend. Schließlich ließen die Krämpfe und Zuckungen nach, die minutenlang ihren Körper geschüttelt hatten, und sie stand mit wackeligen Beinen auf. "Mir ist so schwindelig!" murmelte sie und rieb sich die Stirn. Dann sah sie erstaunt in die Runde. "Was um Himmels willen ist hier passiert?! War ich das?" deutete sie verständnislos auf die verbrannten Stellen, wo der Sand zu glasigen Klumpen verschmolzen war.
"Oh, Meli, du bist wieder bei uns!" erkannte Lila die Veränderung und pappte der Zauberin einen fetten Kuß auf das Gesicht.
"Vorsicht, paßt auf Meanmar, Toldar und Dungan auf!" warnte Boron, sie sind noch nicht geheilt."
Doch die drei Elfen versuchten gar nicht erst, sich gegen die Übermacht zu stellen, sondern wandten sich zur Flucht. Es gelang Meike, Dungan aus der Luft zu

fangen und festzuhalten, doch die beiden anderen entkamen.

"Paß auf, Meike, er will dich beißen!" rief Kathrin und faßte gleichzeitig Dungans Kopf mit zwei Fingern und hielt ihn fest. Dann war auch Boron bei ihnen und setzte Dungan eine Injektion mit den geretteten Antipilzviren. Anschließend übernahmen es Lila und Killy, den sich heftig sträubenden Elf zu fesseln.

"Es war der Pilz, nicht war?" stellte Meliolantha fest, "ich erinnere mich, wie er in jener Nacht in dem Zelt in mich eindrang, danach weiß ich nichts mehr." Gedankenverloren betrachtete sie die verglasten Bodenpartien und sprach mit erkennbarer Angst in der Stimme weiter: "Sagt, was habe ich angerichtet? Habe ich jemanden verletzt oder gar getötet?!" Voller Furcht auf die Antwort wartend, sah sie in die Gesichter ihrer Freunde.

"Nein, Meli", sagte Lila, die auf Meliolanthas Schulter gelandet war und strich ihr mit ihrer kleinen Hand über die Wange, "so weit wir wissen, hast du niemanden getötet, aber du hast Camilla mit einem Tritt schwer verletzt!"

"Oh Gott, ist das wahr? Wo ist sie? Ich muß ihr helfen!" Beate trat zu Meliolantha und streckte ihr die rechte Hand entgegen, auf welcher die verwundete Elfe lag. Die Zauberin nahm das stöhnende Elfenmädchen entgegen und ließ sich von Boron schildern, welcher Art die Verletzungen waren. Dann berührte sie jeweils die entsprechenden Stellen sanft mit dem Zeigefinger und konzentrierte sich mit geschlossenen Augen. Die Umstehenden konnten erkennen, wie ein schwaches Leuchten von der Fingerkuppe der Zauberin ausging und sich in Camillas Körper ausbreitete. Minuten später hob Meliolantha sichtlich erschöpft den Kopf und öffnete die Augen.

"Ihre Knochen sind soweit wieder ganz, und die Quetschungen im Brustkorb, wie auch der Riß in der Lunge sind geheilt. Aber sie muß sich trotzdem die nächste Zeit noch etwas schonen. Die Verbände kannst du entfernen, Killy!"

"Wirklich?"
"Ja, vertraue mir!"
Zögernd und mit äußerster Vorsicht entfernten Killy und Boron Verbände und Schienen. Tatsächlich waren die Flügel wieder fest, das Bein heil und gerade, und von der Platzwunde am Oberschenkel zeugte nur noch das getrocknete Blut im abgewickelten Verband.
"Deine Kräfte sind wahrlich gewaltig!" staunte nicht nur Boron, "sie sieht wieder kerngesund aus!"
"Ist sie auch", bestätigte die Zauberin, "nur dein Schmerzmittel kreist weiterhin in ihren Adern, darum wirkt sie noch benommen."
"Meli, ich habe da noch eine Frage", meldete sich Kathrin zu Wort, "Lil hat erzählt, daß du und Garmin im Dorf gekämpft habt; zum Schluß hättest du ihn irgendwie durch einen Zauber gelähmt oder etwas in der Art." Sie schaute der Zauberin ängstlich in die Augen, "ist so etwas von Dauer, oder geht das wieder weg?"
"Nein, von selbst löst sich der Zauber nicht wieder. Aber ich kann ihn jederzeit rückgängig machen!" fügte sie hastig hinzu, als sie sah, wie sich Kathrins Augen mit Tränen füllten. "Von mir aus kann ich sofort hin und das wieder in Ordnung bringen."
Kathrin nickte heftig, noch zu keinem Wort fähig, so gehörig war ihr bei Meliolanthas ersten Worten der Schreck in die Glieder gefahren.
"Du, Meliolantha, wir haben eben gesehen, wie schnell du Camilla von ihren schweren Verletzungen geheilt hast", wandte sich Beate an die Magierin, "könntest du nicht bitte auch etwas für Kathy tun? Sie hat sich bei einem Sturz in den Höhlen den Fuß verstaucht oder vielleicht sogar gebrochen."
"Natürlich kann ich ihr helfen", antwortete Meliolantha, "dafür sollten die mir verbliebenen Kräfte noch reichen. Zeig mal her, Kathrin."
Sie hockte sich vor das Mädchen und nahm den geschwollenen Knöchel auf ihren Schoß, legte beide Hände darauf, schloß die Augen und konzentrierte sich. Nach einer Weile nahm sie die Hände wieder fort.

Schweißperlen standen auf ihrer Stirn, und die Fingerspitzen zitterten, so viel Kraft hatte sie in die Heilung investieren müssen.

"Gebrochen war nichts", sagte sie zu Kathrin, "aber du hattest einen doppelten Bänderriß außen. Das ist jetzt wieder heil, und du kannst den Fuß ohne Bedenken belasten. Es mag anfangs noch ein bißchen unangenehm sein, denn ich habe mich nur auf den Bänderriß konzentriert, weil ich noch Kraft für die Aufhebung des Zaubers über Garmin brauche. Deshalb ist der Bluterguß noch nicht völlig weg und wird sich noch eine Weile durch Druckschmerz bemerkbar machen, aber das ist nicht weiter schlimm."

"Danke, Meliolantha!" freute sich Kathrin über ihre schnelle Genesung, "dann kann ich jetzt ja auch mitkommen."

"Wir sollten alle zusammen gehen!" schlug Boron vor, "jeder bekommt von dem Antipilzmittel und kann dann damit so viele Dorfbewohner infizieren, wie er zu fassen bekommt."

Nachdem alle, besonders Meliolantha, sich vor dem Abmarsch noch einmal gestärkt hatten, machten sie sich ans Werk. Unterwegs verteilte Boron auf jede größeren befallenen Pflanzen hie und da ein paar Tropfen des von ihm entdeckten Mittels. Von diesen Punkten aus konnte sich die Heilung der entstandenen Schäden ebenfalls ausbreiten. Im Dorf angekommen, stellten sich ihnen viele der befallenen Elfen entgegen, aber die Freunde zögerten keinen Augenblick und begannen, den Elfen das Mittel zu übertragen. Dazu hatten sie sich mit spitzen Stöcken ausgerüstet, deren geschlitzte Spitzen mit dem Serum gefüllt waren. Meike und Beate beschränkten sich darauf, besonders widerspenstige Elfen festzuhalten, denn sie wollten mit ihrer - im Vergleich zu den Elfen - großen Kraft nicht riskieren, einen von ihnen bei der Übertragungs- prozedur zu verletzen. Meliolantha und Kathrin liefen als erstes zu Garmin.

"Ich glaube, wir sollten ihm erst das Mittel verabreichen und warten, bis es gewirkt hat, bevor ich die Lähmung rückgängig mache", meinte Meliolantha, "das erspart uns, ihn fesseln zu müssen, damit er keinen Schaden anrichten kann, bis er sein eigenes Bewußtsein zurückerlangt hat."

Kathrin tat es zwar im Herzen weh, ihren geliebten Garmin dort so verkrümmt liegen zu sehen, sah aber ein, daß es vorerst das Beste für sie alle wie auch für ihn war. Ihre Aktion machte schnelle Fortschritte, auch wenn es ab und an einem der Elfen gelang, den Pilz erneut auf einen von ihnen zu übertragen. Wie schon zuvor bei Killy währten diese Augenblicke der neuerlichen Pilzinfektion und des damit einhergehenden Schmerzes nie sehr lange, und je mehr die Dorfelfen bemerkten, wie fruchtlos ihr Handeln war, desto geringer wurde ihre Gegenwehr. Immer mehr von ihnen trachteten, in die Wälder zu entkommen. Die Freunde versuchten auch gar nicht, sie daran zu hindern, denn allen, die nun den Rückzug antraten, hatten sie die Viren bereits übertragen. Zum Schluß vernichtete Meliolantha die dick aufgequollene Pilzmasse unter dem Rathausbalkon, weil sie nicht darauf warten wollte, bis auch diese von den Viren getötet wurde. Anschließend injizierte Boron das Mittel noch den auf dem Balkon eingesponnenen Elfen, dann war ihre Arbeit getan, und sie konnten nicht mehr machen, als abzuwarten, bis die Viren ihr Werk vollendeten.

"Wenn hier alles im Lot ist, sollten wir uns schnellstens um die Gumben kümmern", bemerkte Killy, als sie nach getaner Arbeit vor dem für die Menschen gebauten Haus im Elfendorf zusammensaßen, "einigen ging es so schlecht, daß sie dringend der Hilfe bedürfen! Sobald ich mich noch ein klein wenig ausgeruht habe, mache ich mich auf den Weg. Wer kommt mit?"

Boron und Lavia wechselten einen kurzen Blick, dann sagte Boron: "Wir beide sind dabei."

"Wir helfen auch gerne!" erklärten sich Beate und Meike und etwas zögerlicher auch Kathrin bereit.

"Bleibt ihr mal hier", sagte Meliolantha, "ihr habt genug geleistet, und Kathrin sollte sowieso wegen Garmin

dableiben. Ihr Mädchen könnt die Elfen, wenn sie dann allmählich ins Dorf zurückkommen, aufklären, was passiert ist, denn sie werden mit Sicherheit ziemlich verwirrt sein. Das, was oben auf der Hochebene und bei den Gumben noch zu tun ist, kann ich mit den Elfen alleine schaffen."
"Und zwar ohne Camilla", fügte Boron hinzu, "durch die Mittel, die ich ihr verabreicht habe, wird sie noch nicht sofort wieder voll einsatzfähig sein."
Killy nickte zu den Worten des Arztes: "Das hätte ich auch gar nicht erlaubt!" setzte sie mit Nachdruck hinzu, um den zu erwartenden Widerspruch ihrer Tochter, die schon den Mund geöffnet hatte, gleich im Keim zu ersticken, "und Lila bleibt auch hier!"
"Aber ... !"
"Nichts aber! Es bleibt bei der Entscheidung! Abgesehen davon hast auch du, Lila, ja schon mehr als genug für unsere Rettung getan, jetzt sind andere an der Reihe!"
Im Grunde ihres Herzens war Lila froh, nicht schon wieder loszumüssen, denn auch wenn sie es nicht gerne zugab, war sie alles andere als fit und konnte Ruhe sehr gut gebrauchen. Zudem waren ihr zwar Gnumba, Gezzo und die anderen wichtig, aber noch wichtiger war natürlich ihre Mutter, die sich unter den Infizierten des Dorfes befand. Lavia hatte es Lila erzählt, daß sie Sara gesehen und mit den Viren behandelt hatte. Demzufolge durfte Lila hoffen, im Laufe des nächsten Tages wieder glücklich mit ihrer Mutter vereint zu sein. Als Meliolantha, Killy, Lavia und Boron am frühen Nachmittag aufbrachen, zogen sich Lila, Camilla und die drei Menschen in die Hütte zurück, um vor eventuellen heimtückischen Anschlägen der noch Befallenen geschützt zu sein, auch wenn diese Gefahr als ziemlich gering einzustufen war, hatte die Zauberin doch das lokale Hirn des Pilzes und damit auch die Steuerung der Hörigen zerstört. Garmin hatten sie ebenfalls in die Hütte geschafft, nachdem sie ihn gefesselt hatten und Meliolantha, kurz bevor sie ging, den Lähmungszauber aufgehoben hatte. Stattdessen hatte Boron ihm noch ein Beruhigungsmittel verabreicht, das ihn davon

abhalten sollte, die ganze Zeit gegen die Fesseln anzukämpfen. Für den Rest des Tages gab es keinerlei Störungen mehr. Als es Nacht wurde, schliefen sie alle, erschöpft von den vorausgegangen Strapazen, ein. Als Lila am nächsten Morgen die Augen aufschlug, schien bereits die Sonne durch die Fenster. Ein leises schmatzendes Geräusch ließ sie herumfahren. Doch was sie sah, war alles andere als erschreckend: Kathrin und Garmin saßen eng umschlungen auf dem Bett und küßten sich mit bewundernswerter Ausdauer. Als Lila ihre Augen weiter schweifen ließ, bemerkte sie, daß auch Beate und Meike wach waren und das Schauspiel mit sichtlichem Wohlwollen genossen. Lediglich Camilla bekam nichts mit, da sie noch in tiefem Schlaf gefangen war. Lila freute sich mit und für Kathrin; es hatte dem empfindsamen Elfenmädchen die ganze Zeit weh getan, ihre Freundin leiden zu sehen, als sie geglaubt hatte, ihren Freund zu verlieren. Nun aber war fast alles wieder gut. Draußen waren verschiedene Stimmen zu hören. Anscheinend kehrten die Elfen zurück. Dann zuckte Lila leicht zusammen und legte den Kopf lauschend schräg; ihre Augen leuchteten auf.
"Bitte, Meike, machst du mir die Tür auf!" bat sie flüsternd, um Camilla und das schmusende Pärchen nicht zu stören. Meike folgte der Bitte und sah hinter Lila her. Diese schoß in unglaublichem Tempo auf eine der schwebenden Elfen zu, deren Flügel in der Morgensonne glänzten.
"Mama, Mamaaaaa!!!!"
Die beiden Elfen verschwammen in den in Meikes Augen aufsteigenden Freudentränen in einem strahlenden Glitzern.

ENDE

Weitere Bücher der Lila Reihe:

Elfen? Elfen! Sie leben neben uns, ohne daß wir von ihnen wissen. Lila ist eine von ihnen. Doch ihr sorgenfreies Leben ist bedroht. Ihr Elfendorf muß einem Straßenbau weichen, und als sie während des Umzuges bei ihren Verwandten untergebracht wird, damit sie in Sicherheit ist, geraten sie und ihre Cousine in die Fänge des üblen Magiers und Wissenschaftlers Urkalan. Mit viel Mut und Geschick gelingt den beiden die Flucht, und ihnen wird Hilfe von unerwarteter Seite zuteil: Von Menschen! Doch dann überschlagen sich die Ereignisse.

184 Seiten; mit 8 farbigen Illustrationen

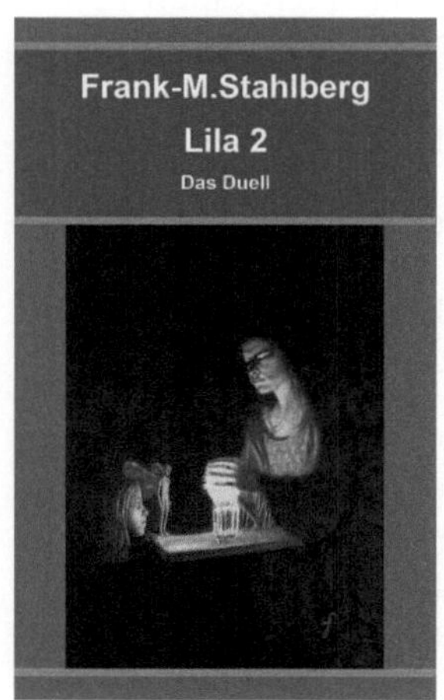

Wieder einmal bricht großes Unheil über die Elfen herein. Ein schreckliches Massaker am Ullasee versetzt sie in Angst und Schrecken. Es dauert nicht lange, da wird ihnen klar, wer für den vielfachen Tod verantwortlich ist: Urkalan! Wie können Lila und ihre Freunde es schaffen, sich vor diesem übermächtigen Feind zu schützen? Ein gleichwertiger Gegner muß her, und sie finden die Zauberin Meliolantha, die zumindest eine kleine Chance haben sollte. Doch Urkalan ist noch weit stärker als befürchtet.

196 Seiten; 8 Farb-Illustrationen

Lila und Camilla erhalten überraschenden Besuch: Eine Gumbin bittet die beiden um Beistand, denn das Gumbenvolk wird von grausamen Wesen heimgesucht, die aus den Experimenten des Magiers Urkalan hervorgingen. Lilas Einfallsreichtum ist gefragt um dieser Bedrohung Herr zu werden. Allerdings stellt sich bald heraus, dass es nur die 'Spitze des Eisberges' war und hinter den Überfällen noch jemand anderes steckt, mit dem niemand gerechnet hat.

200 Seiten; 8 Farb-Illustrationen

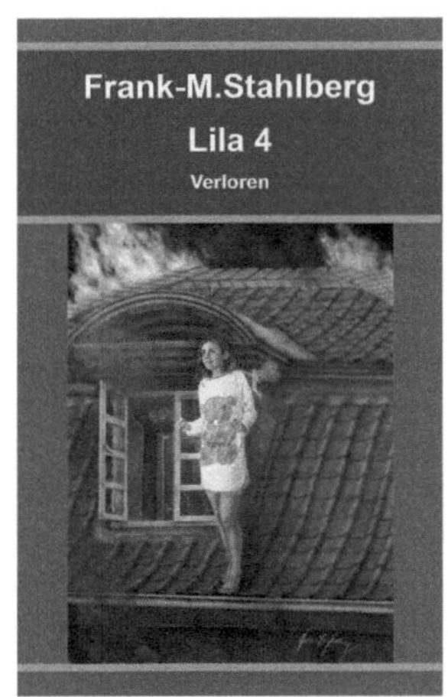

Lila in großen Nöten! Nicht genug damit, daß sie nach einem Streit durch Unachtsamkeit einen Unfall verursacht, wird sie auch noch unabsichtlich "entführt" und findet sich hilflos in einem fernen unbekannten Land wieder. Als sie überstürzt zu entkommen versucht, wird sie verletzt und gerät in die Hände des Unterweltkönigs Moro. Durch tatkräftige Hilfe ihrer "Entführer" kann sie fliehen, doch Moro denkt nicht daran, sich eine solche Attraktion einfach entgehen zu lassen und beschließt, alles daran zu setzen, ihrer wieder habhaft zu werden. Eine auch für ihre Helfer folgenschwere Entscheidung, denn Moro geht im wahrsten Sinne des Wortes über Leichen.

192 Seiten; 8 Farb-Illustrationen

Weitere Bücher des Autors:

Raven, von einem befreundeten Waldläufer zu einem geheimen Treffen gebeten, findet diesen tot vor. Einziger Hinweis ist ein goldener Ring mit einem Rubin, in dessen Innerem ein Abbild des Schlangengottes Kreatol zu sehen ist: Das Erkennungsmerkmal der dunklen Bruderschaft von Darrak, einer entsetzlichen Sekte, von der alle glaubten, sie sei in den großen Kriegen ausgelöscht worden. Raven zieht mit einer Truppe verwegener Krieger los, der Sache auf den Grund zu gehen. In einer anderen Gegend, in einem kleinen Dorf, wird auch Eskia, eine junge Frau von 19 Jahren, mit den Schrecken der Bruderschaft konfrontiert. Eine Horde Räuber überfällt ihr Dorf, ermordet ihre Eltern und mißbraucht auch noch ihre jüngere Schwester, welche anschließend von einem unheimlichen Wesen auf entsetzliche Art getötet wird. Außer Eskia, die alles aus einem Versteck beobachtet, überlebt niemand. Eskia schwört Rache und zieht los, kämpfen zu lernen, um dieses Vorhaben verwirklichen zu können. Die Wege und Abenteuer Ravens und Eskias, wie auch Lissas, der Prinzessin Shaks und Verlobte Ravens, die auseinander und wieder zusammenlaufen, sich kreuzen und überraschende Wendungen nehmen, bilden das Rückgrat dieses Romans. Abenteuer, Liebe, Eifersucht, Intrigen, Krieg und Tod können hautnah miterlebt werden. Ebenso die Konfrontation mit verschiedensten Wesen, unheimlichen, entsetzlichen oder einfach nur beeindruckenden.
Tauche ein in eine fremde, faszinierende Welt voller Schönheit und Schrecken!

460 Seiten

Weitere Bände der Shaktyri Triologie:

Shaktyri – Durghonds Rache
Shaktyri – Die Stunde der Keehin

Die fünfjährige Anna ist mit ihren Eltern auf dem Rückweg aus dem Urlaub. Während einer Picknickpause, bei der sich die Eltern vom Auto entfernt haben, um die schlafende Anna nicht zu wecken, erwacht diese, steigt aus und läuft hinter einem Schmetterling her. Ausgerechnet jetzt kehren die Eltern zum Auto zurück, steigen ein und setzen die Fahrt fort, ohne sofort zu merken, daß Anna nicht mehr im Auto ist. Anna sieht das Auto verschwinden und ist natürlich total verzweifelt. Sie rennt hinterher und verirrt sich dabei. Ein Frosch, der Anna weinend auf einer Wiese findet, bietet dem Mädchen seine Hilfe an. Da er jedoch nicht in der Lage ist, sie nach Hause zu bringen, sucht er einen neuen Führer für das Mädchen. So begegnet Anna auf ihrem Weg den verschiedensten Tieren, die ihr mit ihren Möglichkeiten zu helfen versuchen. Ein - trotz der ersten dramatischen Situation - heiteres Märchen, mit Witz, interessanten, wie abenteuerlichen Erlebnissen des Kindes mit den Tieren, bei welchen viele Eigenarten und Fähigkeiten jener, wie z.B. Frosch, Maulwurf, Blindschleiche, Wildschwein, Fledermaus und einigen anderen mehr, kennengelernt werden können.

52 Seiten; 23 Farb-Illustrationen